当代著名作家精品
散文卷

主编　凌翔

# 闲说水浒

陈学文 / 著

文化发展出版社
Cultural Development Press

**图书在版编目（CIP）数据**

闲说水浒 / 陈学文著．— 北京：文化发展出版社，2020.11

ISBN 978-7-5142-3214-1

Ⅰ．①闲… Ⅱ．①陈… Ⅲ．①《水浒》研究 Ⅳ．① I267

中国版本图书馆 CIP 数据核字（2020）第 195981 号

**闲说水浒**

陈学文 著

**责任编辑**：岳智勇

**出版发行**：文化发展出版社（北京市翠微路 2 号 邮编：100036）

**网　　址**：www.wenhuafazhan.com

**经　　销**：各地新华书店

**印　　刷**：北京军迪印刷有限责任公司

**开　　本**：710mm × 1000mm　1/16

**字　　数**：235 千字

**印　　张**：17

**印　　次**：2020 年 11 月第 1 版　　2020 年 11 月第 1 次印刷

**定　　价**：68.00 元

**I S B N**：978-7-5142-3214-1

# 《闲说水浒》序

王 干

写序是个问题。

从事文学工作时间长了，也被人称为“干老”了，自然也就陆续有人要求写序了。记得我写的第一个序言是为《海子骆一禾诗集》作的，当时海子、骆一禾先后去世，有热情的出版人编辑了他们的诗集，让我写序。我倒是很乐意，第一对他们表示悼念和追怀，毕竟有过一些交往，二是对他们的诗歌确实有话要说，所以就写作了《诗的生命》这篇序。30年过去了，海子和骆一禾的诗歌还在流传。有人说，当时你就这么有预见性啊，我想至少序文现在还可以看，这样的序就写得值。

当时没有想到写序会变成一种负担，只是一种自然的流露。渐渐地，找我写序的多起来了，有些是出于友情，有些出于尊重。慢慢地，觉得序不好写，尤其是陌生人的序言更不好写。熟悉的人，还可以从交往说起，由人及文，陌生人的作品如果只是纯粹从文本说起，与文学评论文字无异，也就是一个书评，不太像序。再一个就是有些作品很长，也没时间去精心研读，如果硬写出来，有敷衍的嫌疑。后来我就不大愿意为人作序，怕误人误己。

也有实在难以推却的，大多是太熟悉的人，或者是被工作布置的，比如中国作协的《21 世纪文学新星丛书》的序言就是被布置的。所以这一次，姜广平老乡推荐《闲说水浒》让我写序，让我颇费踌躇。姜是老乡，作者陈学文又是老乡，《水浒传》的作者施耐庵又出自吾乡，我拒绝了，似乎有点愧对家乡，但如果写就有点破例了。几年前有家乡的作者作品出版，让我作序，我忙于杂事，就没有写。这次本来也想婉拒，等我阅读了《闲说水浒》之后，就不再犹豫，答应写了。因为书中写到的一些话题是我熟悉的，也是我曾经思考过的，还有一些是给我启发的。

陈学文的学问扎实，文笔朴实而准确，简洁又不粗疏，他从多则面、多角度去透视《水浒传》这部伟大作品的内涵，有的是从文艺理论的角度探索小说创作的特性，有的则是从历史考证出发去对照小说与现实的关系，有的则是从一个人物的形象去解读其他的内容。作者文史哲的功底不浅，视野也开阔，对于研究水浒的人和普通读者，都是有益的。

《水浒传》是一部伟大的小说，它的伟大还值得我们今天去咀嚼、赏析它。四大名著中，《三国演义》和《水浒传》是长得比较相似的，也难怪有人说这两部作品是施耐庵和罗贯中的合作之作。这两部小说里的有些人物是可以互文的，比如刘备与宋江，诸葛亮与吴用，张飞与李逵，人物的性格都是同一个模型里出来的，甚至把李逵的名字换成张飞、诸葛亮的名字换成吴用也无大碍。但《水浒传》里那些关于日常生活的描写尤其是市井生活的描写，正是《三国演义》里所缺少的，用现代小说的标准来衡量，《水浒传》的“格”比《三国演义》要高。正因为如此，《水浒传》里市井生活的描写对后来的《金瓶梅》《红楼梦》影响巨大，也是让中国小说从英雄传奇走向日常生活最早的尝试。汪曾祺先生对《水浒传》极为赞赏，还写过《水浒的绰号》一文，其实汪先生继承的是《水浒传》里那种对市井生活的生动细致的描写，可以说是施耐庵之后描写市井的第一高人，遗憾的是我们的研究者对此重视不够。

前几天在扬州碰到毕飞宇，说到兴化人的性格，我们一致认为，《水浒传》对兴化人的性格形成有一种潜在的催化作用，这是一个很深的文化积淀问题。抑或施耐庵的兴化人的性格塑造了《水浒传》，抑或《水浒传》反过来塑造了兴化人的性格，大碗喝酒，重仁重义，不畏强权，不欺弱者，不仅是兴化人常见的性格，也是里下河人的秉性。希望陈学文在这方面继续做一些深入的研究，探讨“水浒文化”与地方文化性格的关系，也是大有可为的。

看得出来，陈学文的《闲说水浒》是经营多年、笔耕数载的用心之作，在名著中找到我们的文化基因传承的元素，也在名著中张扬文学创作的一些普遍规律，同时也是构建小说之乡、弘扬小说之乡的力作。相信此书的出版，会引起更多的人对“水浒摇篮”的关注，也会促进更多的人对《水浒传》这部传世之作的更深入的研究。如果有一天，我写出了关于《水浒传》的论文或感想，则要感谢陈学文《闲说水浒》这部作品的触动和提醒。也就是说，这个序也是值的。

是为序。

2020 年 8 月 30 日于润民居

**作者简介：**王干，著名评论家、作家、书法家。江苏省兴化市人。历任《文艺报》记者、《钟山》编辑、江苏省作家协会创作室副主任、《东方文化周刊》执行主编、《小说选刊》副主编等职。中国作协会员、中国书法篆刻研究所教授、中国文艺理论学会理事。出版著作《世纪末的突围》《苦涩的世界》《迷人的语言风景》《揭开朦胧之谜》《王蒙王干对话录》等 10 余部。作品《王干随笔选》获第五届鲁迅文学奖。

# 水乡背景下多元价值的水浒研究

## ——序陈学文新著《闲说水浒》

唐应淦

接到陈学文的写序邀请，我第一时间便欣然允诺。原因不外乎两点：

其一，《水浒传》是家乡才子施耐庵的鸿篇巨制。作为我国文学史上第一部章回体长篇白话小说，它奠定了我国古代长篇小说章回体的创作风格，形成了中华民族特有的小说审美情趣和鉴赏习惯。这种结构形式对以后长篇小说的创作意义重大，直接影响了后来的演义与公案类小说的创作。同时，它也逐步改变了古代一直以诗文为宗的评价标准，金圣叹便将之与《庄子》《离骚》《史记》《杜工部集》相提并论，可见其成就非同小可。对这样的一部小说进行研究，显然是水乡兴化理当点赞的一件功德。而为这样的研究专著写序，自然也颇能激发并固化我的家乡情怀，何乐而不为？

其二，学文的为人与为文值得敬佩。学文在兴化文艺界，算是一个特别的人。他耿直而坦诚，朴实而专注，表面上高冷，骨子里热情，值得交往和信任。他的文风严谨而细腻，常于平常事理中发掘出独特理趣和本质属性，其散文集《想念一棵树》和若干垂钓散文便是明证。沙黑先生如是赞之："在他的散文中，不但有泥土气息，而且有人文气息，加上一定时间段的生活气息，这些较为有机地融会一起浑然呈现。他还喜欢在散文中比较精当地引用一两句古代诗文来深化对现实的观照，使所写的现实的物事刹时间从平凡中提升，同时也映亮了遥远的古典的景象到我们心中，文章也就自然地不多不少地生发出一层温暖的文化的气息。"我非常认同这份赞誉。为这样的朋友操刀捉笔，也算是我的荣幸。

《闲说水浒》，貌似闲说之辞，实为沥血之作，洋洋洒洒六十篇，虽非字字珠玑，但绝对篇篇精彩，雅致而酣畅，毋庸置疑地具有多元价值。

首先，这是兴化地方文化史的厚重研究成果。对于施耐庵的籍贯身世，学术界常有不同的声音。陈学文先生从施耐庵的仕宦经历，到原著中的人物及原型（如宋江和张士诚，潘金莲、潘巧云与潘元绍、潘元明等）、地貌环境、方言俚语等，条分缕析，梳理出较为清晰的脉络，考证出施耐庵及其《水浒传》与兴化不可分割的紧密联系。在剖析原著中的兴化方言时，还多次引用兴化籍著名作家、学者毕飞宇、费振钟、顾坚等人的作品进行佐证，大大增加了考据的可信度。这对于兴化地方文化及水浒专题研究来说，可谓“善莫大焉”。兴化作为明清小说的发祥地，四大名著中有三部与兴化有关，而施耐庵也成了中国长篇小说的鼻祖，无论是文学成就，还是对后世的影响，施耐庵都有足够的理由在兴化四牌楼拥有一块光耀千秋的匾额。为此，学文曾经在多个正式和非正式的场合亮出这一观点，而在《兴化四牌楼为什么没有旌表〈水浒传〉作者施耐庵的匾额》一文中，作者又一次郑重建议，并且企盼道：“如果真有那么一天，那也堪堪可以告慰施耐庵老先生地下之灵了。”这无疑是来自水乡背景下的真情呼唤和振臂呐喊，让人动容。

其次，作品具有可贵的史学价值。历史是人做的，但历史又是人写的，这就不可避免地可能出现感情用事，掺杂个人喜好或成见，戴着有色眼镜去品评是非功过。可学文没有。如分析高俅其人，在原著和民间传说中是个“头顶生疮，脚底流脓——坏透了心”的反面典型，作者并未跟风定性，而是从《宋史·奸臣传》《挥麈后录》《东京梦华录》《宋南渡十将传》《靖康要录》等史料典籍中觅得各种记载，肯定了他文武兼备、乖巧灵活、知恩图报的诸多优点，再指出他导致禁军“纪律废弛”“军政不修”的致命缺失，真实还原了高俅的历史本来面目。又如在解读宋江起义的性质时，首先认可了历史上的宋江起义属于农民起义的范畴，然后对水浒中108将一一核对出生，只找到了明确为农民身份者1人，而后又不厌其烦地对梁山兵源及具体人数细心统计，发现“梁山招安时的十万之众，有八万多是官兵，占绝对多数。只有四五千加入梁山的庄客是真正的农民出身，当然喽罗和招募的流民中肯定也有农民，但数量不会多”，并且指出：梁山武装没有建立革命政权，没有提出任何土地要求，而且只反贪官，不反皇帝。最后才得出结论——《水浒传》中的梁山武装队伍其性质并非农民起义。其他如对原著中刺配与花绣的研讨，对历史上蒙汗药及其解药的揭秘，对十八般武器的演变介绍等，哪怕就是对一个绰号——“一丈青”的考证，学文均能耐下心来，和你娓娓而谈，细数家珍，道清原委，令人信服。再如在《林冲与王伦梁山大火并，谁之过》中，首先分析了林冲对王伦从压抑到爆发，王伦对林冲从拒绝到打压的深层次原因，然后多角度冷静评议，认定王伦占主要责任，林冲为次要责任，而所谓的旁观者吴用他们其实是幕后推手，“也逃不了干系”。用事实说话，以理性见证，毫不偏袒任何一方，这正是他辨析严谨的映照。考证缜密，客观中正，所有的观点均非空穴来风，这样的学术态度和精神，是值得我们推崇的。

再次，作品具有不可小觑的文学价值。从宏观上来看，《闲说水浒》是一部学术著作。但学术著作不一定非得阳春白雪，曲高和寡，也完全可以下里巴人般接通地气，还可以青春少女般妩媚动人，让人在品鉴欣赏之余，感喟文学的巨大魅力。这里牵涉到很多微观上的技巧。

作品在有理有据考证的同时，不忘适时采用文学化的语言表述，增强可读性。如借用徐志摩的《再别康桥》：“王进有个见识不一般的老娘，说走就走。挥一挥手，不带走一片云彩。”如化用英国浪漫主义诗人雪莱的诗歌：“杨志心想，冬天过去了，春天还会远吗？”如化用鲁迅赠给瞿秋白之辞来褒扬解珍、解宝的表姐顾大嫂：“人生得一表姐足矣，斯世当以同怀视之。”美国作家斯宾塞·约翰逊的寓言故事《谁动了我的奶酪》，文中则直接写成了卢俊义“不敢动宋江的奶酪”。在《董平的无耻》中，又直接引用尼采的话进行讽喻：“不要把自己吹得太大，小针一刺就会使你爆炸。”而像“美丽是美丽者的通行证”“青春美貌的一丈青，似一株艳丽桃花，不合时宜地开在粗犷的梁山上，以她的无奈和沉默不语，演绎着无尽落寞和悲情人生”这样唯美的表述，带给读者的都是一次次文学的享受与细节的陶醉。

文章的幽默风趣也值得一提。幽默源自扎实的文学功底和丰富的知识储备，文字的趣味性总能给文学性加分。如“朱仝身长八尺四五，面如重枣，目若朗星，长得比关胜更像关羽”（《义薄云天说朱仝》），如“这还不算，真正见证奇迹的时候到了”（《吕方的武艺》），如“侯健和孔亮一样同属菜鸟级别，还都死得窝囊，竟然都是被淹死的。早知如此，还学什么武艺？学会游泳该多好”（《梁山师徒》），这样的句子时不时地蹦跳而出，总能叫你忍俊不禁。

《闲说水浒》，虽说研读的是古代名著，但文字的呈现打上了时代的烙印。文章中现代感的语句比比皆是：“如果官府推选‘最美郓城人’或者‘郓城县形象大使’，非朱仝莫属，谁也抢不走。”“王英为朋友可以两肋插刀，但为了女人他又可以插朋友两刀。”而诸如“集团公司的董事长”“刑警大队”“娱乐圈头牌”“农民工”“包工头”“钻石王老五”“野蛮女友”“仪仗队队长”“扶贫对象”“晚婚和计划生育”等现代词汇，诸如“无厘头”“猪一样的队友”“头号粉丝”“背锅侠”“碰瓷”“吃瓜群众”“打酱油”“小鲜肉”“微信朋友圈”“微信转账”“PK”“QQ”之类的网络语言，层出不穷。看似信手拈来，实则是作者生活的智慧表达和精准转化，读来莞尔。

在文学性方面，我还想说的是多种修辞的娴熟运用。这里有古老的赋比兴手法，还有诸多形神兼备的妙喻，大气磅礴的排比句和排比段，以及句式工整的对比和各种俗语、歌词、诗句、广告的贴切引用与化用等等，不胜枚举，姑且留待读者悄悄寻觅并细细品味去吧。

最后想告诉大家的是，不要忽视了这部作品的哲学价值。说到底，文学是人学，当然应该给人以有益的启迪和哲学的思考。德国文学家汤马斯·曼表示，文学艺术家追求的，是“使思想闪烁着感情的火花，而情感却如思想一样精确与集中”。因此，在我看来，优秀的作品应当饱含哲学内涵，应当让读者碰撞出伦理学、美学、社会哲学、爱情哲学、人性论等多种层面的哲学火花。《闲说水浒》做到了这点。比如《唐刘儿的一巴掌》中，作者感叹：“小人物的命，那不叫命，卑如小草，贱如尘土，却又代代相传，生生不息。”掩卷遐思，事实如此：一个社会的文明进步，或许不在于大家都去众星捧月，而在于对毫不起眼的小人物，有着发自心底的欣赏与尊重。因为，正是那些芸芸众生，才是构筑文明社会的坚实支撑。文中足以触发人们哲思的句段还有很多，如“伤人亦伤己，乃有断臂之祸；放下双戒刀，方有善终之福”（《武松的戒刀》），如“小人从来不敢光明正大地对决，暗中使坏才是他们的拿手好戏”（《小人陆谦》），这样的表述是不是让你有豁然开朗之感？有时，作者还干脆直接点明，如“实则虚之，虚则实之”的自然之道，如“弱肉强食，适者生存”的江湖法则，如“时迁不是死于绞肠痧，而是死于偏见”的明晃晃的人生哲学，我们又怎能视而不见，悱而不发？

鉴于《闲说水浒》所具有的水乡背景下的多元价值，是为序。

2020 年 8 月 14 日于心宣园

**作者简介：**唐应淦，江苏省作家协会会员，江苏省文艺评论家协会会员，江苏大众文学学会会员，兴化市明清小说研究会会员，《兴化文学》执行主编。在《文艺报》《文学报》《江苏作家》《江苏文艺研究与评论》《江苏文学》《芜湖青年》《江苏教育报》等报刊发表文学作品数十万字，另出版长篇小说《只有影子剪不断》、全国首部短信家书《父子拇指情》、散文集《密码人生》、文学评论集《历史的天空有朵云》。曾获首届“板桥文学奖”，第一届、第二届“郑板桥文学艺术奖”等。

# 目　录

## 第一辑　人物专论

## 第二辑　寻踪考辨



## 第三辑　解读评析

# 第一辑　人物专论

## 史进寻王进，为何寻不见

史进是第一个出场的梁山好汉，他是由谁引出来的？

八十万禁军教头王进。

王进又是谁引出来的？

殿帅府太尉高俅。

高俅原是个“破落户子弟”，品行不好，但在大宋王朝竟然混到太尉的高位，手握重权。这样的人一上台，老实人就要倒霉。

这不，高俅刚一上任，就盯上了王进。当年你爹打了我一棒子，今天我非报仇不可！

这话当然不会在台面上讲，但只要想找碴，一找一个准。

王进知道坏了，高俅是准备把他往死里整。左思右想，这货色咱惹不起，躲得起。三十六计，走为上！

这决心并不容易下。王进虽然只是禁军教头，但好歹也是体制内的公务员，真正吃皇粮的。对一般人来说，就算铁饭碗不要了，房子、所有不动产和全部家当舍得放弃吗？

王进有个见识不一般的老娘，说走就走。挥一挥手，不带走一片云彩。

走到哪里去？延安府老种经略相公那。那里是边关，正同西夏国打仗，需要用人，并且王进在那还有几个老熟人。

一路到了史家庄，王进母亲病倒了，多得史太公照顾。王进为报答史太公，收下他儿子史进为徒，半年时间教会了史进十八般武艺，便又启程往延安府去了。

为什么不愿留在史家庄？王进说得很明白：“只恐高太尉追捕到来，负累了你，不当稳便，以此两难。我一心要去延安府，投着在老种经略处勾当，那里是镇守边庭，用人之际，足可安身立命。”

王进走后不久，史太公病逝，愣头青史进更加没人管。他和少华山的强盗不打不相识，相识了又成为了好朋友，被人举报到官府。结果史进和少华山的头领一起杀了围捕他们的人，遭到官府的通缉。

有家难回，又不愿上山落草，史进只剩下一条路：寻师。

寻着了吗？没有。

什么原因？原著根本就没说。王进是《水浒传》中神龙见首不见尾的人物，他上承坏怂高俅，下启好汉史进，任务一完成，就消失不见了，就连施老爷子对他也是不管不顾。

真要说起史进寻不着师傅王进的原因，其实就一句话，老种经略根本就不敢收留王进。

为何如此说？

王进去投奔延安府老种经略处，那是毫无疑问的。鲁智深在渭州与史进相识，就明确告诉史进："洒家听得说，他在延安府老种经略相公处勾当。"后来两人在瓦罐寺不期而遇，史进告诉鲁智深："因此小弟也便离开渭州，寻师父王进，直到延州，又寻不着。"按常理，只要王进在老种经略手下当差，以八十万禁军教头的名号，根本没有找不着的道理。即便王进不想见徒弟，也堵不住悠悠众口，史进一问便知。

唯一的可能就是：王进确实找了人想投到老种经略麾下，老种经略用人之际，也很想收留王进，但扛不住高俅的通缉令啊。收留了王进，就得罪了高俅，得罪了高俅，就没有好果子吃。轻则给你使绊子，重则降职降级，老种经略敢冒这个风险吗？

毕竟，高俅是个什么人，老种经略很清楚，不可能没有打过交道。即便没有打过交道，肯定也有所耳闻。

就拿林冲来说，只因为高衙内看中了林娘子，高俅就使用奸计欲置林冲于死地。要不是鲁智深相救，林冲早就死在野猪林了。即便林冲被发配到了沧州牢营，也要千里迢迢派人欲除之而后快。

林冲并没有得罪过高俅，尚且如此，王进的父亲打过高俅一棒子，让他“三四个月将息不起”，高俅怎么能放过王进？所以当他听说王进弃家在逃、不知去向，大怒道：“贼配军在逃，看那厮待走那里去！”随即押下文书，行开诸州各府，捉拿逃军王进。

高俅睚眦必报，做事如此歹毒，对收留、包庇王进的人又岂能轻易放过？

况且王进欲投奔延安府老种经略处，在江湖流传已久，高俅岂能不安排耳目打探清楚？

老种经略就算人再好，也毕竟是官场中人，他不会拿自己的前途开玩笑。王进这么一个烫手的山芋，他不能接，也不敢接。最好的办法就是资助点银两，让王进躲起来，这已经很厚道了。

所以王进只能是隐居在一个不为人知的角落，过着几乎与世隔绝的生活。史进想找到师父，比登天还难。

只是可怜了少不更事、义气当先的史进，在寻师的过程中不但用光了盘缠，也耗尽了满腔热情。在经历过世道沧桑和江湖险恶之后，他只能上少华山落草为寇。

昏君治国，奸臣当道，王进想做良民而不得，史进也是。师徒一先一后，只能殊途同归。

# 义薄云天说朱仝

朱仝是水浒中最重义气的人。

出于义气，朱仝救过梁山第二任寨主晁盖。

白胜被捉，经不住严刑拷打，供出了抢劫生辰纲的主犯晁盖，济州府着令郓城县对人犯实施抓捕。虽然宋江报了信，但晁盖和公孙胜因为殿后收拾，还没来得及逃走。朱仝一面虚张声势，一面设计放开一条生路，让晁盖逃出了官军的围捕。朱仝对晁盖说："你不可投别处去，只除梁山泊可以安身。"晁盖道："深感救命之恩，异日必报！"

出于义气，朱仝救过梁山第三任寨主宋江。

宋江杀了阎婆惜，被官府画影图形四处缉拿，是朱仝通风报信，让宋江带着兄弟宋清及时跑路。朱仝又拿出些钱物来，使受害者家属情绪稳定，让她不要去州里告状。又用若干银两派人到州里上下打点，终于使事情缓和下来。宋江对父亲和兄弟宋清说："今番不是朱仝相觑，须吃官司，此恩不可忘报。"

出于义气，朱仝救雷横更是感天动地。

前两次救人，是利用工作之便。只要安排周密，并没有什么大的风险。这次救雷横，才让人见识到什么叫情深义重，什么叫义薄云天。

雷横因为母亲被打，一怒之下用枷板打死了白秀英。新任知县是白秀英的相好，朱仝虽然上下打点，也丝毫无用，只是要雷横偿命。雷横母亲来送牢饭，央求朱仝照应，朱仝道："老娘自请放心归去，今后饭食不必来送，小人自管待他。倘有方便处，可以救之。"

正好知县要朱仝押送雷横到济州府，朱仝知道，这案子已被知县做成了铁案，一旦将雷横送到济州，必死无疑。

要救雷横，只有一条路，就是半路放人，让雷横携带老母投奔梁山泊。朱仝毫不犹豫地这样做了，然后毅然前往县衙自首。结果朱仝成了罪犯，被断了二十脊杖，刺配沧州牢城。

为救朋友，朱仝不惜放弃优厚的职业和个人前途，自己被脊杖发配，吃尽苦头、受尽屈辱，也心甘情愿、无怨无悔。这份大义，这份深情，从古至今试问有几人能做到？就是以忠义名闻天下的关羽也未必能如此。

在《水浒传》里，虽然出现了关羽的后人关胜，但只是徒有虚名罢了，真正体现关羽义薄云天精神的却是朱仝。

朱仝身长八尺四五，面如重枣，目若朗星，长得比关胜更像关羽。一把一尺五寸的长须飘于胸前，别人都称他做美髯公。朱仝原是本县富户，为人仗义疏财，且有一身好武艺。朱仝在郓城县担任都头，平常谦和待人，和同事关系极好，前后两任知县也都喜爱和尊重他。

可以说，无论家境还是职业，无论性格还是人脉，朱仝都是可以打高分的，如果官府推选“最美郓城人”或者“郓城县形象大使”，非朱仝莫属。

人说吉人自有天相，朱仝确实得到了上苍的眷顾。他发配到沧州时，知府看他相貌堂堂，一表人才，没有按惯例将他送到牛棚去劳动改造，而是留府听用。

朱仝亲和力特别强，是个到哪里都能迅速取得别人信任的人，加上别人困难时，他经常放下十两银子就跑，因此沧州府里押番、虞候、门子、承局、节级、牢子等人个个都喜欢他。尤其是知府四岁的小衙内，跟朱仝自来熟，第一次见面就主动要这个大胡子叔叔抱了去玩耍，后来这成了朱仝的主要工作。

就这样，原郓城县刑警大队大队长朱仝，很快转变角色，成为沧州知府家称职的男保姆，成了小衙内十分依赖的人。朱仝和当初同样发配在沧州的林冲一样，指望着“一年半载，挣扎还乡，复为良民”，和家人享受天伦之乐，过上平平安安的小日子，可他的梦想也像林冲一样彻底破灭。

林冲是高俅派人前来陷害他，欲置他于死地。朱仝呢？是他所救的晁盖、宋江、雷横等人陷害他，欲逼他上梁山。

《水浒》第五十一回，正是七月十五盂兰盆大斋之日，朱仝驮着小衙内去看河灯，路上遇到雷横、吴用。朱仝嘱咐小衙内不要乱跑，便陪同雷横、吴用说话。

雷横、吴用是奉晁盖、宋江之命前来劝说朱仝上梁山聚义，朱仝完全没有这个打算，自然一口回绝。说话的当口，小衙内不见了。后来才知道，小衙内被黑旋风李逵用斧头将头颅劈成了两半。

一个天真、活泼、可爱的小孩就这样惨死，朱仝浑身长一百张嘴也说不清了。想到知府对他的信任，想到小衙内对他的依赖，朱仝“心头一把无明业火高三千丈，按捺不下，起身抢近前来，要和李逵性命相搏”。

可李逵明明白白告诉他：“晁、宋两位哥哥将令，干我屁事？”还叫得理直气壮。

朱仝完全想不明白，当初他救了晁盖、宋江、雷横的性命，他们都说要报恩。现在他们这是报恩吗？这是实足害人哪！

朱仝欲哭无泪！

即便要与李逵拼命，又能怎样？李逵的背后站着晁盖、宋江、吴用、雷横一大把的人呢。

此时的朱仝，除了上梁山，还有其他路可走吗？朱仝只能弱弱地说一句：“是则是你们弟兄好情意，只是忒毒些个！”

曾经为朋友两肋插刀的朱仝，就这样被形同绑架似的上了梁山。

朱仝来到梁山时，“晁盖、宋江引了大小头目，打鼓吹笛，直到金沙滩迎接”，这是其他好汉上梁山时从来没有的礼遇。

朱仝的义薄云天，换来了几声锣鼓响、几声笛音脆，他的脸上尽管挂着笑，可那是苦恼人的笑，那是含着泪的笑。

他在心里一声长叹，终于放下了所有。

梁山最终归顺了朝廷，朱仝在南征后活着归来，被朝廷授为武节将军、保定府都统制。他管军有功，后随刘光世大破金兵，直做到太平军节度使。

彼时，曾经不惜手段逼他上梁山的晁盖、宋江、吴用、雷横、李逵等人，竟然全都作古归天。

时也？！

命也？！

# 悲情扈三娘

梁山上三员女将，不管是论武艺还是论颜值，扈三娘都远远超过了顾大嫂和孙二娘，即便论绰号，“一丈青”也比“母大虫”和“母夜叉”要婉约得多。

那么“一丈青”究竟是什么意思呢？施老爷子在《水浒传》中并没有给出解释。

有人考证说，“一丈青”是指一种长一丈的黑色毒蛇，原产于北京香山一带，隐于草丛之中，遇人不跑，反而昂头吐芯，凶气逼人。用如此狠毒之物来比喻扈三娘，恐怕不是施老爷子的本意。毕竟扈三娘虽然武艺高强，作战勇猛，但她并没有像潘金莲那样毒杀亲夫，反而是在为丈夫王英报仇时身亡，这说明扈三娘并不是一个蛇蝎心肠的女人。不过，既然说到蛇，倒让人想起民间传说《白蛇传》中的小青。小青本是一条青蛇，修炼千年而幻化为娇艳俏丽的女子。她为白素贞和许仙牵线搭桥，又助白素贞与法海拼死抗争，是一个忠心耿耿、乐于助人且武艺高强的艺术形象。《白蛇传》的传说始于唐代和五代十国时期，成熟于两宋，故事发生的背景在杭州，作为在杭州生活过的施耐庵一定听到过这个传说，但如果硬要把“一丈青”和“小青”扯上关系，那显然是无厘头、瞎扯淡。不过，两者还是有相似之处，她们都是武艺高强的美貌女子。

“一丈青”原指古代妇女头上的一种饰物，头部为钺斧或蛇矛的形状，尾部尖细。《红楼梦》第五十二回：“坠儿只得往前凑了几步，晴雯便冷不防欠身一把将他的手抓住，向枕边拿起一丈青来，向他手上乱戳。”这里的“一丈青”就是指这样一种饰物，因为尾部尖细，可以拿来戳人。但用这样一种普通饰物来比喻扈三娘，显然也并不妥当。

“青”的意义有多种，本意是指一种颜色，类似蓝色或黑色。《古诗十九首》有“青青河畔草”之句，这里的“青”是很茂盛的样子。古人常用“青娥”来比喻青春年少的女子。《聊斋志异》里就有一篇故事叫《青娥》，写的是“美异常伦”的女主人公青娥和男主人霍恒曲折离奇的爱情故事。《聊斋志异》里另有一篇《青凤》，女主人公青凤是狐狸精变化而成，长得“弱态生娇，秋波流慧，人间无其丽也”。无论是青娥还是青凤，在蒲松龄笔下，她们都是花容月貌的女子。在中国的戏曲舞台上，有一种角色叫“青衣”，所扮演的也多是青年女子。毕飞宇的中篇小说《青衣》，描写的就是三代青衣演员戏里戏外的故事。

那么“一丈青”之“青”，应该就是指年轻美貌的女子，“一丈”是形容身材高挑，“一丈青”其实就是身材高挑的美貌女子，用现在的话说，就是长腿美女的意思。

《水浒》第四十八回，扈三娘出场时被描写成“天然美貌海棠花”，到第六十三回，则又更进一步说她“玉雪肌肤，芙蓉模样，有天然标格”“眼溜秋波，万种妖娆堪摘”。一丈青扈三娘被比喻成“海棠”和“芙蓉”，可见其美貌非凡。其实，荷花中有一个品种就叫“一丈青”，该品种花瓣比一般荷花既长且宽，花色纯白，外形高雅。究竟是扈三娘的绰号得之于这种荷花品名，还是此荷花的命名取之于扈三娘的绰号？谁也无法考证。美丽是美丽者的通行证，以花喻人，或者以人喻花，都是恰当的。

在施耐庵笔下，顾大嫂和孙二娘是男性化的女人，只有扈三娘才显现出女性之美和妩媚之气，但却也是最平面、最没个性的一个。宋江将她许配给梁山第一猥琐男王英时，她没表示半点意见，默默承受。李逵杀了她全家老小，她没表达一丝愤怒和一句怨言，更谈不上有复仇之念。难道扈三娘天生是一个毫无主见、任人摆布的冷血女人吗？

其实在封建时代，女人对自己的婚姻是没有自主权的。“父母之命，媒妁之言”，是决定女人婚姻的最高圣经，“三从四德”成为女人的行为准则。所谓“三从”即未嫁从父、出嫁从夫、夫死从子。一丈青扈三娘是良家女子，从小受到封建礼教的教育，在婚姻问题上也就放弃了话语权。扈三娘的父亲扈太公被李逵杀害，宋江认她为义妹，宋太公就成了她的义父。义父和义兄发下话，她也就无法拒绝，只得默认下来。

梁山是个特殊的江湖，它有着自己的生存之道和游戏规则。梁山那么大的林子，派别众多，身份各异，靠什么来维系？靠的就是一个“义”，可以说“义”是梁山一众兄弟的凝聚剂，江湖道义、兄弟情义，就是梁山的山规，任何人都不能逾越。在这样的环境下，扈三娘要向李逵寻仇，无异于白日做梦。

哀莫大于心死，一丈青扈三娘有怨不敢诉，有仇不能报，有泪不愿流，所有的愁苦她都装在心里，自己一个人默默地承受。她似一株艳丽桃花，不合时宜地开在粗犷的梁山上，以她的无奈和沉默不语，演绎着无尽落寞和悲情人生。

当年楚王听蔡侯赞美息夫人：“息妫之美，天下无双，杏花含粉，国色天香。”于是楚王灭了息国，俘虏了倾国倾城的息夫人，并将她纳入后宫，宠爱有加，还生了一个儿子。但息夫人为了表示对故国和息侯的怀念，来到楚国三年都没有说过一句话，没有露过一次笑脸。清朝诗人邓汉仪感慨作诗曰：“千古艰难惟一死，伤心岂独息夫人。”是的，伤心的还有一丈青扈三娘。息夫人好歹嫁的是一国之君，而扈三娘嫁的却是梁山第一号猥琐男王英。

王英何许人也？王英原是车夫出身，但他毫无职业道德，见财起意杀了客人，后越狱逃跑，到清风山落草为寇。王英五短身材，形容丑陋，品行又差，还残忍好色。当燕顺杀了祸害宋江的刘知寨夫人后，王英竟然为了这个女人要和自己的老大燕顺拼命。王英为朋友可以两肋插刀，但为了女人他又可以插朋友两刀，为梁山众好汉所鄙视，要不是宋江罩着，梁山好汉中哪有他的位置？

王英和扈三娘的这桩婚姻，源于宋江的乱点鸳鸯谱，这让很多读者都颇有微词。据说《水浒传》传到日本，日本人对于扈三娘嫁给王英很不认同，不惜篡改原著，将扈三娘嫁给了林冲。

悲剧是将美好的东西毁灭给人看，施老爷子十分明白这个道理。《水浒》第一一七回，扈三娘和王英跟随宋江攻打睦州，正遇上方腊手下大将郑彪。郑彪使出法术，将王英刺于马下，扈三娘急忙来救，与郑彪打了一合，郑彪回马便走，扈三娘追赶时，被郑彪用一块镀金铜砖打中面门，落马而死。书中此处写道：“可怜能战佳人，到此一场春梦。”

## 时代的四粒灰尘，砸在了杨志头上

时代的一粒灰尘，落在每个人头上，都是一座山。

《水浒》里的青面兽杨志很倒霉，头上掉落过四粒灰尘，最后不得不走上落草为寇的道路。

杨志是三代将门之后、五侯杨令公之孙，可谓根正苗红。可不知怎的，杨家这时候已经家道中落，没什么影响力了。不过因为基因好，杨志有一身的好武艺，并且是武举科班出身，做到了殿司制使官。制使是皇帝派遣出去办事的使者，宋代殿前司下属的中下级军官，相当于团级军官。

按理说，杨志在殿帅府当差，既有为又有位，应当前途无量。

可是在那个奸臣当道、纲纪败坏的时代，天灾人祸犹如一粒粒灰尘在天空飘舞，落在谁头上谁倒霉。

杨制使志得意满之时，第一粒灰尘飞来了。

宋徽宗要盖一个园林，叫做万岁山，派了十个制使去太湖边押运花石纲，这可是天大的好事啊，只要完成押运任务，皇上一高兴，肯定得提拔重用。

杨志一路风尘仆仆，押运到黄河边上。谁知莫名其妙刮来一阵飓风，一下子把船打翻了。杨志失陷了花石纲，无法回京交差，眼看着其他九个制使都完成任务领赏去了，他只能四处逃难，躲避官府抓捕。

当年陈胜、吴广误了军期，回去是个死，逃亡被抓也是个死，还不如反了吧，或许有个活路，于是他们举起了反秦大旗。杨志不敢，他一直指望把一身本事，边庭上一枪一刀，博个封妻荫子，也好光宗耀祖。

杨志东躲西藏，担惊受怕，恰巧遇到皇帝大赦天下。他便回到老家，变卖家产，收拾了一担儿金银财物，准备去东京枢密院上下打点，仍然谋个制使的差事。

杨志心想，冬天过去了，春天还会远吗？我杨志的春天该来了。

可他等到的不是春天，他等到了第二粒砸向他的灰尘。

这一次的灰尘是个叫高俅的家伙。

杨志求爷爷告奶奶，把一担金银财物都用尽了，终于等到通知，去殿帅府见高太尉。杨志兴高采烈地来到厅前，却被高俅一顿怒骂，最后被赶了出去。

所带来的财物，如肉包子打狗，有去无回。杨志浑身上下就只剩下一把祖传宝刀，指望着卖得千百贯钱钞，好做盘缠，投往他处安身。

没想到又一粒灰尘砸到他头上，这一次的灰尘是个叫牛二的“没毛大虫”。

牛二是京师有名的破落户泼皮，专在街上撒泼、行凶、闹事，连开封府也拿他没办法，所以谁见了都像见到瘟疫一样躲着他，只有杨志不明就里。

牛二一来，就扯着杨志的宝刀问道：“汉子，你这刀要卖几钱？”几钱，几钱，这好像是兴化方言啊，这也证明《水浒传》作者施耐庵是兴化人呢，不过兴化可没牛二这样的无赖。

杨志道：“祖上留下宝刀，要卖三千贯。”三千贯就是三千两银子，约人民币 40 多万元。

喝得半醉的牛二根本不信，就和杨志争执起来。为了验证刀的好处，先是牛二拿来铜钱让杨志剁成了两半，再是牛二拔下一把头发让杨志在刀口上吹断了。削铁如泥，吹毛即断，确实是把宝刀，这就唤起了牛二的贪心。在如何证明宝刀“杀人刀上没血”这个问题上，牛二撒泼耍横，还挥起右拳向杨志打来。杨志被他纠缠得紧了，一时兴起，向牛二嗓子上搠了一刀，又在胸脯上连搠了两刀，泼皮牛二就这样结束了可耻的一生。

这个案子，牛二寻衅滋事在先，杨志激愤杀人在后。因为杨志无意间为民除害，从官府到坊间都有意保护杨志，减轻刑罚，所以杨志只以“误伤人命”的罪名被断了二十脊杖，刺了金印，发配到北京大名府留守司充军。

杨志发配到大名府后，竟然时来运转，得到北京留守梁中书的赏识，被留在府中听用。梁中书见他“做事勤谨”，有心照顾他，就以教场比武的方式提拔杨志担任管军提辖使。

历经坎坷的杨志迎来了人生的转机，可命运并没放过他，第四粒灰尘再一次砸到他的头上。

梁中书为给岳父蔡京贺寿，搜刮十万贯生辰纲，命杨志送往东京。杨志为防盗贼劫夺，制订了早晚休息、白天赶路的策略。正逢炎炎盛夏，手下军士先有怨言，后又怠工。急躁的杨志看到这群猪一样的队友，不是怒骂，就是鞭打，双方矛盾更加激化。最后中了晁盖、吴用等人的计谋，喝了掺有蒙汗药的酒后昏迷不醒，导致生辰纲被抢。

杨志再次逃亡，他身无分文，落魄到去吃霸王餐，幸而结识了曹正、鲁智深，上了二龙山落草为寇，才算有了立足之地。

梁山第一任寨主王伦曾对杨志说过一番话：“却才制使要上东京勾当，不是王伦纠合制使，小可兀自弃文就武，来此落草，制使又是有罪的人，虽经赦宥，难复前职。亦且高俅那厮现掌军权，他如何肯容你？不如只就小寨歇马，大秤分金银，大碗吃酒肉，同做好汉，不知制使心下主意若何？”

王伦料定高俅容不下杨志，必定不会让他复职，还是有眼光的，但彼时的杨志根本看不上草寇这行当，一心只想在仕途上争个功名，就找了个借口坚决地回绝了。

人生如戏，绕了一大圈，还是做了草寇。

难道偌大的大宋王朝就没有杨志的用武之地？

是杨志没能力吗？不是！

是杨志不努力吗？不是！

是杨志得过且过、胸无大志吗？也不是！

天灾人祸犹如一粒粒灰尘在天空飘舞，砸在谁头上谁倒霉。

杨志就是那个倒霉透顶的人，他在不长的时间内，接连被时代的灰尘砸中，直砸得头破血流、走投无路。一个原本只想凭本事为国效力的热血青年，最后只得落草为寇。

时代的一粒灰尘，落在每个人头上，都是一座山。这话是对的。

## 花荣的秘密

宋江的第一心腹是谁？不是李逵，不是吴用，而是花荣。

花荣为什么会成为宋江的头号粉丝？这是个值得深究的问题，原著里并没有给出答案，只有花荣见到宋江的一段话提供了一点线索："自从别了兄长之后，屈指又早五六年矣，常常念想。"这说明五六年前，宋江、花荣曾经聚会，也就是那次的经历，让花荣对宋江崇拜不已。

花荣原是清风寨副知寨，上梁山后排名第九，他给人印象深刻的地方有三点。

其一，花荣长相英俊。原著写道："齿白唇红双眼俊，两眉入鬓常清，细腰宽膀似猿形。"

花荣的衣着打扮，原著中也有两次描写。

《水浒》第三十三回："身上战袍金翠绣，腰间玉带嵌山犀。渗青巾帻双环小，文武花靴抹绿低。"

《水浒》第七十六回："蜀锦鞍鞯宝镫光，五明骏马玉玎珰。虎筋弦扣雕弓硬，燕尾稍攒羽箭长。绿锦袍明金孔雀，红鞓带束紫鸳鸯。参差半露黄金甲，手执银丝铁杆枪。"

前一首写的是花荣初次出场时的形象，后一首写的是花荣在战场上的形象。可以说，一个美男子兼青年将军的丰采跃然纸上，完全可以媲美《三国演义》里的赵云、《隋唐演义》里的罗成。

其二，花荣箭术一流。书中写道："能骑乖劣马，爱放海东青。百步穿杨神臂健，弓开秋月分明，雕翎箭发迸寒星。人称小李广，将种是花荣。"

关于花荣的箭术，有几个经典桥段值得一说。

花荣听说宋江被刘高捉了，急忙披挂上阵，赶到刘高寨外示威。他先是一箭射中大门左边门神的骨朵头，再一箭射中右边门神头盔上的朱缨，花荣再取第三支箭，喝道：“你众人看我第三支箭，要射你那队里，穿白的教头心窝！”那人叫声“哎呀！”转身就走，众人也跑了个精光。

花荣和宋江路过对影山，看见吕方和郭盛各使方天画戟，斗到三十余合不分胜败。后来两支戟上的豹子尾和五色幡搅做一团，难以拆开。花荣见了，“飕”的一箭，恰好把绒绦射断，将两支戟分开了。

上梁山后，众人谈起花荣一箭射断绒绦、分开画戟的事，晁盖听了将信将疑。花荣指着头顶上一行飞翔的大雁，说要射第三只雁。话音刚落，花荣已射中雁行内第三只雁，直坠落山坡下。晁盖和众头领看了，尽皆骇然，都称花荣做神臂将军。

在跟随宋江南征北战时，花荣更是凭借他精湛的箭法立下汗马功劳，直接或间接死于他弓箭之下的敌方将领有薛元辉、琼妖纳延、方琼、张翔、杨端、冯翊、阙翥、董澄、王仁、王绩、晁中、邓元觉。特别是邓元觉，是方腊手下四大元帅之一，《水浒传》中的顶级高手，被花荣一箭射中面门，落马后被宋军杀死。

其三，花荣唯宋江马首是瞻。可以说，花荣对宋江的尊敬已达到了五体投地的地步。

花荣在明知宋江杀人后成了通缉犯，不以为意，反而多次写信邀请宋江到他寨里避难。而且宋江来到后，花荣对宋江尊崇有加。

《水浒》第三十二回：“只见寨里走出那个年少的军官来，拖住宋江便拜。花荣见宋江，拜罢，喝叫军汉接了包裹、朴刀、腰刀，扶住宋江，直到正厅上。便请宋江当中凉床上坐了，花荣又纳头拜了四拜。请宋江去后堂里坐，唤出浑家崔氏来拜伯伯。拜罢，花荣又叫妹子出来，拜了哥哥。”

非但如此，花荣还叫手下几个心腹每天陪同宋江到清风镇街上游玩，早晚供应茶酒，服侍宋江。

宋江要招降霹雳火秦明，给秦明挖了一个大坑，导致秦明一家被满门抄斩。宋江做主，让花荣妹子嫁给秦明，花荣丝毫没有犹豫，一口答应。

花荣原本是朝廷命官，但为了救宋江，不惜与正知寨刘高翻脸，跟随宋江上了梁山。朝廷第二次招安梁山时，花荣听见不赦免宋江时当场发飙。

《水浒》第八十回：却才读罢诏书，花荣大叫："既不赦我哥哥，我等投降则甚？"搭上箭拽满弓，望着那个开诏使臣道："看花荣神箭！"一箭将其射死。

花荣对宋江的崇拜不是一般意义上的，既有着过命之交的兄弟情，应该还有只存在于他们两人之间的秘密。

花荣对宋江说的"自从别了兄长之后，屈指又早五六年矣"，那么五六年前的那次聚会，他们两人究竟干了什么？

在晁盖、吴用智取生辰纲的前一年，梁中书费了10万贯收买的金珠宝贝，在送往东京的路上被"贼人"抢了，案子一直悬而未破。这个时间点与花荣说的"五六年前"也正相符合。这件惊天动地的大案，如果真是宋江、花荣干的，也就能解释宋江为何会有那么多的钱财施舍他人，他家的地窖里为何有那么多的"金帛"，宋江家藏万贯，花荣当然也少不了。

此外，晁盖在曾头市中的那支毒箭究竟是谁射的，也一直存在争议。如果不是史文恭射的，除了花荣还能是谁？

宋江死后，托梦给花荣和吴用，两人在宋江坟前自缢而死。宋江和花荣之间的秘密也被永远地带走，成了《水浒传》中的两个未解之谜。

## 曹正的计谋

杨志吃霸王餐不给钱，酒店老板曹正便和他打起来。

其实不是杨志不想给钱，而是确实没钱，所谓“一文钱难倒英雄汉”。

打了二三十回合，曹正不是杨志的对手。曹正的小舅子和几个庄客想要一起围殴杨志，曹正即时叫停。

曹正叫停是对的，以他小舅子和庄客那三脚猫的功夫，和杨志打架，非死即伤。

叫停后双方通名报姓，立即化敌为友。

原来曹正和杨志两人都认识林冲。曹正在开封时曾拜林冲为师，而杨志在梁山下曾和林冲交过手，同是皇家前武官，彼此也算惺惺相惜。

曹正是个厚道人，不但安排杨志食宿，还建议走投无路的杨志上二龙山落草。

原本杨志想去投奔梁山，可又觉得没面子，有些犹豫不决。毕竟，当初王伦留他在梁山做个头领，他却留恋官场婉言谢绝，结果不但没捞着一官半职，反而因为杀人，脸上添了耻辱的金印。

曹正之所以让杨志投奔二龙山，一是梁山寨主王伦心地偏窄，安不得人，师父林冲上山时，受尽他的气。二是二龙山离此地不远，方便入伙。

曹正不想让杨志投奔梁山，应该还是存有一点私心。当初王伦千方百计要留下杨志，有他的小九九，他是想收买杨志来牵制林冲。曹正是聪明人，不会琢磨不到这一点，当然不希望杨志上梁山后帮助王伦对付师父。

曹正是开封人氏，祖代屠户出身，挑筋剐骨，开剥推斩，是一把好手，因此被人唤做操刀鬼。但如果就此认为曹正是一个平常的杀猪屠狗之辈，那就错了。从曹正叫停打斗、避免伤亡，到建议杨志上二龙山落草，都可看出曹正是个有主张、有点子的人。

曹正为何来到青州地界？曹正自己说得明白："为因本处一个财主，将五千贯钱，教小人来此山东做客，不想折了本，回乡不得，在此入赘在这个庄农人家。"

五千贯钱，可不是小数目，相当于今天人民币七八十万元的购买力。一个财主能出这么多钱给曹正做生意，可见曹正是一个值得信任的人。而曹正因为折了本钱回乡不得，又能很快在这里入赘，并成了一家之主，也足见曹正随遇而安、落地生根的能力。

这都不算什么，曹正更是一个有头脑、有计谋的人。

杨志在去二龙山的路上，和鲁智深不打不相识。

原来鲁智深去投二龙山，二龙山寨主邓龙比王伦还要心胸狭隘。王伦不愿收留他人时，好歹懂得拿银子礼送下山，这邓龙是直接拿刀砍人。他砍不了鲁智深，却被鲁智深一脚踢在小肚子上，只得关门闭寨，对鲁智深的叫骂不理不睬。

杨志、鲁智深纵有一身本事，也只能大眼瞪小眼。

倒是曹正不动声色地想出一计："制使也休这般打扮，只照依小人这里近村庄家穿着。小人把这位师父禅杖、戒刀都拿了，却叫小人的妻弟，带六个火家，直送到那山下，把一条索子，绑了师父，小人自会做活结头。却去山下叫道：'我们近村开酒店庄家，这和尚来我店中吃酒，吃得大醉了，不肯还钱，口里说道，去报人来打你山寨，因此我们听的；乘他醉了，把他绑缚在这里，献与大王。'那厮必然放我们上山去。到得他山寨里面，见邓龙时，把索子拽脱了活结头，小人便递过禅杖与师父。你两个好汉一发上，那厮走往那里去！若结果了他时，以下的人不敢不伏。此计若何？"

曹正的计策滴水不漏。

其一，绑缚了鲁智深，可以麻痹邓龙。邓龙曾被鲁智深踢伤，他报仇心切，必定会被仇恨蒙蔽了心智。

其二，邓龙料不到鲁智深会找来高手帮忙，也就不会十分提防。

其三，此计可以避开重重关口，直接面对邓龙，擒贼先贼王，省事省力。

一切都如曹正所料，鲁智深被绑到宝珠寺正殿上，拽脱活结，接过禅杖，把邓龙脑壳一劈两半，大小喽罗尽皆归顺投降。

值得一提的是，曹正见鲁智深、杨志夺取了二龙山，他“别了二位好汉，领了庄家，自回家去了”。

曹正原本是个酒店老板，生活还算富足、安逸，鲁智深、杨志二人走投无路，与他也没什么关系，但他敬佩两位好汉，帮着他们出谋划策，抢下了安身立命之地。他自己却并没乘机邀功，而是选择安静地离开。

至于后来曹正什么时候上的二龙山，书中并没交代。

但在那个乱纷纷的世道，官府剿匪不行，但对付有通匪嫌疑的老百姓却是不遗余力。

曹正不上山也得上山，没有第二条路可走。

## 董平的无耻

董平武艺高强，两把枪使得神出鬼没，加上天生勇猛，战场上横冲直撞，有“董一撞”之称。

不唯如此，董平还长得相貌堂堂，是个百里挑一的英俊小生。

这还不够，董平“心灵机巧，三教九流无所不通，品竹调弦无有不会”，竟然还是个文艺青年。

上帝如此眷顾董平，他却不加珍惜。

因为他的人生履历上写满了“无耻”二字。

董平一出场，就有一个十分醒目的细节，他的箭壶中插一面小旗，上写一联道：“英雄双枪将，风流万户侯。”

自称英雄，往脸上贴金；自命风流，要封万户侯。这牛逼真的要吹破了大天。

对于这类人，尼采曾说过一句话：不要把自己吹得太大，小针一刺就会使你爆炸。

生活在宋朝的董平压根不认识什么尼采，但他肯定认识郁保四。

郁保四和董平是旧交。他们一个是青州强盗，一个是东平府兵马都监，这俩人的身份如此悬殊，是怎么成为朋友的，算是一个不解之谜。

此时的郁保四已经归顺梁山，他和王定六奉宋江之命给东平府程太守下战书，要借粮食。程太守不急，倒是董平急了。面对老朋友郁保四，董平翻脸不认人，直接要将郁保四和王定六推出去斩首。

“两国交战，不斩来使”，这是自古以来的规矩，程太守懂，董平应该也懂。那他为何还要这样干？

程太守不愿破坏规矩，但看到董平发火，为照顾董平的情绪，将郁保四和王定六各打了二十棍棒，直打得皮开肉绽。

什么叫小人？小人就是随时随地都能与朋友翻脸的人。

手下信使挨了打，宋江失了面子，双方的梁子越结越深，战斗不可避免。

董平一出战，就陷在梁山大军的包围中，好不容易杀出一条血路，才回到城中。

梁山高手如云，而东平府就靠董平一个人、两把枪支撑，形势十分危急。

在这危急时刻，董平竟然打起了自己的小算盘。

原来程太守有一个颜值很高的女儿，董平三番五次前去求亲，程太守都没同意。

董平是个高富帅，年纪轻轻就做到了兵马都监，这么好的条件，难道程太守眼盲看不到？

不是看不到，而是看得准。在程太守眼里，董平人品太次，说狠点就一人渣，女儿嫁谁也不能嫁给他。

《水浒》第六十九回：董平当晚领军入城，其日使个就里的人，乘势来问这头亲事。程太守回说："我是文官，他是武官，相赘为婿，正当其理。只是如今贼寇临城，事在危急，若还便许，被人耻笑。待得退了贼兵，保护城池无事，那时议亲亦未为晚。"

董平"乘势"来问这头亲事，这带着明显的要挟、勒索的况味。言下之意，你再不允了这门亲事，恐怕东平府就要被梁山贼寇灭了。

程太守不是傻子，他对来人说了三层意思。

其一，两家一文一武，也算是门当户对。

其二，梁山贼寇正在攻打东平城，在这样的危急关头，我若答应了你，人家都会说，我是拿女儿保命换平安的，我这老脸往哪儿搁？

其三，只有等打败了贼寇，保护好一方平安，那时再谈亲事也不算晚。

程太守也是软中带硬、话中有话，既没表示同意，也没一口回绝，安抚中带着一丝敲打的意思。

说到底，就是个“拖”字诀。真等到梁山退兵了，程太守压根儿是不会同意的。

董平其实也差不多看出了这一点，所以“只是心中踌躇，不十分欢喜，恐怕他日后不肯”。

没奈何，亲事没谈成，仗还得继续打。

这一次，董平中了计，被梁山两位女将生擒活捉。

擅长表演的宋江给他解了绳索，说了两句客套话，贪生怕死的董平立马表示归顺，并主动要拿“投名状”：“程万里那厮，原是童贯门下门馆先生，得此美任，安得不害百姓？若是兄长肯容董平今去赚开城门，杀入城中，共取钱粮，以为报效。”

几天前跟宋江大军对垒时，董平大骂宋江：“文面小吏，该死狂徒！”现在对宋江是一口一个兄长。而对之前心心念念要拜为老丈人的程太守，则泼了一盆为害百姓的脏水。

程太守究竟有没有祸害百姓？书中一直也没具体的描述，这不是施老爷子忘记写了，而是施老爷子的别有用心。

董平赚开城门后，“径奔私衙，杀了程太守一家人口，夺了这女儿”。

灭其门，夺其女，董平把人性之恶发挥得淋漓尽致，演绎得触目惊心！

从此梁山上多了一具卑鄙无耻的行尸走肉。

## “二”掌柜卢俊义

卢俊义是《水浒传》中的重要人物之一，他虽然第六十回才出场，第六十七回才正式投奔梁山，但却力压吴用、林冲等梁山元老，坐上了第二把交椅。按照晁盖“如有人捉得史文恭者，便立为梁山泊主”的遗言，卢俊义甚至可以坐上第一把交椅，但他还算有自知之明，不敢动宋江的奶酪，而是心甘情愿地做起了二掌柜，不越雷池一步。

卢俊义人送外号“玉麒麟”，可谓不同凡响。麒麟是古代神话中的瑞兽，与凤、龟、龙并称“四灵”。古人认为，麒麟出没之处，必有祥瑞，而卢俊义的生活称得上是吉祥如意、瑞气盈门。

他特别富有，还长得仪表堂堂。

有钱、帅气也就算了，还有一身的武艺，枪、棒、拳被誉为“河北三绝”，棍棒更是天下无双。媳妇贾氏，长得如花似玉，分外妖娆，也为卢俊义加分不少。

如此家境，如此人品，真是打着灯笼也难找啊。

但世界上没有十全十美之事，在吴用来到他家之后，一切都发生了改变。

吴用与李逵假扮算命先生与哑巴道童，前往卢俊义府上为其算命。吴用问明卢俊义的生辰八字后故意大惊失色，说卢俊义“不出百日之内，必有血光之灾：家私不能保守，死于刀剑之下”。卢俊义经不住吴用巧舌如簧，只得求自保之法。吴用说需前往东南千里之外，方能避难，并在墙上题下“芦花丛里一扁舟，俊杰俄从此地游。义士若能知此理，反躬逃难可无忧”的藏头反诗。

卢俊义在前往泰安州避祸的路上，高举大旗向梁山发起挑战，却误中埋伏，在水路逃跑时被张顺活捉。卢俊义是心高气傲之人，自然不愿在梁山落草为寇，宋江挽留了两个月，送其下山。回家后发现妻子贾氏已与管家李固勾搭成奸，并诬陷卢俊义勾结叛匪。卢俊义被官府屈打成招，下了死牢。在燕青、石秀以及其他梁山众好汉营救之下，卢俊义才幸免于难。

上得梁山后，卢俊义坐上了第二把交椅，成了二掌柜。随后卢俊义在攻打曾头市时活捉史文恭，两破童贯时活捉大将酆美。在征讨田虎、王庆、方腊时，卢俊义活捉卞祥、斩杀杜壆、秒杀方翰、斗杀厉天闰、大破司行方、击杀方垕、活捉贺从龙，展示了其统军能力和绝世武力。

平定方腊之后，朝廷封其为武功大夫、庐州安抚使兼兵马副总管。后喝了被高俅下了毒的御赐酒菜，在泗州淮河乘船时失足落水而死。

简而言之，卢俊义本可以过着吉祥富贵的生活，但因为宋江、吴用的设计而彻底改变了人生，最后不幸被奸臣毒死。

然而，这一切全拜宋江、吴用所赐吗？

卢俊义员外出身，个性鲜明，既有其优良品质，也有其致命缺陷，而他一生的悲剧与他的致命缺陷大有关系。

先说他的优良品质。

首先他是一个奉公守法的良民。如他自己所说“生于北京，长在豪富之家；祖宗无犯法之男，亲族无再婚之女；更兼俊义作事谨慎，非理不为，非财不取……”虽是土豪，但并非劣绅，既没赚取黑心钱，也没有作恶乡里的记录，而是规规矩矩经商，清清白白做人。

其次他是一个心地善良的富翁。他的钱财来路清白，还乐善好施、扶危济困。李固穷困潦倒，冻倒在卢俊义门前。卢俊义救了他性命，养在家中。因见他能写会算，用他做了都管，“一应里外家私，四五十个行财管干，都委托他管理”。燕青自小父母双亡，是卢俊义收养了他，并教会他各种武术和才艺。

再次他是一个忠勇爱国的将领。上梁山之前，卢俊义整日舞枪弄棒，苦练武功，想着能有一天为国效力。他在途经梁山时便打出四面白绢旗，上书预谋好的四句话：“慷慨北京卢俊义，远驮货物离乡地。一心只想捉强人，那时方表男儿志！”想要捉拿贼寇、报效朝廷。在他中计被捉后，宋江劝他加入梁山阵营时，他义正辞严：“生为大宋人，死为大宋鬼，宁死实难听从。”即便后来遭到陷害被迫上了梁山，他还是希望早日招安，为朝廷出力。在南征北战时作为统帅屡立战功，体现着他的忠勇爱国情怀。

卢俊义的优良品质很显明，他的缺陷也很突出，用一个字概括，就是太“二”了。

卢俊义的“二”表现在哪里呢？

一是观念太“二”。吴用在卢俊义报出生辰八字时说他有血光之灾，卢俊义稍做辩解，轻易就相信了，并求教破解之法，而且“自从算卦之后，寸心如割，坐立不安”。这是迷信思想在作祟。尽管如此，这个“二”还说得过去，毕竟古人没有什么科学理念，鬼神思想普遍存在。但在征讨方腊结束后，他的“二”再次显露，表现为思想上的愚忠。他看不破朝廷的腐败，看不破官场上的黑暗，不顾燕青的苦心劝告，幻想着封妻荫子，青史留名。结果被高俅等人下毒害死，落得个悲惨下场。

二是情商太“二”。卢俊义娶得一房漂亮媳妇，却并不懂得培养夫妻感情。他“平昔只顾打熬气力，不亲女色”，一味舞枪弄棒，毫不顾念妻子的情感需求。书中说贾氏“年方二十五，嫁与卢俊义才方五载，琴瑟谐和”，显然并不可信。结婚5年了，竟然没有生育一儿一女，这算什么“琴瑟谐和”？夫妻感情淡薄了，后果很严重。耐不住寂寞的贾氏终于在李固的勾引下红杏出墙，又一步步走到陷害卢俊义的境地。贾氏固然有错，但卢俊义在情商上的“二”也是导火索之一。

三是个性太“二”。卢俊义对自己的武功比较自负，避难路上就试图以一己之力挑战整个梁山，结果中计被俘。宋江、吴用等人表面上待他如座上宾，实际上是用拖延战术，坐等李固、贾氏将坑挖好。卢俊义根本看不破宋江、吴用的用心，竟然在梁山一待就是两个多月，让外界一致认为他已经落草为寇。卢俊义被官府抓捕，原本十分冤枉，但此时的他却表现得十分软弱，“跪倒在厅下，苦苦哀求梁中书放过自己”。两个公差在押解他的路上不断折磨他，他也丝毫不敢反抗，之前的高冷早丢到爪哇国去了。卢俊义个性上的“二”还表现在固执己见。对燕青的多次劝说，他都当作耳边风，甚至曾将燕青踢翻在地，赶出家门。执迷不悟的结果，就是每次都义无反顾地往坑里跳。

卢俊义的“二”，成就了梁山的预谋和壮大发展，也改变了他自己的人生轨迹，他由一个家财万贯的员外变身为梁山合格的二掌柜。也正由于他的“二”，又由梁山合格的二掌柜变身为淮河水域的冤死鬼。

一个原本悠闲自在的富豪，到头来死于非命，怎不让人扼腕叹息？

## 顾大嫂：我管他后果不后果，老子到处打

顾大嫂绝对是水浒女人中的另类。

她生活在男尊女卑、男主女从的大宋 ，却犹如一道闪电，在重重黑幕中透出女性超前意识的光辉。

顾大嫂一出场就不同凡响，且看施老爷子的一段描述：

眉粗眼大，胖面肥腰。插一头异样钗环，露两个时兴钏镯。有时怒起，提井栏便打老公头；忽地心焦，拿石碓敲翻庄客腿。生来不会拈针线，弄棒持枪当女工。

无论从长相，还是从性格，都完全颠覆了人们心目中的传统女子形象。

有时怒起，提井栏便打老公头；忽地心焦，拿石碓敲翻庄客腿。井栏、石锥起码都得有百八十斤，一般男人都拿不动，可人家顾大嫂轻轻松松提起来，还能打人，就问你服不服？

关键是顾大嫂还有个绰号，唤做“母大虫”。

“母大虫”是什么意思？大虫就是老虎，“母大虫”就是母老虎，就问你怕不怕？

你怕，人家孙新不怕，还生生把这样一个野蛮女友娶回了家。

孙新是真不怕吗？不知道，不过孙新打不过顾大嫂却是真的。解珍告诉过乐和：“我那姐姐有三二十人近他不得，姐夫孙新这等本事，也输与他。”

解珍说这话时，他和兄弟解宝被关在死囚牢里。解珍、解宝是猎户出身，他俩用药箭射中了一只老虎，却被毛太公父子占为己有，欲送官请赏。兄弟俩不服，毛太公父子设计栽赃，又买通官府要结果了他们性命。解珍央求沾亲带故的乐和带个口信，让顾大嫂来救他们兄弟两个。

这就怪了，顾大嫂只是一个开酒店的，兼做着“杀牛开赌”的生意，无权无势，无官无位，有什么能力把他们救出来？

在解珍、解宝看来，表姐顾大嫂“和我弟兄两个最好”，是个顾念亲情的人，最重要的是，顾大嫂为人仗义，还敢作敢当。

解珍没有看错，顾大嫂真的就是这样的人。

当顾大嫂听完口信，立即行动起来，首先让伙计找丈夫孙新回家商量。

孙新刚提出劫狱的主意，顾大嫂就表示：“我和你今夜便去。”救人如此心切，顾大嫂果然是情深意重之人。

孙新说人手不够，需要登云山落草的邹渊、邹润叔侄帮忙。顾大嫂道：“登云山离这里不远，你可连夜去请他叔侄两个来商议。”为了救人，顾大嫂真是雷厉风行。

邹渊毕竟是老江湖，他认为一旦营救成功，不管是登云山还是顾大嫂的酒店，都不能待了，只有一个去处，就是投奔水泊梁山入伙。顾大嫂慨然应道：“最好，有一个不去的，我便乱枪戳死他。”

问题是即便他们劫狱成功，孙新的哥哥登州兵马提辖“病尉迟”孙立必定会受到牵连，倒不如赚得孙立一起劫狱。顾大嫂吩咐伙计去给孙提辖送信：“只说我病重临危，有几句紧要的话，须是便来，只有几番相见嘱咐。”

等到孙立夫妇来到店里，顾大嫂告之要去劫狱救出解珍、解宝之事，让孙立一起参与行动，见孙立不肯，顾大嫂道：“既是伯伯不肯，我们今日先和伯伯并个你死我活。”顾大嫂随手掣出两把刀来，加上邹渊、邹润也拔出短刀在手。见此紧张情形，孙立只得同意。

可以说，没有顾大嫂的坚决态度和过人胆识，根本建立不起营救解珍、解宝的统一战线，劫狱行动也就无从谈起。

第二天，顾大嫂藏了尖刀，扮成个送饭的妇人先去死囚牢中打前站。随后与孙立、孙新一帮人里应外合，杀出重围，一举救出解珍、解宝兄弟。顾大嫂不顾个人安危，率先动手，戳翻了三五个小牢子，在营救行动中起到了关键作用。

一个开酒店的女人，凭着侠义精神和一腔正义感，率领着一群男人，完成了几乎不可能完成的任务，创造了常人难以想象的奇迹。

解珍、解宝是幸运的，他们有一个不畏强暴、敢作敢为的表姐。

人生得一表姐足矣，斯世当以同怀视之。大字不识一个的解珍、解宝兄弟俩可能说不出这样的句子，但他们对顾大嫂的救命之恩一定没齿不忘。

可惜的是，解珍、解宝兄弟俩未等到没齿之年，就在征讨方腊时的乌龙岭之战中双双阵亡，而顾大嫂却在南征北战中凭借她的机智、勇敢屡立战功，真正做到了巾帼不让须眉。

平定方腊后，顾大嫂作为幸存偏将，被朝廷封为东源县君，随丈夫孙新、大伯孙立返回登州，过上了平静安定的生活，得以善终。

与《水浒传》中的其他女性相比，顾大嫂绝对是另类。她的一言一行都不符合封建伦理规定的女性操守。她的行侠仗义直追鲁智深，她的直率霸气直追李逵，她的敢作敢当直追武松，她的进退自如直追公孙胜。她骨子里的慈悲你是否看得见?

## 黑白通吃说雷横

雷横原本是郓城县步兵都头，不管白道黑道，都得买他的账。因此在郓城县大街上，雷横是唯一可以横着走的人。

雷横带着手下巡察到东溪村时，发现赤发鬼刘唐裸睡在灵官殿，不问青红皂白，就将刘唐当作盗贼给绑了，并吊在晁盖的门房里。可是一听说是晁盖的外甥，又不问前因后果，当场将刘唐放了。

雷横一行二十多人在晁盖家里蹭吃蹭喝，临走晁盖取出十两银子送与雷横，雷横假模假样客气一番，就心安理得收下了，并且说道："既是保正厚意，权且收受，改日却得报答。"拿人钱财，与人消灾，雷横早已习以为常。利用职权，吃拿卡要，雷横已是得心应手。

雷横报答晁盖的机会来了。晁盖一伙抢劫生辰纲事发，雷横和朱仝奉命捉拿晁盖等人，他们却不约而同将晁盖私自放跑了。及至宋江杀了阎婆惜，被官府通缉，雷横和朱仝又如法炮制，放跑了宋江。

私放人犯，那是大罪，雷横敢于这么干，并不是他胆大，而是当时的吏治已到了十分腐败的地步，成了社会普遍现象。

雷横不但敢于私放人犯，他还利用公差之机去梁山游玩，顺便带走了梁山众头领赠送的一大包金银。别人知恩图报，雷横收割利益，也算你情我愿，但也说明雷横所有的付出，都是要有回报的。

不过从梁山回来后，雷横的好运也走到了尽头。

他听说县里新开张了一家娱乐中心，便大摇大摆地进去了，大大咧咧在青龙头上第一位置上坐了。演出到一半时，白秀英拿着盘子要各位看客打赏。雷横坐的最好位置，自然要放个样，可是雷横竟然没带钱。

那个时候，没有支付宝，也没有微信转账，一般人出门不带现金，基本寸步难行，但雷横不同，黑白两道通吃，吃完喝完，还能顺带点土特产。他不跟别人收钱就不错了，谁敢跟他收钱？

这次不一样，白秀英虽不是什么当红明星，好歹也是从京城来的，见过大场面，而且是雷横顶头上司郓城知县的二奶。

白秀英她爹白玉乔见雷横没带钱，也是嘴太欠，一口一个“狗头上生角”、“驴筋头”什么的，对雷横冷嘲热讽。

雷横哪受得了这种污辱？他从座椅上直跳下戏台来，揪住白玉乔，打了一拳，踢了一脚。雷横原是铁匠出身，“膂力过人”，而且脚力也特别厉害，能“跳二三丈阔涧”，因此一拳一脚，便打得白玉乔“唇绽齿落”，伤势沉重。

这下惹了大祸了，白秀英在知县那吹了一阵枕头风，雷横就被“捉拿到官，当厅责打，取了招状，将具枷来枷了”，押到娱乐中心门口号令示众。

雷横老娘来给雷横送饭，看见儿子被赤膊绑在大街上受辱，与白秀英发生了口角。白秀英怒气冲天，抢向前一掌把雷横老娘打个踉跄，然后又赶将去，啪啪啪，老大耳光子只顾打。

雷横虽说品行不太好，却是个孝子，一见母亲被打，怒从心头起，恶向胆边生，扯起枷具望着白秀英脑门上砸下来，直砸得脑浆迸流，眼珠突出，一命呜呼。

说到这桩人命案，其实当事人都是有责任的。一方是黑白通吃的地头蛇，一方是仗势欺人的江湖艺人，针尖对麦芒，谁也不肯让步。结果一个犯了死罪，一个死于非命，谁也没捞着好，一起下汤锅。

结局是朱仝放走了雷横，雷横连夜带着老母上了梁山，投奔了被他放走的晁盖和宋江他们。

其实雷横之前到梁山游玩时，宋江曾委婉劝说雷横上山入伙，雷横以老母年高推辞说：“待小弟送母终年之后，却来相投。”

当时雷横不肯落草为寇，不管其真实原因是什么，他的孝道却是实打实的。正因为他的“孝”，满身污点的雷横才有了值得别人尊敬的闪光点，所谓“一俊遮百丑”，说的就是这回事。

# 李忠的绰号

李忠号称“打虎将”，却从来没有打过虎；武松打虎天下皆知，他的绰号却是“行者”。

如果把两人的绰号互换一下，打虎将武松，行者李忠，我看也未尝不可。武松号称打虎将，名正言顺。李忠行走江湖卖狗皮膏药，绰号“行者”，也不亏了他。

其实在这一点上，施老爷子也犹豫过。

且看《水浒》第三十一回，武松杀了张都监、蒋门神等人，成了通缉犯。孙二娘对武松说道：“二年前，有个头陀打从这里过，吃我放翻了，把来做了几日馒头馅。却留得他一个铁戒箍、一身衣服、一领皂布直裰、一条杂色短穗绦、一本度牒、一串一百单八颗人顶骨数珠、一个沙鱼皮鞘子、插着两把雪花镔铁打成的戒刀。今既要逃难，只除非把头发剪了做个行者，须遮得额上金印。又且得这本度牒做护身符，年甲貌相又和叔叔相等，却不是前缘前世？阿叔便应了他的名字前路去，谁敢来盘问？这件事好么？”

武松正走投无路，表示同意。孙二娘便用皂直裰、戒箍儿和数珠将武松打扮成头陀的样子。武松讨面镜子照了，哈哈大笑起来，说道：“我照了自也好笑，我也做得个行者。”

施老爷子写到此，一见武松自己都比较认可“行者”的形象，特别赞道：打虎从来有李忠，武松绰号尚悬空。幸有夜叉能说法，顿教行者显神通。

这意思很明了，李忠用了打虎将绰号，武松就不能再用了，现在母夜叉孙二娘说武松做个行者也可以，那好吧，武松你的绰号有了，就叫“行者”吧，你肯定能大显神通的。

施老爷子如此固执地将“打虎将”的绰号授予李忠，究竟是什么原因呢？

书中第五十七回交代：

原来李忠祖贯濠州定远人氏，家中祖传靠使枪棒为生，人见他身材壮健，因此呼他做“打虎将”。

因为身材壮健，就唤做“打虎将”，这个理由说得过去吗？

说老实话，还真是太牵强了！

李忠虽说是史进的开手师父，可他教的那三脚猫功夫被禁军教头王进一眼就看穿了。说李忠误人子弟，一点都不为过。

没有打过老虎也就算了，谈武艺吧，还偏偏是花拳绣腿，真要遇到老虎，恐怕没被老虎吃掉就不错。

这就怪了，难道是施老爷子着了魔，硬生生非要把“打虎将”的帽子戴到李忠头上？

事实并不如此！

同是在第五十七回，李忠迎战呼延灼时，施老爷子用一首诗描写李忠，道是：头尖骨脸似蛇形，枪棒林中独擅名。打虎将军心胆大，李忠祖是霸陵生。

施老爷子的用心其实就藏在这里。

“打虎将军心胆大，李忠祖是霸陵生。”这不经意的一句诗，却隐藏了一个天大的秘密，李忠竟然是大汉名将李广的后人！

何以见得？

“霸陵”是汉文帝刘恒的陵寝，其所在地称为霸陵县。但这里的“霸陵”却是指李广。

《史记·李将军列传》载：广家与故颍阴侯孙屏野居蓝田南山中射猎。尝夜从一骑出，从人田闲饮。还至霸陵亭，霸陵尉醉，呵止广。广骑曰：“故李将军。”尉曰：“今将军尚不得夜行，何乃故也！”止广宿亭下。居无何，匈奴入杀辽西太守，败韩将军，后韩将军徙右北平。于是天子乃召拜广为右北平太守。广即请霸陵尉与俱，至军而斩之。

这段话大意是说：李广与前颍阴侯的孙子一起隐居在蓝田南山，以射猎为乐。有一天夜间他带一名骑从出去，与人在乡下饮酒，回来走到霸陵驿亭，霸陵尉喝醉了，呵斥禁止李广通行。李广的骑从说："这是前任李将军。"亭尉说："现任将军尚且不能在夜间通行，何况是前任呢！"让李广在亭下住宿。过了不久，匈奴入侵杀了辽西太守，打败韩将军，韩将军调任右北平，于是皇上下诏拜李广为右北平太守。李广就请霸陵尉同去，到军中就斩了他。

因为这段故事，所以后世以"霸陵"代指李广将军。

好了，李忠是李广的后人，可这与"打虎将"的绰号又有什么关系呢？

原因很简单，李广曾经射杀过老虎。

《史记·李将军列传》载："广所居郡闻有虎，尝自射之。及居知右北平射虎，虎腾伤广，广亦竟杀之。"

就是说，李广所在的郡听说有老虎，他曾经亲自向老虎射箭。在右北平任职时也射过老虎，老虎腾空跳起来伤了他，李广最终也把老虎射死了。

因为祖先曾经射死过老虎，所以给李忠起个绰号"打虎将"，也不是没有道理。

既如此，同是名门之后，怎么关胜、呼延灼和杨志就比李忠吃香呢？没办法，关羽是武圣，名气太大，呼家将和杨家将的故事也不遥远，而且民间流传已久。李广虽然也是名将，但年代久远，还很有争议，本人也不太招汉武帝待见。最主要的是，李忠本人很低调，从来没有自夸是李广的后人。本来武艺不高，还沦落到街头卖狗皮膏药，就不要玷污了祖宗的名声吧，李忠有这个自知之明。

不过从李忠敢于落草并坐了桃花山第一把交椅，后又随宋江征战四方直至阵亡的表现看，他的身上还是传承着先祖尚武好勇的血性的。他的一生虽然有这样那样的小毛病，但作为梁山好汉，李忠并没埋汰祖上曾经的荣光。

## 凌振的火炮

凌振的火炮已经不是传统意义上的兵器，因为火器不是贴身肉搏的冷兵器，而是热兵器。

凌振“深通武艺，弓马熟娴”，但他却是个火炮迷。

众所周知，中国人发明了火药，传到西域、欧洲后，人家用来制造子弹进攻，而中国却基本上用来制造爆竹敬神。凌振是唯一的例外，他研制的火炮能打“十四五里远近”。

《水浒》第五十六回，通过呼延灼之口介绍凌振会制造三种火炮，分别是风火炮、金轮炮和子母炮。它们具体的构造和使用方法，书中并未介绍。

关于风火炮，《水浒》第一一二回，宋江攻打常州时终于有了具体一点的描述：“轰天雷凌振扎起炮架，却放了一个风火炮，直飞起去，正打在敌楼角上，骨碌碌一声响，平塌了半边。”

关于子母炮，书中交代“一个母炮周回接着四十九个子炮”。《水浒》第一一七回，宋江攻打睦州时，“却令凌振施放九厢子母等火炮，直打入城去。那火炮飞将起去，震的天崩地动，岳撼山摇，城中军马，惊得魂消魄丧，不杀自乱。”

从上面两段文字的描述可以得知，风火炮和子母炮应该是严格意义上的火炮，真正起到“炮落处天崩地陷，山倒石裂”的作用，是攻城夺隘的神器，威力巨大。

宋江征辽时，还曾令凌振发射过“车箱”炮，“那炮直飞在半天里响”，貌似只能在半空中爆炸，实际上是一种号炮，能够发送信号，也能够以火光和炸响震慑对手，打击对手士气，扰乱对手军心。书中类似的描述比比皆是，给人的感觉就是：宋江等梁山高层并未真正重视凌振和他的火炮，火炮更多只是用来发送信号和掩护马步兵作战，真正用于摧毁城池或轰炸敌军的炮战场面并不多见。

凌振最为出色的一次炮击是用的“轰天炮”，估计是凌振最新研发的一种火炮。当时方腊手下灵应天师包道乙见宋军中风起雷响，正要起身逃跑时，被凌振一炮打中，直炸得粉身碎骨。这包道乙可不是省油的灯，曾以玄天混元剑飞剑斩断武松的左臂，凌振这一炮也算是为武松报了一剑之仇。

凌振不见于宋元史料，也不见于《大宋宣和遗事》《宋江三十六人赞》以及元朝水浒戏，这些早于《水浒传》的作品之中，也未有专门负责火炮、火器的头领。因此，凌振这一角色应该是施老爷子的原创人物。

真正考证一下，宋朝其实还没发明火炮。火炮的最早使用大致是在元朝。中国历史博物馆收藏有中国最早的火炮，铜质，口径 105 毫米，身管直径 75 毫米，全长 35.3 厘米，重 6.94 千克。

明代丘濬所撰《大学衍义补》中记载：“今之制，用铜或铁为具，如筒状，中实以药，而以石子塞其口，旁通一线，用火发之。”这可能是中国最早的关于火炮的专业记载。

在元末和明朝初年，火炮已大量生产和装配军队。朱元璋和陈友谅争抢地盘时，都曾使用火炮轰击对方。沐英在平定云南少数民族叛乱时，发明火炮战法对付叛军的大象骑兵。大象骑兵在明军前后三轮炮火轰击下，伤的伤，惊的惊，反身回逃，反而把叛军踩死撞死无数。

施耐庵笔下的子母炮是真实存在的一类火炮，只不过《水浒》中描述的子母炮出于想象和夸张，真正的子母炮是由佛朗机炮改造而来，佛朗机炮是葡萄牙人发明的，明朝时才传入中国。

子母炮由母铳和子铳构成。母铳配有准星、照门，能对远距离目标进行瞄准射击。铳身两侧有炮耳，可置支架上。铳身后部开有长形孔槽，用以装填子铳。每一母铳备多个预先装填好铁石、弹药的子铳，打仗时轮流装入母铳，一个接一个发射，这样大大提高了发射速度。李如松在平壤之战中，就用子母炮打得日寇溃不成军。

施耐庵是元末明初人，而《水浒》是写的北宋年间的事，那时尚未发明火炮，为何却在战争中有凌振发射火炮的描述?

首先《水浒传》是一部长篇小说，其中参照了很多史实、传说、水浒戏和民间话本，但也虚构了很多人物、情节和故事，凌振就是他的原创人物。

其次，施耐庵大部分时间生活在元朝，而元朝已经发明了火炮，且已用于战争。张士诚在高邮称诚王，元朝丞相脱脱率百万大军来攻打高邮，就曾使用火炮轰击高邮城墙。施耐庵不但耳闻，还可能亲见。

再次，子母炮在明朝才真正成型，但在施耐庵生活的时代，应该有“子母炮”爆竹的应用，而且流行“子母炮”的叫法了。至于说凌振的子母炮“一个母炮周回接着四十九个子炮”，那是小说家言，显然夸张了。到明朝时将从欧洲引进的火炮循着旧例，干脆就叫成“子母炮”了。

有的人认为，从子母炮的叫法可考证施耐庵是明朝中期以后的人，这显然是走上了歧路。

施耐庵把元朝的火炮“移植”到宋朝，如此张冠李戴在小说创作中是允许的。

凌振是科技人才，但中国的传统是将科技发明视为“奇技淫巧”，科技人才也就得不到重视和重用。如此大才本该有更多的用武之地，但在宋江手下排名仅列 52 位，火炮几乎成了可用可不用的鸡肋。

试想，如果宋江重视凌振和他的火炮，完全可以配备类似明朝神机营这样的火炮团队，两军对垒或攻城略地时，直接先来几轮轰击，将省去诸多麻烦，减少无谓牺牲，根本无须依靠将士们一刀一枪地厮杀。在火炮团队面前，那种传统的人海战术将毫无优势可言，火炮的作用等同于今天的导弹。

平定方腊后，朝廷安排凌振回火药局御营任职，估计是为皇家生产烟花礼炮、营造和谐盛世去了。

一代天才从此在歌舞升平的爆竹声中一年年老去，当他回首往事时，早已忘了“火炮落时城郭碎，烟云散处鬼神愁”的那段激情燃烧的岁月。

# 鲁智深的禅杖

禅杖原是佛门中人坐禅时的一种警睡之具，它是用竹子或芦苇制作的，以松软之物包住一头。坐禅时如发现有哪位和尚昏昏欲睡，巡行的僧人就用软的一头触碰一下，达到警睡之目的，性质与教鞭类似。

出家人慈悲为怀，这种警睡之法是很温和、很人道的。小时候在课堂上打瞌睡，如果被老师发现了，警睡之法就有点粗暴了。粉笔头掷在头上那是轻的，最可怕的是飞来一只黑板擦打中脑门，除了疼痛，还会搞得粉头粉脸，惹得哄堂大笑。

后来禅杖的仪式感越来越突显，制作材料也由竹苇变成锡铜等金属为主，因此也称为锡杖。锡杖的上端卷曲成塔形，上面缀以圆环。这种禅杖具备了多种功能：一是常被年迈高僧当作拐杖用；二是僧人行走时摇动圆环发出脆响，可吓退路上的毒虫、蛇类；三是僧人化缘时圆环发出响声以提醒施主，避免了敲门等不礼貌的行为。

西游记中的师傅唐僧就有这样一柄禅杖，观音菩萨曾对唐太宗说："我这锡杖，是那铜镶铁造九连环，九节仙藤永驻颜。"从中可知，这根锡杖是以九节仙藤为杖身，杖首为金属制作，缀有九个小环。

唐僧其实年龄不大，他手持锡杖更多的是一种身份的象征。

鲁智深所使用的禅杖已经成了一种兵器，至于僧人的日常用物是何时演变成兵器的，已不可考。民间传说中法海与白娘子打斗时使用的兵器就是禅杖，不过许仙和白娘子的故事发生在南宋，晚于鲁智深生活的年代。

鲁智深的禅杖，"头尾长五尺"，纯铁制成，杖身两头有刃。一头形如新月，上有小孔，缀有铁环。另一头形如斧钺，内窄外宽，长约 7 寸。

古代的"五尺"是多长呢？按照古代一尺约等于 23.1 厘米计算，"五尺"约为 1.15 米。鲁智深身长"八尺"，1.84 米的大个子，禅杖立起来，差不多齐到腰眼部位。某些连环画和电影将禅杖高过了鲁智深光秃秃的脑门，那是想当然。

鲁智深原本要铁匠打造一件 100 斤重的禅杖，铁匠说关羽的青龙偃月刀也只 81 斤重，鲁智深不服气，便也要打 81 斤重的，后在铁匠劝说下打了一件 62 斤重的水磨禅杖。这么重的家伙，一般人拿起来都吃劲，但鲁智深天生神力，垂杨柳都能倒拔，62 斤的禅杖根本不在话下。

鲁智深途经瓦罐寺时，和史进联手勇斗崔道成和丘小乙。鲁智深与崔道成正斗到间深里，智深得便处喝一声“着”，只一禅杖，把生铁佛打下桥去，后又一禅杖将其击毙。

采花和尚崔道成是死于鲁智深禅杖下的第一人，鲁智深用实际行动告知佛祖：我佛慈悲，不忍杀生，实在度不了的人就交给我和我的禅杖吧，我让他下地狱！

同样是花和尚，同样喝酒吃肉，崔道成却是个欺凌女人、玷污佛门的败类。鲁智深用他的血来祭新打造的禅杖，正当其时。

野猪林里，当薛霸的水火棍要砸向被绑在树上的林冲时，一条禅杖飞了过来，直把水火棍隔到九霄云外，可见鲁智深已将禅杖使得十分纯熟。临走鲁智深又抡起禅杖，只一下，打得松树有二寸深痕，齐刷刷折断了，喝一声道：“你两个撮鸟！但有歹心，教你头也与这树一般。”吓得两位公差吐出舌头来，半晌缩不回去。

鲁智深上了梁山后，这条禅杖跟着鲁智深出生入死，除恶霸，灭歹人，在战场上更是杀敌无数，立下汗马功劳。就连方腊在逃跑之时，也被鲁智深一禅杖打翻了，束手就擒。

《水浒传》中并非只有鲁智深一根禅杖，方腊手下元帅邓元觉也有一根 50 多斤的禅杖。杭州城外鲁智深恶斗邓元觉，两条禅杖犹如两条神龙盘旋，斗了五十多回合，难分胜负。和尚对和尚，禅杖对禅杖，这场打斗真的是惊天地、泣鬼神。

鲁智深活捉方腊后，宋江口称“吾师”，劝鲁智深“还俗为官，在京师图个荫子封妻，光耀祖宗”，鲁智深表示“不愿为官，只图寻个净了去处”。

宋江是何等人物，竟然尊称鲁智深为“吾师”，梁山其他将领何曾有过这种待遇？这里有两层意思，一是宋江十分敬重鲁智深。二是在敬重的背后隐藏的是小心翼翼。

面对宋江劝说，鲁智深直接回绝，一点也不给面子。不得不说，鲁智深确实是一个心直口快之人，但更多的是他真的已看破红尘。

自从遁入佛门，鲁智深便与禅杖浑然一体，扶危助困，功德圆满，是另一种意义上的大慈大悲。

鲁智深临终写下一首颂子，自云“平生不修善果，只爱杀人放火”，但死于他禅杖之下的，都是非奸即恶，从不滥杀无辜，这就是无比硕大的善果。

智真长老初遇鲁达，即看出他心地刚直，称其“虽然时下凶顽，命中驳杂，久后却得清净，正果非凡”，眼光不赖！

明末清初小说家陈忱评价鲁智深“直是活佛，不须放下屠刀”，此言不虚！

# 吕方的武艺

吕方的武艺是个谜。

之所以这么说，是因为吕方前期的表现稀松平常，而后期却突飞猛进，武力值爆棚，水平直追梁山五虎将。

吕方出场时，是和郭盛在对影山比武。两个愣头青武艺相当，都是菜鸟水平，却一个不服一个，还一连打了“十数天”，这不是吃饱了撑的是什么？要不是遇到宋江、花荣他们，估计能打上一年半载，都没时间看朋友圈了。

宋江收服吕方、郭盛，倒不是看中他们的武艺，而是看中他们血气方刚、忠诚直率，并且颜值高、长得帅。

宋江是个要面子的人，他让吕方、郭盛担任“守护中军马军骁将”，其实就是他的贴身保镖兼仪仗队员。每次打仗，宋江骑马立于中军帐前，吕方、郭盛两个帅哥一个红袍、一个白袍，手持方天画戟，侍立于左右两旁，很有排场，也很有气场，衬托得宋江也是威风凛凛、气宇轩昂。

说吕方前期武艺稀松平常，有战例为证。

攻打曾头市，吕方曾与曾家五虎之一曾涂有过单挑。

《水浒》第六十八回：小温侯吕方拍坐下马，挺手中方天画戟，直取曾涂。两马交锋，军器并举，斗到三十合以上，郭盛在门旗下，看见两个中间，将及输了一个。原来吕方本事敌不得曾涂，三十合以前，兀自抵敌不住，三十合以后，戟法乱了，只办得遮架躲闪。

吕方显然不是曾涂的对手，三十回合前已是难以抵挡，三十回合后已是乱打乒乓，只剩招架之功了。

郭盛一看赶忙拍马参战，二打一也难以取胜。花荣一看，“恐怕输了两个”，手起一箭正中曾涂左臂。其时，曾涂的枪“望吕方项根搠来”，要不是花荣这一箭，吕方真有性命之忧。

再看《水浒》第七十回：这边丁得孙舞动飞叉，死命抵敌吕方、郭盛，不提防浪子燕青在阵门里看见，暗忖道："我这里被他片时连打了一十五员大将，若拿他一个偏将不得，有何面目！"放下杆棒，身边取出弩弓，搭上弦，放一箭去，一声响，正中了丁得孙马蹄，那马便倒，却被吕方、郭盛捉过阵来。

吕方、郭盛又是二打一，一时竟拿不下丁得孙。丁得孙绰号"中箭虎"，果不其然，他被燕青暗中用箭射中马蹄，吕方和郭盛捡漏将丁得孙生擒活捉。

如果说曾涂的武功因为没有参照，难以定位的话，那么丁得孙的武力是很确定的，上梁山后排名 79 位，只是三流水平而已。

丁得孙既然是一只菜鸟，吕方也就是菜鸟一只。

但是，当丁得孙还在唱"我是一只小小小小鸟"时，吕方的武力却是见风涨。

《水浒》第一一五回：次后厉天闰又引四将到关救应，乃是厉天佑、张俭、张韬、姚义四将。次日下关来厮杀，贼兵内厉天佑首先出马，和吕方相持，约斗五六十合，被吕方一戟刺死厉天佑，贼兵上关去了，并不下来。

厉天佑是方腊手下镇国大将军厉天闰之弟，杭州 24 名守将之一，应该是有两把刷子的。他哥厉天闰十个回合打败左手负伤的梁山五虎将董平，并借着松树的掩护，一枪搠倒没羽箭张清。哥哥如此厉害，弟弟厉天佑应该也差不到哪里去。吕方五六十回合后一戟刺死厉天佑，可以说武力已大有长进。

这还不算，真正见证奇迹的时候到了。

《水浒》第一一六回：关胜正欲出马，吕方叫道："兄长少停，看吕方和这厮斗几合。"宋江在门旗影里看时，吕方一骑马，一支戟，直取石宝，那石宝使劈风刀相迎。两个斗到五十合，吕方力怯。

石宝何许人也？方腊手下四大元帅之一，擅使一把劈风刀和流星锤，先后击杀梁山好汉索超、邓飞、鲍旭、马麟、燕顺五人，还曾多次和关胜打成平手，连关胜都说：“石宝刀法，不在关胜之下。”

吕方五十回合后，并不是阵脚乱了，而是“力怯”，实际上就是在耐力上输了。

输了就是输了，没什么借口好说，但此时的吕方武力值直追五虎将的水平，已是没有疑问了。

吕方为何能创造这样的奇迹？

有人说，很简单，《水浒传》前 70 回和后 50 回分别是施耐庵和罗贯中所写，由于个人喜好或者对前 70 回的人物设定不很熟悉，后写者罗贯中搞穿帮了。

这个观点，本人不敢苟同。

其一，《水浒传》全本都是由施耐庵独立创作完成的。施耐庵完成《水浒传》初稿后，以抄本的形式在坊间流传，到明洪武元年（1368）冬天，抄本竟然传到皇宫。朱元璋看完怒火中烧，提笔批曰：“此倡乱之书也，是人胸中定有逆谋，不除必贻患。”于是派人把施耐庵关进南京刑部天牢。不久刘伯温到前来探望好友施耐庵，施耐庵请求刘伯温救他出狱，刘伯温略一思索，很含蓄地对他说：你是怎么进来的，就还怎么出去。施耐庵反复琢磨这句话，终于明白其意。于是施耐庵在梁山 108 将聚义的基础上，续写了宋江接受招安，为朝廷征讨辽国、田虎、王庆、方腊，留下忠义之名。《水浒传》续写结束后，呈送朱元璋，朱元璋看完龙心大悦，并将施耐庵释放回家。

其二，罗贯中是施耐庵的学生，只是整理、校订《水浒传》。施耐庵客死淮安后，一直追随老师左右的罗贯中整理、校订了全本《水浒传》，并在若干年后，由罗贯中后人在福建刻印出版。

那么吕方武功大涨的真实原因是什么？

原因只有一个：吕方年轻，悟性高。

吕方初出场时自我介绍说："小人姓吕名方，祖贯潭州人氏，平昔爱学吕布为人，因此习学这支方天画戟，人都唤小人做小温侯吕方。因贩生药到山东，消折了本钱，不能够还乡，权且占住这对影山打家劫舍。"

吕方原本是个药贩子，按说医药的利润大得很，但他不是块经商的料，别人数钱数到手软，他却连本钱都亏没了。不过东方不亮西方亮，吕方在武术上却自学成才。这一点上，他比郭盛强。郭盛自我介绍时是这样说的："原在嘉陵学得本处兵马张提辖的方天戟，向后使得精熟，人都称小人做赛仁贵郭盛。"这说明郭盛是拜过师父的。无师自通的吕方能够打平拜过师的郭盛，这已经可以看出吕方未来的潜力要大得多。

吕方被宋江收服时还是一个"年少的壮士"，也就二十出头，在这样的年龄，即便卢俊义也不可能已经修炼成了一流高手，高手都是在不断超越自我中成长起来的。

吕方具有很高的天分和悟性，又在跟随宋江的南征北战中不断积累经验，提升实战水平，他的武力值水涨船高，也就很好理解了。

吕方绰号"小温侯"，如果在武功上继续修炼，加上运气好的话，拜将封侯不是没有可能。可惜吕方却在与方腊手下大将白钦的缠斗中滚落岭下，同归于尽。

宋老大的贴身保镖和仪仗队队长没了，他的好运也就走到了尽头。

# 没毛大虫与青面兽

杨志卖刀，很不幸，碰到了牛二。

其实也可以这样说，牛二很不幸，招惹了卖刀的杨志。

说杨志不幸，是因为一时兴起，把泼皮牛二杀了，被官府“断了二十脊杖，唤个文墨匠人刺了两行金印，迭配北京大名府留守司充军”。

说牛二不幸，是因为这个泼皮无赖虽然作恶多端，但罪不至死，却被杨志“嗓根上”搠了一刀，倒在地上，“胸脯上又连搠了两刀”，死于非命。

这是个双输的买卖，一个送了命，一个犯了罪，谁也没赢。当然你也可以说，牛二全败，杨志惨胜。

鲁智深也遇到过泼皮，而且是“三二十个”，一大帮子，经常在东京大相国寺菜园子里偷盗蔬菜。为首的有两个，一个叫作过街老鼠张三，一个叫作青草蛇李四。他们以祝贺鲁智深新任菜园子主管为名，引诱鲁智深走到粪窖边，一个来抢左脚，一个来抢右脚，要把鲁智深掀翻到粪窖里，立个下马威。谁知被老鲁一脚一个，都踢到粪窖里去了。

自此，这帮泼皮被老鲁同志收拾得心服口服。

不过，杨志遇到的泼皮牛二，比鲁智深遇到的泼皮张三、李四他们更泼了七分。

这牛二是“黑凛凛一大汉”，“面目依稀似鬼，身持仿佛如人”，唤做“没毛大虫”。“大虫”就是老虎，“没毛大虫”就是没毛的老虎，《水浒传》里，凡是绰号里带“大虫”的都是厉害角色。

牛二不是一般的厉害，他“专在街上撒泼、行凶、撞闹，连为几头官司，开封府也治他不下，以此满城人见那厮来都躲了”。

说到底，牛二就是个街痞无赖，专干那些敲诈勒索、碰瓷讹钱、收取保护费的勾当。

官府为什么治不了他？

这种人大恶不做、小恶不断。

大恶不做，官府没法抓他，也没理由把他充军发配。

小恶不断，三天两头惹事，在衙门里关几天又放出来，反倒成了他吹嘘的资本。

遇到这种没皮没脸的人，官府也烦。到后来，只要不出人命，官府也就懒得管。

如果官府里还有个大表叔、二姨父什么的罩着，泼皮就更加有恃无恐。

因此满城人见到泼皮就躲，没别的，惹不起咱躲得起。实在躲不了，被泼皮招惹上了，大多数人都是选择息事宁人，吃点小亏了事。

可越是这样，泼皮们越是得寸进尺。

官府懒得管、不作为；吃瓜群众不敢管、认倒霉，泼皮们就有了生存空间。

泼皮牛二就是这样一步一步过来的，他的这一套生存技法，已经玩得风生水起，而且屡试不爽。谁给他盯上了，谁自认倒霉，拿钱买平安。

这回他盯上了杨志。

他先是从杨志手里将宝刀扯出来问价，一听要卖三千贯，就喝问这刀有什么好处？虽然有些不礼貌，但看货问价，还算上路子。

接下来牛二按着杨志说的三个好处要一一验证。

牛二讨来二十枚文钱叠在一起，杨志一刀剁为两半，果然削铁如泥。

牛二拔下一把头发递与杨志，杨志在刀口上轻而易举吹为两段，果然吹毛立断。

但在如何验证“杀人刀上没血”这个问题上，杨志让牛二找只狗，牛二非让杨志杀个人。这牛二终于找到耍无赖的理由。

杨志当然不能随便杀人，牛二也就“得理不饶人”。他死缠住杨志不放，还理直气壮扬言，你有种，就把我杀了。

死缠后面是什么？是烂打，牛二果然出手了，他挥拳打向杨志。这已升级为寻衅滋事。

牛二的目的，就是想不花钱，把杨志的宝刀讹到手。

此时的杨志面临三种选择。

其一，忍气吞声，将宝刀“卖”给牛二，其实就是白送。

其二，杀了牛二，摆脱这个无赖的纠缠。

其三，将牛二痛扁一顿，打得他失去攻击和纠缠能力。

最明智的选择，当然是第三种办法，打完就跑，跑不了也没啥关系，大不了赔点医药费。

不过说实话，在当时的情形下，杨志没得选择，或者根本没时间选择。

杨志刚刚花了一担金银财物，找了门路想官复原职，结果被足球运动员出身的高太尉一顿怒骂，还被赶出了殿帅府。身无分文的情况下，才迫不得已卖刀筹集盘缠。

杨志原本郁闷不已，现在嗑瓜子又嗑出牛二这么个臭虫，一时怒火攻心，往牛二嗓根上搠个正着，胸口上又搠两刀，结果了牛二性命。

用现在的话说，这叫激情杀人，纯粹下意识，哪有思考和选择的余地？

牛二原本的意思，我就跟你死缠烂打，谅你也不能拿我怎么样，这是牛二多年来积累的经验。他没有想到的是，杨志不吃他这一套，直接拿刀就剁。

早知如此，牛二肯定一溜烟跑了。不管多狠的无赖，真遇到不要命的狠人，还是逃命要紧。

牛二被杨志杀了，街道上的大爷、大妈们直竖大拇指，纷纷上书控诉牛二的罪恶。

官府里的衙役、都头们也是一个个兴高采烈，想方设法给杨志减罪，判了个刺配流放。

没毛大虫牛二和青面兽杨志的对决，以杨志的惨胜而告终，以衙门扫黑除恶的伟大胜利而结束。

## 时迁：卑微地生，卑微地死

梁山一百零八将，时迁只是个小人物。

说他是小人物，是因为他是窃贼出身，为黑白两道所不齿。

在中国人的传统观念中，有三教九流之说。九流又分为上九流、中九流和下九流，窃贼排在下九流的倒数第二，只是排在娼妓前面。

尤其是，时迁一出场，还是个盗墓的。

《水浒》第四十六回，时迁对杨雄说道："节级哥哥听禀：小人近日没甚道路，在这山里掘些古坟，觅两分东西。因见哥哥在此行事，不敢出来冲撞，却听说去投梁山泊入伙。小人如今在此，只做得些偷鸡盗狗的勾当，几时是了。跟随的二位哥哥上山去，却不好？未知尊意肯带挈小人么？"

时迁干的事，是挖人家祖坟，这更是伤天害理之事。但时迁也是迫于生计，讨口饭吃而已。

时迁对杨雄说的话，可以看出三层意思：

一是很爽快地承认自己是个盗墓的，承认自己是鸡鸣狗盗之辈。二是自己知道做贼不好，也很想结束这种小偷生涯。三是两位哥哥既是上梁山入伙，能带我一起去吗？

还好，杨雄、石秀两人刚杀过人，已沦为罪犯，也没什么好讲究的，三人便结伴一起跑路。

时迁是个低调的人，一路上将两个杀人犯服侍得妥妥的。甚至为讨好两人，偷杀了祝家庄酒店一只报晓的公鸡，煮了吃了，惹出一出三打祝家庄的大戏。

时迁这样一个低贱到尘埃里的人，上了梁山后却立下了不世之功。单是在《水浒传》120 回目录中，时迁的名字就出现了两次，在正文中

“时迁”出现的频率也超过了一大半的梁山好汉。

迎战呼延灼时，时迁奉吴用之命，不远千里来到东京，凭着机智的头脑、敏捷的身手和果敢的行动，及时盗出金枪手徐宁祖传的雁翎圈宝甲，配合汤隆赚得徐宁上了梁山，大破连环马。

攻打大名府时，时迁主动请命，潜入北京城。鼓打二更，时迁在翠云楼放起火来。梁山好汉里应外合，救出了玉麒麟卢俊义。

这里还有个插曲，时迁见到孔明、孔亮兄弟俩扮作乞丐，虽然披头散发，穿得破破烂烂，脸上却白里透红，与丐不同，赶紧让他们回避，防止被公人看出破绽，坏了大事。可见时迁是个胆大心细之人，头脑灵活，眼光犀利，天生是块做特务的料。

攻打曾头市时，时迁又立下大功。

戴宗和时迁都奉命去刺探情报。戴宗先回来，说：“这曾头市要与凌州报仇，欲起军马。现今曾头市口扎下大寨，又在法华寺内做中军帐，数百里遍插旌旗，不知何路可进。”基本上没什么有用信息，说了等于白说。

次日，时迁回寨报告：“小弟直到曾头市里面，探知备细，现今扎下五个寨栅：曾头市前面，二千余人守住村口。总寨内是教师史文恭执掌，北寨是曾涂与副教师苏定，南寨是次子曾密，西寨是三子曾索，东寨是四子曾魁，中寨是第五子曾升与父亲曾弄守把。这个青州郁保四，身长一丈，腰阔数围，绰号险道神，将这夺的许多马匹，都喂养在法华寺内。”时迁的情报如此之细致，足见是下了一番功夫的，其明察秋毫的本领 、兢兢业业的精神、尽心竭力的态度 ，确实令人称道。

时迁又深入敌后，摸清了曾头市布下的若干陷坑，还一一做了记号。

后来时迁又不惧风险，与李逵、樊瑞、项充、李衮一同到曾头市抵作人质，被关押在法华寺中。关键时刻他爬上钟楼，撞钟为号，梁山军里应外合，固若金汤的曾头市终被攻破。

尽管三番五次立功，但在梁山好汉排座次时，时迁竟然列在倒数第二的 107 位，担任军中走报机密步军将校。寸功未立的王定六排在 104

位、中看不中用的傻大个郁保四排在105位，就连抢劫生辰纲事件中的叛徒白胜都排在时迁前面，这不公平吗？

不是不公平，而是太不公平！

原因何在？

其一，时迁出身低微，上梁山前以偷盗为生，被人看不起。其实梁山好汉中土匪、强盗、闲汉、江湖骗子出身的比比皆是，但即便这些人面对窃贼出身的时迁，都有着不同程度的优越感。毕竟传统观念中小偷确实是个不讨喜的角色，宋江、吴用也不能免俗，从盗马贼段景住被排在梁山好汉的最后一名，也可看出端倪。

其二，时迁孤家寡人一个，在梁山既没有后台，也没加入过任何山头。这样一个游离于领导和派别之外的人，舅舅不疼姥姥不爱，谁也不把他放在眼里。即便立下大功，谁又能记在心上？

其三，时迁身轻如燕、飞檐走壁的本领在众人看来不过是花拳绣腿、旁门左道，不登大雅之堂。大多数梁山好汉都希望凭借一刀一枪博得个封妻荫子，青史留名，他们看重的是十八般武艺样样精通、两军阵前斩将夺旗的本领。

尽管时迁在排座次时受到打压和排挤，但他并没有怨天尤人，也没有自暴自弃，对待工作仍然一丝不苟，对待宋江、吴用等人仍然忠心耿耿。

三败高俅，时迁火烧济州城楼与城西草料场。

征讨辽国，时迁潜入蓟州城，在宝严寺连放三把大火。

征讨田虎，时迁火烧草料场。

征讨方腊，时迁先是火烧独松关，吓得守将弃关而走，并与白胜生擒守将卫亨，后又独自摸上昱岭关，放火放炮，吓得守将庞万春等人“魂不附体”。

时迁放的这几把火，让敌人心惊胆战，惊惶失措，有力地配合宋江大军攻城略地，节节胜利。可以说，时迁已成了梁山情报组织和地下工作不可或缺的人物，梁山少几个大将可以，少了时迁还真不行。

时迁没有死在战场上，也没有死在敌人后方，却在班师途中患绞肠痧而死。可能连施老爷子都对时迁的窃贼身份抱有成见，立下无数战功的他也换不来高傲地活着。

卑微地生，又卑微地死。

时迁不是死于绞肠痧，而是死于偏见！

## 孙立的排名

孙立的排名历来多有人质疑。

上梁山之前，他是登州兵马提辖，主管全州军队。他这个提辖可比渭州经略府提辖鲁达高了好几个级别，正儿八经的副厅级干部。

孙立“绰号病尉迟，射得硬弓，骑得劣马，使一管长枪，腕上悬一条虎眼竹节钢鞭”。有好几次草寇带领人马兵临登州城下，都被孙立杀退，确实武功不凡。

《水浒》第五十五回，呼延灼奉命征讨梁山，孙立看到呼延灼手使双鞭，也把枪带住，手腕上绰起那条竹节钢鞭，来迎呼延灼。两人在阵前左盘右旋，斗到三十余合不分胜败。

呼延灼排名五虎将之列，孙立能与他战平，绝对是重量级高手。

《水浒》第八十七回，梁山大军奉命北伐辽国，孙立迎战辽国先锋大将寇镇远。孙立的金枪使得神出鬼没，斗不过二十余合，寇镇远就招架不住，拨马而逃。孙立追赶时射出一箭，竟然被寇镇远用手绰住，这家伙也非平常之辈。寇镇远随后射来一箭，孙立摆出马上倒挂的绝招，骗得寇镇远回马过来，望孙立胸前猛刺一枪。孙立挺起胸脯，受他一枪。枪尖到甲，略侧一侧，那枪从肋窝里放将过去，寇镇远却扑入怀里来。孙立就手提起腕上虎眼钢鞭，向寇镇远脑袋上飞将下来，削去了半个天灵骨，死于马前。随即梁山大军掩杀过去，大败辽军。

这一场精彩的搏杀，显示了孙立高超的武艺和灵活的身手。实战经验相当丰富，果然是见过大场面的人。

在征讨方腊时，孙立更有打死张威、活捉雷炯、围歼王寅的战绩。

孙立如此神武，功力即便不能与五虎将相提并论，起码也应在八骠骑前两位。

可在梁山排座次时，孙立没能进入天罡序列，竟然只排在地煞第3位，总排名第39位。连个政治局委员都没捞着，只是个候补。

排在他前面的有穆弘、黄信这些打酱油的角色，甚至孙立舍家弃业、冒死救下的解珍、解宝都排在第34、35位，实在是匪夷所思。

究竟什么原因造成孙立的排名如此之低呢?

不少人认为，孙立虽然帮助梁山攻破了祝家庄，立下大功，但效果适得其反。因为在宋江等人看来，孙立出卖师兄栾廷玉，违反了江湖上的一个“义”字，被看成一个人品极差的小人，因而在梁山排座次时只能位列地煞。

我觉得这种观点并不靠谱。

其一，两军交战，各为其主，对立阵营之间没什么“义”气可讲。况且孙立刚刚投奔梁山，要拿个“投名状”也符合情理。如果孙立不去祝家庄卧底，事后宋江等人一旦知道孙立和栾廷玉是师兄弟，反而会认为孙立对梁山怀有二心，后果会更加严重。

其二，宋江、吴用等人逼其他人上梁山时，手段无所不用其极，不讲义气的例子也是一抓一大把。比如宋江、吴用等人为了对付史文恭，就设计陷害卢俊义，不但让卢俊义身陷死牢、吃尽苦头，而且万贯家财甚至老婆都落入别人之手。为了让秦明为梁山所用，竟然派人冒充秦明攻打青州、烧杀抢掠百姓，让官府以为秦明已经造反，杀了秦明全家。宋江、吴用他们做这些事时，毫无义气可言，他们也不会用这个标准去考量别人。

其三，梁山天罡星中就有人不讲义气、人品极坏，但并没有影响到他们的排名。比如双枪将董平被活捉后归顺梁山，引军赚开城门。为了占有程太守的女儿，竟然将程太守一家灭门。对董平这种人，宋江并不以此为意，照样把他排在第15位。

那么孙立排名靠后的真正原因是什么呢?其实都是圈子惹的祸。

圈子就是派别，就是山头，所以一个好汉三个帮。

圈子就是人脉，就是江湖，所以圈粉能力很重要。

孙立是登州小圈子的首领，圈子内都是与他沾亲带故或者同生共死过的朋友。

这个圈子除孙立外，还有孙新、顾大嫂、乐和、邹渊、邹润、解珍、解宝，总共8个人。

这是个只比宋核心的圈子小一些的第二大的圈子。

作为梁山老大，宋江能让这个第二大的圈子继续坐大吗？肯定不能。

怎么办呢？

一是打压。

孙立你不是这个圈子的头领吗？好，就算你本领高强，你也只能位列地煞，能给你个地勇星的星号，就不错了。梁山开政治局会议，研究军政大事，没你什么事，哪凉快你到哪待着去。

这还不够，让你的小弟解珍、解宝排你前面去。别看他俩本事没你好，统军能力没你强，甚至他俩的性命都是你救的，但给你的地位和待遇就是没他俩高，你生气打滚都没用。

二是瓦解。

且看梁山大聚义后，宋江、吴用他们对登州圈子的人事安排：孙立做了马军小彪将兼远探出哨头领；解珍、解宝做了步军头领，一同把守山前南路第一关；孙新和顾大嫂夫妇经营东山酒店，负责打听声息、邀接来宾；邹渊、邹润叔侄做了步军将校，但并不属于解珍、解宝统领；乐和负责军中走报机密，相当于军统或者中统头目。

整个把登州圈子搞得四分五裂，反正就是让登州圈子的成员没什么交集，让孙立他们想开个会都只能远程视频。

即便在以后的南征北战中，登州圈子成员也从没有彼此合作过。唯一的一次，孙立、邹渊、邹润共同参与了围歼王寅的战斗，那还是在乱军之中碰巧了。

面对宋江的打压和瓦解，孙立怎么做的呢？

一是不卑不亢、处变不惊。孙立既不吹牛拍马，也未表达不满，或者说看穿了也不说出来。

二是认清现实、顺应大势。孙立自觉远离原来的小圈子，不搞山头主义，把自己融入新的集体中去。

三是忠于职守、屡立战功。在遭到不公正待遇后，孙立毫无怨言，在南征北战中既出工又出力，战功卓著，以实际行动捍卫了自身的价值。

南征方腊结束后，孙立及其弟孙新、弟媳顾大嫂都保全了性命，这简直是奇迹！随后孙立带着一家人回到登州，和从前一样过着安稳、快乐的生活。

施老爷子看透了这一切，所以自有主张，给孙立一家安排了最好的结局。

# 唐牛儿的一巴掌

唐牛儿打了阎婆一巴掌，后果很严重。

就因为巴掌大的事，唐牛儿被判了个“故纵凶身在逃”，脊杖二十，刺配五百里外。

唐牛儿一介贫民，既没银子又没关系，这一发配估计有去无回，就算一百“杀威棒”能熬过去，也会被残酷的囚牢生涯折腾得生不如死。

唐牛儿是郓城县街头帮闲，以卖糟腌为生。他也是宋江的线人，经常向官府提供有用的情报和破案线索，宋江就将他当作扶贫对象，经常资助他。所以但凡宋江有用得着他的地方，唐牛儿必定毫不含糊，“死命向前”。

也是合该倒霉，唐牛儿赌钱输了，就想找宋江讨点小钱、喝杯小酒。他找到宋江时，却面临着一个无比尴尬的场景。

原来宋江不近女色，他的外室阎婆惜耐不住寂寞，竟与宋江的手下张文远好上了。宋江有所耳闻，也不以为意，只是不与阎婆惜卧于一处了。这可急坏了阎婆，如果宋江抛弃了她们母女，她们就断了财路，没了生活费。因此阎婆死拉活拽着宋江回家，要劝和他与阎婆惜两个，而阎婆惜却对宋江不理不睬，和宋江打起了冷战。

唐牛儿的到来让宋江看到了离开的希望，宋江“把嘴望下一努”，唐牛儿心领神会，假借知县堂上有事，要宋江立即回县衙公干。却不料被阎婆看个正着，把唐牛儿劈脖子只一叉，踉踉跄跄，直从房里叉下楼来，还叉开五指打了唐牛儿两耳光。

这唐牛儿小钱没讨着，小酒没喝着，却吃了阎婆两耳光，除了骂两句，也只得自认倒霉。

两耳光不算什么，真正倒霉的事还在后头。

第二天一早，唐牛儿在县衙前看到阎婆扯着宋江不放，唐牛儿想到昨晚吃的两耳光，气愤愤上前，把婆阎手一拆，叉开五指，打了阎婆一巴掌。阎婆被打得眼冒金星，手一松，宋江乘机跑了。阎婆一把扭住唐牛儿叫道：“宋押司杀了我的女儿，你却打夺去了。”

就这一巴掌，唐牛儿的倒霉事接踵而来。

首先，唐牛儿被公差“横拖倒拽”抓进了衙门，硬说他杀了人。

在公堂上唐牛儿报告实情，谁都不信，知县喝道：“胡说！宋江是个君子诚实的人，如何肯造次杀人？这人命之事，必然在你身上！”

其次，唐牛儿遭到了严刑逼供。

知县时文彬平素和宋江要好，有心开脱宋江，见唐牛儿不肯承认，知县道：“胡说！打这厮！”左右两边虎狼一般凶狠的公人，把这唐牛儿用绳索捆了，打了三五十棍。幸好唐牛儿紧咬牙关，撑住了酷刑，才没有被屈打成招。

再次，唐牛儿最终还是被判了罪。

除了阎婆惜的相好张文远外，郓城县衙从上到下都与宋江有交情，都想帮宋江开脱罪责。尽管也派了都头朱仝、雷横带人去宋家庄搜查，却都回说宋江不在宋家庄，而且早就与其父宋太公脱离了父子关系。再加上宋太公和朱仝上下使钱打点，又收买被害人家属。在知县一力主张下，出一千贯赏钱，行移开了一个海捕文书缉拿宋江，把唐牛儿判了个“故纵凶身在逃”，脊杖二十，刺配五百里外。

其实，唐牛儿和这个案子没有一毛钱的关系。唐牛儿打阎婆一巴掌，无非两个原因，一是向阎婆报昨晚两耳光之仇，二是向宋江报经常资助之恩。

可这巴掌大的小事，为什么就惹上了山一般大的官司呢？

其一，官场黑暗。

北宋末年乱象丛生，各级官府表面上忙忙碌碌，实则开堂办事都是得过且过。地方上出了事端，只求对上对下有个交代，至于真相不真相、公正不公正、抓对或抓错，那是不十分要紧的。郓城知县时文彬，应该还是有口碑的人，但他一开始就急于将唐牛儿定为主犯，后来迫于形势，对真凶宋江也只是开个海捕文书应付一下，把唐牛儿刺配充军，就算结案。

其二，司法腐败。

朱仝、雷横两次去宋家庄，宋太公不但杀鸡宰鹅、置酒招待，还要赍发若干银两。宋江对前来抓捕他的朱仝道："上下官司之事，全望兄长维持，金帛使用，只顾来取。"朱仝道："这事放心，都在我身上。兄长只顾安排去路。"朱仝说到做到，安排了一些钱物，把与阎婆，教她不要去州里告状。阎婆得了钱物，没奈何只得依允了。朱仝又将若干银两，教人上州里去使用，文书不要驳将下来。

其三，人情泛滥。

宋江是押司，有身份，有地位，县衙从上到下一应俱熟，也都毫无原则地关照他。在县衙门口，公差们在已经知道宋江是杀人犯的情况下，碍于人情世故，不肯抓捕宋江，但捉拿唐牛儿时却毫不耽搁。朱仝、雷横前往宋家庄缉拿宋江时，明知宋江就躲在地窖里，却只是虚张声势一番。而对于贫苦的唐牛儿，则视之如蝼蚁，无人替他说话，只恨主犯没有落在他身上。

唐牛儿就这样成了莫名其妙的牺牲品，他死也好，活也罢，并不耽误这个社会莺歌燕舞、鸟语花香。即便宋江做到了梁山的大掌柜，直到被招安征讨四方，他自始至终都没想起这个曾经无意中救过他的小人物。

小人物的命，那不叫命，卑如小草，贱如尘土，却又代代相传，生生不息。

而这个世界的残忍荒谬之处就在于：有"背锅侠"的地方，就有唐牛儿。

## 陶宗旺和他的铁锹

锹的前身应该是古典文献中的“耒耜”，“耜者，耒之金也”，“耜柄曰耒”也就是说，这种农具的柄叫做“耒”，尖锐的头部叫做“耜”。

在铁器未发明之前，远古时期的人类是用尖锐的石头或骨头来挖地的，后来耒耜演变为“臿”。铁器发明后，“臿”演变为“铫”或“鍤”。《诗说解颐字义》认为铫“则即今之锹也，一谓之鍤，所以起土，可用于耕，盖耜类耳”。

说了一大堆，不管是远古时期的“耒耜”，后来的“铫”、“鍤”，还是现在的铁锹，都是一种农具，是耕地挖地用的。能把它作为趁手兵器的，只有一人，他就是《水浒传》中的九尾龟陶宗旺。

陶宗旺是梁山将领中地地道道的农民，而且还是唯一的农民。以宋江为首的梁山起义被一些历史学家称为农民起义，还真的要感谢陶宗旺。没有农民大哥陶宗旺的参与，宋江起义能否称为农民起义，还真不好说。

施老爷子也在陶宗旺的星号上幽默了一把，他给陶宗旺起个星号叫地理星。所谓地理星，不就是修理地球的吗?

陶宗旺长得“五短身材黑面皮”，完全一副苦大仇深的老农形象。面皮发黑，那是在大太阳下耕田种地给晒的，跟包公的黑不一样。能把老实巴交的农民逼上黄门山，陶宗旺肯定遭遇到超过常人的劫难。不是一亩三分地被人霸占了，就是房子被人拆了，总之是过不下去，不得不到黄门山落草为寇，坐了第四把交椅。后追随宋江上了梁山，排名第 75 位。

陶宗旺不是一般的农民，书中交代“惯使一把铁锹，有的是气力，亦能使枪抡刀，因此人都唤做九尾龟”。

这话说了三层意思：其一，陶宗旺干了半辈子农活，有的是一把力气；其二，干农活之余，也习练武术，刀枪之类武器也拿得出手；其三，最拿手的还是铁锹。估计在田间干活时，一有空闲，便开练铁锹大功。

陶宗旺上梁山后，负责掘港汊、修水路、开河道、整理宛子城垣、修筑山前大路、监筑城垣雁台、添造房屋和四边寨栅。出征时，他又负责监造攻城器具。“神龟九尾喻多能”，确实是个多面手。说他是土木工程师，毫不为过。要是生活在当下，买几篇论文发表一下，评个副高职称是毫无问题的。

陶宗旺工程技术一流，但他的大杀器铁锹也没闲着。

梁山对阵呼延灼，陶宗旺和杨雄率领一队兵马，下山诱引官军，大破连环马。

迎战童贯，陶宗旺与刘唐一同统领三千马步军。他手握铁锹，护卫中军的大头领宋江。

征讨田虎，陶宗旺与龚旺、丁得孙、李立、石勇从后宰门杀入威胜城晋王宫。估计伪太子田定没见过铁锹这种奇门兵器，吓得自刎而死。

征讨王庆，陶宗旺和石勇管领马步兵三千人，列阵左侧，作为护持中军羽翼。

南征方腊时，陶宗旺参与润州之战，结果很不幸，在乱军中和宋万、焦挺一起中箭受伤，被马践踏而亡，成为梁山好汉中第一批阵亡将领之一。

从陶宗旺的征战史来看，首先他是一个低调的人，从没有像林冲、呼延灼等人那样在两军阵前单打独斗，只在兵团作战时冲锋陷阵。其次，他还是一个受宋江、吴用信赖的人，有两次列阵都肩负保卫中军的重任。第三，他是梁山最早死亡的将领之一，最终没有逃脱农民作为战争炮灰的命运。

陶宗旺的铁锹一定让敌人领教过厉害。铁锹重则可拍可扫，中则可挖可铲，轻则可点可削，灵活多变。这种兵器只要一亮相，常令对手丈二和尚摸不着头脑，无法判断铁锹的招式和路数，仓促应战之下，或许就像挖墒一样被挖了脑袋，丢掉性命。

在单田芳的评书《水浒全传》中，陶宗旺使一把大铁锹，重一百余斤，比鲁智深62斤的禅杖还重许多，简直和项羽一样“力拔山兮气盖世”。他还曾与黄信交战，只一招便震飞了黄信的兵器。与秦明交手，竟然打得难分胜负。

陶宗旺的铁锹，算得上是化腐朽为神奇，作为一种兵器，不但为自己争得梁山好汉之名，也为天下农民兄弟争了一口气。

# 武松的戒刀

据佛经记载，释迦牟尼住世时，僧人剪裁衣服时没有工具，只能用手和牙齿去撕咬，布料很容易就扯坏了。为此，释迦牟尼准许僧人们使用戒刀。后来，戒刀又增加了剃发、削果、修指甲等功能，成为僧人日常用物。古代僧人云游时一般携带“十八物”，其中就有戒刀。

简单说，戒刀就是我们今天的裁衣刀、水果刀、剃头刀和指甲刀的四合一。

戒刀既出佛门，所以它的大小与形状都是有规定的。形状一说是半月形，一说是如鸟羽形。长刀不得超过六指，中刀不得超过五指，短刀不得超过四指，且刀头都不准太尖，为的就是要防止杀生。

可是人算、佛算都不如天算，不知从何时起，戒刀最后竟然演变成一种超级大杀器。

这样的大杀器武松就有两把。

武松的戒刀全称为雪花镔铁戒刀。镔铁，是古代冶炼的一种钢，把表面磨光再用腐蚀剂处理一下，奇迹出现了，竟然呈现一种雪花般的纹路，煞是好看，故有雪花镔铁之谓。

不过用雪花镔铁打制的兵器，只嗜血，和风花雪月没有一毛钱关系。

唐朝以前，历史典籍中没有关于镔铁的记载，也没有镔铁打造的兵器，直到南北朝时镔铁铸造技术才通过丝绸之路传入中原。也就是说，镔铁的原产地并不在我国，而在西域。所以有人猜测，《水浒传》中的这双雪花镔铁戒刀颇有来历，它应该是主人游历西域时订制打造的。

也就是说，这是两把进口的绝世宝刀。

这双戒刀原先的主人并不是武松，而是一个被孙二娘杀死的头陀。

《水浒》第二十七回，武松在十字坡结识了张青夫妇。张青告诉武松，妻子孙二娘曾在酒店用蒙汗药麻翻了一个身材高大的头陀。等他回来时，头陀已被孙二娘卸去了手脚，只留下一个箍头的铁界尺、一件领皂直裰、一张度牒。还有两个难得的物件：一件是一百单八颗人顶骨做成的数珠，一件就是这两把雪花镔铁打成的戒刀。

这个头陀又是什么人？书中并无交代。从头陀留下的一百单八颗人顶骨做成的数珠来看，此人也是个狠角色，起码有一百零八人死于他的戒刀之下。

在民间传说里，这个神秘的头陀竟然是少林寺屏风岭分院的僧人，其武功得少林寺真传，是个一流高手。

他虽是僧人，却无慈悲心肠，反而大杀四方，结果遭到仇家追杀，亡命江湖。想不到投宿十字坡酒店时，被蒙汗药麻翻，栽在母夜叉孙二娘手里。

在《水浒外传》里，这名头陀法号广惠，确是少林弟子。他在十字坡失踪后，少林寺一直在寻找他的下落。适逢武林宗师周侗寿辰，武松和时迁在前往祝寿时误走屏风岭，碰到了广惠的师兄广恩，事情不慎败露，武松动手打伤了广恩，直接导致梁山泊和各大门派纷纷出动、大打出手，江湖一时腥风血雨。

《水浒传》第三十一回，武松杀了张都监，成了被通缉的杀人犯。孙二娘为方便武松逃亡，用头陀留下的衣服、用具将武松打扮成头陀的样子，又将两把戒刀赠与武松。从此都头武松就成了行者武松，与孙悟空成了同行。

武松告别张青、孙二娘，便去投奔二龙山。

当年独闯景阳冈，武松全凭十八碗酒壮胆，武松夜走蜈蚣岭，有两把冷气森森的戒刀陪伴，更无半点怯色。

月朗星稀，武松与作恶多端的王道人不期而遇，情急之下先砍了助纣为虐的道童，再与王道人恶斗十数回合后，武松卖个破绽，将王道人一刀毙命。

两把戒刀重出江湖，成了武松的大杀器。

征辽时武松一刀掠断辽国御弟耶律得重的马头，掉下马来的耶律得重被武松揪住头发，一刀取了首级。

征田虎时武松一刀砍死盖州守将沈安。

南征攻打苏州时武松一刀先砍断对手马脚，再一刀结果了三大王方貌性命；攻打杭州时，瞬间秒杀守将贝应夔。

两把戒刀砍人无数，饮血淋漓，想来再也不会在半夜发出阴森的鸣叫了。

戒刀源出佛门，奈何在头陀广惠手中大开杀戒，可谓罪孽深重。而误入佛门的武松得此宝刀，却是物配其主。人借刀势，刀随人念，达到了人刀合一的境界。

武松因宝刀而武力大增，宝刀因武松而毕露锋芒，正是“戒刀两口，擎来杀气横秋”。

也许正是杀气太重，武松在征方腊时没能全身而退，他遭方腊手下灵应天师包道乙暗算，被砍去左臂，成为废人，从此放下戒刀，在六和寺出家，享年八十而逝。

杀伤武松的为什么是灵应天师而不是其他人？武松被砍去的为何是左臂而不是右臂？这里大有深意。

施老爷子给武松的星号是什么？天伤星是也！武松一生剪灭无数恶人，却也伤害和滥杀不少无辜。伤人亦伤己，乃有断臂之祸；放下双戒刀，方有善终之福。

这个结局是施老爷子安排的吗？我觉得是天意。

## 小人陆谦

《水浒传》中，小人特别多，陆谦是最著名的一个。

陆谦和林冲是发小，两人是从小穿开裆裤一起长大的，交情不可谓不深。

两人一个是虞侯，一个是教头，都是禁军里的中低级军官，尽管职务不高，但在社会上还是颇有地位。平常两人经常相互走动，喝几杯清茶，弄几壶小酒，发几句牢骚，叹几回世道。可以说，在结交鲁智深之前，陆谦一直是林冲最好的朋友。

然而，友谊的小船说翻就翻。

高衙内看上了林娘子，害上了单相思。手下一个叫富安的帮闲，献了一计："门下知心腹的陆虞候陆谦，他和林冲最好，明日衙内躲在陆虞候楼上深阁，摆下些酒食，却叫陆谦去请林冲出来吃酒，教他直去樊楼上深阁里吃酒。小闲便去他家，对林冲娘子说道：'你丈夫教头和陆谦吃酒，一时重气，闷倒在楼上，叫娘子快去看哩！'赚得他来到楼上，妇人家水性，见了衙内这般风流人物，再着些甜话儿调和他，不由他不肯。小闲这一计如何？"高衙内连声叫好。

富安和高衙内明知道陆谦和林冲是最要好的朋友，为什么还将这种龌龊事交给陆谦去干？

原因无非两个，一是他们相信权力的巨大作用，二是他们知晓陆谦的德行。

那么陆谦究竟是什么态度？"陆虞候一时听允，也没奈何，只要小衙内欢喜，却顾不得朋友交情。"

"一时听允"是什么意思？就是听完就答应了，没怎么犹豫。

在高衙内的权势和林冲的友情这两者间，陆谦毫不犹豫地选择了前者，因为权势能给他带来升官发财的机会，能给他获得最大的利益。

所谓“小人喻于利”，就是说的陆谦这种人。

陆谦他们的计划只实施了一半，因为锦儿及时报信，林冲赶到陆谦家里，救出了林娘子，把陆谦家里狠砸了一通。

陆谦知道林冲手持解腕尖刀到处找他，吓得躲在太尉府内，不敢回家。

小人从来不敢光明正大地对决，暗中使坏才是他们的拿手好戏。

陆谦并没因为出卖林冲而有丝毫愧疚，反而一不做二不休，欲置林冲于死地。陆谦认为，只有“害了林冲性命，方能勾得他老婆和衙内在一处”。勾得林娘子和衙内在一起，他们才能得到封赏。

陆谦和富安又精心设计了一个圈套，等着林冲来钻。

这个圈套分为两步：第一步，找人千方百计将一把宝刀不惜白菜价卖给林冲；第二步，以高太尉的名义派人邀请林冲去太尉府比试宝刀，然后带着林冲进入白虎节堂，再以行刺高太尉的罪名抓捕并判林冲死罪。

一切都按照陆谦和富安的设计进行，林冲果然中了大招，因误闯白虎节堂被押解到开封府投入大牢。

小人做事就是这样不择手段，他们阴险狡诈，专门挖坑陷害良善，令人防不胜防。

幸亏开封府孙孔目和滕府尹尚能主持公道，才避免了林冲冤死的命运，最终以“不合腰悬利刃，误入节堂”之罪，林冲被断了脊杖二十、刺配沧州牢城。

陆谦见林冲死里逃生，并不死心，他要做的就是落井下石、斩草除根。

他亲自找到押解林冲的两位公人董超和薛霸，拿出十两金子收买两人，让他们在路上结果了林冲性命。并嘱咐二人：“明日到地了时，是必揭取林冲脸上金印回来做表证，陆谦再包办二位十两金子相谢。专等好音，切不可相误。”

这一次陆谦的阴谋又没有得逞，危急关头鲁智深赶来救了林冲，一直护送到离沧州不远的地方，再无僻净处了，才离开。

遇到小人可怕，遇到一个不达目的决不罢休的小人更可怕。

一计不成，又生一计，陆谦和富安亲自赶到沧州牢城。

陆谦买通差拨和管营，将林冲由天王堂调到大军草料场。在一个风雪之夜，陆谦他们放起一把大火，不但要把林冲烧死，还要捡得林冲一两块骨头回京，向高太尉邀功领赏。不想林冲因大雪压塌住处，暂时栖身在山神庙，凑巧听见门外陆谦、富安和差拨的对话。

林冲怒不可遏，先搠倒差拨和富安，用脚踏住陆谦胸脯，身边取出那口刀去陆谦脸上搁着，喝道："泼贼，我自来又和你无甚么冤仇，你如何这等害我？正是杀人可恕，情理难容。"陆谦哀告道："不干小人事，太尉差遣，不敢不来。"

即便死到临头，小人还是能找出借口，为自己的卑鄙无耻辩护。

陆谦被林冲用尖刀向心窝里只一剜，七窍迸出血来，头也被割下献在山神供桌上。

陆谦死了，这个卖友求荣、攀附权贵、见利忘义、阴险狠毒的家伙，作为《水浒传》中的第一号小人，被永远钉在了耻辱柱上。

有意思的是，陆谦实有其人，而且是兴化人。

据兴化文史学者任祖镛考证，与施耐庵同时代的兴化人中就有个叫陆谦的。明嘉靖《兴化县志·名宦》记载：陆谦，字仲益，元季以功授阃职，转杭州治中。宋克称其有文武全才。洪武初，李曹公平江南，遣谕海上方国珍，下之，擢户部主司，迁卢陵知县。

从该段文字可以得知，兴化人陆谦因为有功，在元朝先后任阃职和杭州治中，曾为潘元绍书写《七姬权厝志》的书法家宋克称赞他文武双全。洪武初年，曹国公李文忠平定江南，派他成功劝降了海上方国珍，因而升任户部主司，又迁调卢陵任知县。

这就是说，陆谦先任元朝官员，然后投降了张士诚，后来他又投降了朱元璋部将李文忠，并劝降了方国珍。

施耐庵曾做过张士诚的幕僚，他对潘元绍、潘元明兄弟祸国乱政、背主求荣的行径十分痛恨，因而在《水浒传》中塑造了潘金莲、潘巧云两个淫妇形象，借二潘的不贞来影射潘氏兄弟的不忠。

而对于陆谦这种一降再降的不忠之人，施耐庵干脆就不用曲笔了，而是直用其名，实实在在羞辱一番。

实则虚之，虚则实之，小人陆谦就这样诞生了。

# 燕青的一首诗

梁山大军平定方腊后，在离开杭州班师回朝的路上，燕青给宋江留下一封辞别信和一首诗。

诗云：雁序分飞自可惊，纳还官诰不求荣。身边自有君王赦，洒脱风尘过此生。

这首诗的意思是什么呢?

我看到大雁排着队各自飞远，忽然有种心惊的感觉，该到纳还官诰、不求荣华富贵但求退隐山林的时候了。虽然我的身边有赵家君王给我的免死赦书，我还是想找个清净无尘的地方，潇潇洒洒过余生。

宋江看了燕青的辞别信和诗，心中闷闷不乐。

仅仅是闷闷不乐吗？应该还有一点疑惑：燕青拥有一份皇帝的免死赦书，这是真的吗?

是真的。

什么是免死赦书？就是皇帝御赐的赦免书，不管犯有多大的罪过，官府都没权利或不敢逮捕持有者，相当于免死金牌。

燕青是什么时候得到皇帝赦免书的?

《水浒》第八十一回，燕青为招安之事，奉宋江之命来见李师师，二人相谈甚欢，并结为姐弟。当夜正值宋徽宗临幸李师师，燕青以李师师姑舅兄弟的身份得见宋徽宗，并通过吹箫、拨阮、唱曲等才艺表演，博得徽宗赏识。燕青又假意大哭，诉说曾被梁山掳劫三年，犯下大罪，乘机让李师师向宋徽宗撒娇，讨要御赐赦免书。宋徽宗被逼不过，只得命取纸笔，写下赦免书一道：神霄玉府真主宣和羽士虚静道君皇帝，特赦燕青本身一应无罪，诸司不许拿问。

燕青是个特别聪明的人，此次东京之行，通过李师师和宿太尉，不但完成了梁山招安的任务，还公事私办，为自己谋得一纸赦免书，将包括宋江在内的梁山头领都蒙在鼓里。

那么，燕青既然得到了免死赦书，而且跟随宋江、卢俊义在东征西讨中立下大功，正待封官领赏之时，为何却要退隐江湖?

其一，燕青从亲身经历中感受到官场的腐败，对统治者表示失望，不愿同流合污。

首先，燕青从主人卢俊义受迫害一案中，已经真切感受到司法不公和权钱交易的危害。其次，童贯、高俅等人在攻打梁山时的过程及后果中，燕青也看清了皇帝昏庸、奸臣当道的现实。再次，燕青多次参加梁山核心机密招安一事，在联络和实施招安的过程中，基本上都是金钱开道，还得靠关系、开后门才能找到机会，对官场风气的败坏深有体会。

其二，燕青虽然文化水平不高，但却饱读史书，对历史上“狡兔死，走狗烹；飞鸟尽，良弓藏”的典故十分熟悉。

燕青在以书信辞别宋江前，先去见了主人卢俊义，要和主人一起纳还原受官诰，私去隐迹埋名，寻个僻净去处以终天年。对此，卢俊义深感惊讶。

《水浒》第一一九回：

卢俊义道：“燕青，我不曾存半点异心，朝廷如何负我？”燕青道：“主人岂不闻韩信立下十大功劳，只落得未央宫里斩首。彭越醢为肉酱，英布弓弦药酒？主公，你可寻思，祸到临头难走！”卢俊义道：“我闻韩信三齐擅自称王，教陈豨造反；彭越杀身亡家，大梁不朝高祖；英布九江受任，要谋汉帝江山。以此汉高帝诈游云梦，令吕后斩之。我虽不曾受这般重爵，亦不曾有此等罪过。”

在韩信、彭越、英布三名汉朝功臣为何身死国灭的问题上，主仆二人争议巨大。燕青一看，三观不同，难以为谋，只得离开卢俊义，孤身一人远走高飞。

其三，燕青曾得罪过高俅，对高俅不择手段的打击报复心怀畏惧。

梁山三败高俅时，在设宴款待高太尉时，燕青与高俅进行了一场相扑比赛。燕青施展“守命扑”绝技，一跤便把高俅摔翻在地，搞得高俅半晌挣扎不起，使堂堂高太尉狼狈不堪，颜面尽失。

禁军教头王进，因为父亲曾一棒打翻过高俅，就被迫害得浪迹天涯。同是禁军教头的林冲，因为妻子貌美就被高俅迫害得走投无路，这些都是前车之鉴。以高俅睚眦必报的下作手段，他能放过燕青吗？燕青早已想过这个问题，而且得出了正确结论。

其四，尽管手握免死赦书，燕青还是无法安心。

柴大官人不是有太祖皇帝御赐丹书铁券吗？那可是货真价实的免死金牌，可结果怎么样？他的叔父柴皇城的花园照样被高廉的妻舅殷天锡抢夺，柴进前来讲理，照样被高廉拘捕，屈打成招后打入死牢。

柴进是什么人？后周皇族后裔，大富大贵。殷天锡是什么人？就一仗势欺人的恶霸。柴进这样的人都能受到恶霸欺负，燕青又会有什么安全感？

在一个没有公平正义的社会，灾难随时会降临到每个人的头上，燕青明白这个道理。

燕青退隐江湖的想法可不是一时心血来潮，而是蓄谋已久。再清高的隐士也需要一份厚重的资财，才能保证他“不为五斗米而折腰”。这样的资财，燕青其实早已准备好了。

原著说得明白，燕青辞别卢俊义时，“纳头拜了八拜，当夜收拾了一担金珠宝贝挑着，竟不知投何处去了”。

燕青的这一担金珠宝贝从何而来？是他因为立功受赏积累的吗？绝对不是！任你立有再大的功劳，也不可能有这么高的赏赐。

燕青在征方腊后期，化名云壁，随柴进诈降方腊。在宋江大军杀入帮源洞之前，燕青就抢先下手了。

原著中说：“燕青抢入洞中，叫了数个心腹伴当，去那库里掳了两担金珠细软出来，就内宫禁苑放起火来。”

看清楚了，是抢了两担，不是一担，而且放了一把火，遮掩得干干净净。

燕青辞别卢俊义后，连夜挑走了一担金珠宝贝，那还有一担哪去了？

很简单，燕青没有独吞，他应该是分给了手下的“数个心腹伴当”。

施老爷子评价燕青：“虽是三十六星之末，却机巧心灵，多见广识，了身达命，都强似那三十五个。”

其实，施老爷子还有一点没有看到，那就是燕青独一无二的精明！

# 张清的石子

石子并不是稀罕物，小如蚕豆，大如鹅卵，有山的地方俯拾皆是。但小小石子到了一个人手上后，立刻成为生猛无比的利器，轻则让人口歪鼻塌，血流不止；重则让人脑袋开花，性命堪忧。

此人不是别人，正是《水浒传》里的没羽箭张清。

卢俊义前去攻打东昌府，东昌府守将张清首战告捷，一石子打中郝思文的额角。郝思文负伤落马，亏得燕青出手救回。

宋江亲率大军攻打东昌府，结果更是惨不忍睹。

徐宁被张清用石子击中眉心，跌落马下。如果扮演二郎神，估计不用化妆。

燕顺战张清不过，逃走时被张清的石子打在后心镗甲护镜上，伏鞍而走。

韩滔出战，被张清一石子打中鼻子，鲜血迸流，狼狈逃回。

彭玘飞马直取张清，被石子打中面颊，丢下兵器，奔马回阵。

丑郡马宣赞最为搞笑，刚刚发出挑衅："且看石子打得我么？"话一出口，嘴边被石子打中。哼哼，让你人丑还多话！

呼延灼拍马出阵，被飞石击中手腕。

刘唐来战，直接被石子打倒，且被生擒活捉。

杨志躲过了第一颗石子，却被第二颗石子打在头盔上，胆丧心寒，伏鞍归阵。

朱仝、雷横一齐抢出阵来，先后被石子打中额头和脖颈。以为人多好欺负，张清的石子不答应！

关胜出阵，被石子击中刀口，火光迸射，也是无心恋战，勒马便回。

董平躲过前两个石子，却被第三个石子擦着耳根飞过，不敢恋战。

索超被石子打在脸上，鲜血迸流，败回本阵。破相了，不耽误你找媳妇就好！

隔天鲁智深正在押运粮草，被张清一石子打在光秃秃的脑门上，顿时鲜血迸流，向后便倒，亏得武松拼死救回。

前前后后，张清用小小石子打败梁山 15 位好汉，且大多是位列天罡的一流战将。

明掷暗甩，变化多端，令人防不胜防；飞似流星，快如闪电，让人胆战心惊。张清掷石之技几乎达到随心所欲、百发百中的境地，直打得梁山好汉嘴肿鼻凹、焦头烂额。

后来张清归顺梁山，随大军出战时又屡立奇功。

迎战童贯时，张清用石子击中周信鼻梁，周信翻身落马，被龚旺、丁得孙捡便宜戳死。

三败高俅时，张清先后用石子打伤王文德、梅展两员大将，又用石子打中八十万禁军都教头丘岳面门，“唇口里打落了四个牙齿”，估计以后说话会漏风。

征辽国，张清以飞石分别打中上将阿里奇左眼和耶律国宝面门，阿里奇负痛身死，耶律国宝落马死于乱军之中。

征田虎，张清用石子击中壶关守将竺敬鼻子和山士奇头盔，挫其锐气。

征方腊，张清用石子将宣州统制官潘濬其打落马下，后者被李忠捡漏杀死。

张清以飞石制胜为梁山立下汗马功劳的同时，还以飞石为媒与琼英成就了一段美好姻缘，这也是大场面的《水浒传》中最为温情的故事。

两人比武时，张清见琼英拈取石子向他打来，“将右手一绰，轻轻的接在手中”。琼英第二颗石子打过来的同时，张清也将手中的石子掷出，两颗石子在空中瞬间相遇，彼此穿透，飞迸出电石之花，陨石撞地球一般，在两人心中飞扬起爱情的火焰。

张清在战场上以石子打人，距离对手既不能太远，也不能太近。太远，石子打中对手时已成强弩之末，而且对手有充分的时间躲避。太近，没有施展的空间，石子的力道不够，不足以打伤对手。张清是聪明人，一般都是和对手在马上打几个回合，然后佯败转身逃离，在对方追赶时突然回手一击，对手瞬间中招，想躲也躲不开。

张清的这种武艺，最大的短板就是距离太近，而导致张清最后殒命的正是这种情形。

张清和董平步行去独松关，正遇守将厉天闰、张韬。在近战中张清一枪搠在松树上，难以拔出，被厉天闰趁机一枪刺死。

张清的石子最为朴素、最为普通，却打出了最不朴素、最不普通的惊艳战绩。张清在战胜一众高手时，还顺手牵得美人归，小小的石子确实是梁山好汉中最为不同凡响的武器，没有之一。

## 周通的人生哲学

周通有一个很霸气的绰号，唤做“小霸王”。

原著赞诗写道：“声雄面阔须如戟，尽道周通赛霸王。”就是说，周通长得像西楚霸王项羽，才有“小霸王”的绰号。

《水浒》第五十七回：呼延灼见了周通，便纵马向前来战。周通也跃马来迎。二马相交，斗不到六七合，周通气力不加，拨转马头往山上便走。

周通迎战呼延灼，因为“气力不加”而败走，这也反证周通“小霸王”的绰号并非指武艺可比项羽，而是指长相。历史上的项羽可是“力拔山兮气盖世”的人物，与周通的“气力不加”不可同日而语。

再一个，人们提到项羽，就会想到他和美人虞姬的爱情。而提到周通，人们都认定他是梁山好汉中第一个流氓。

因为他一出场，就要强娶桃花村刘太公的女儿为压寨夫人。

不过客观地说，与后来的王英和董平比起来，周通要流氓还是有底线的。

周通看上刘太公女儿后，并没有霸王硬上弓，倒是很讲礼数。他撇下二十两金子、一匹红锦作为定礼，并选了一个良辰吉日，一切由着乡间婚俗按部就班。

周通当晚来到桃花村，见到刘太公亲捧台盏，斟下一杯好酒，跪在地下。周通立即扶起刘太公道：“你是我的丈人，如何倒跪我？”从这里也可看出，周通是把刘太公当作长辈看待的，很注重礼节。

即便喝得七八分醉了，他也记得向刘太公表态：“我与你家做个女婿，也不亏负了你。你的女儿匹配我也好。”那意思，我不会亏待了您老丈人的，请放心好了，还向刘太公回敬了一杯酒。

王英和董平就不一样了。

王英只要看到漂亮女子，不管什么丈人不丈人、礼数不礼数，都要抢回清风山先快活了再说。

董平呢，就更无耻了。他看中程太守的女儿，见人家不情愿，竟然将程太守全家灭门，强娶了程小姐。

这样一比较，周通并不是那么坏。

他能守住一些底线，是因为他有他的人生哲学。

周通第一个在桃花山拉起队伍，落草为寇。按理说，作为集团公司的创始人，是不会轻易把江山让给别人的。周通不一样，他下山打劫时遇到李忠，打不过人家，就把第一把交椅让李忠坐了。

李忠不过是个江湖上卖狗皮膏药的，周通为何这样做？

其一，周通很有肚量。他不像梁山泊首任寨主王伦那般心胸狭隘，把山寨视为己有。周通是心甘情愿与他人共治共享。

其二，周通懂得取舍。舍得，舍得，有舍才有得。周通知道，舍不得第一把交椅，就要让出整个桃花山。况且主动让贤，有利于桃花山的壮大发展，不是什么丢脸的事。

其三，周通明白事理。人家比你强，就得服气。在一个弱肉强食的社会，你不主动示弱，就会被强者吃掉。

基于此，周通认李忠为大哥。

基于此，周通虽然在洞房里挨了花和尚鲁智深一顿胖揍，但见李忠认鲁智深为大哥，他也认鲁智深为大哥。

在刘太公面前，鲁智深劝周通道："周家兄弟你来听俺说，刘太公这头亲事，你却不知他只有这个女儿，养老送终，承祀香火，都在他身上。你若娶了，教他老人家失所，他心里怕不情愿。你依着洒家，把来弃了，别选一个好的。原定的金子缎匹，将在这里。你心下如何？"

周通立刻保证："并听大哥言语，兄弟再不敢登门。"

鲁智深怕他反悔，周通折箭为誓。

周通为何如此干脆？

周通想得很简单，既然认了大哥，大哥的话就得听，况且自己有错在先。

后来鲁智深嫌李忠、周通俩人小气，乘他们下山打劫时，卷了桌上的金银酒器跑路了。

李忠要去追，那意思，打不过你鲁智深，也要羞辱你一番。

还是周通大气："罢，罢！贼去了关门，那里去赶？便赶得着时，也问他取不成。倘有些不然起来，我和你又敌他不过，后来倒难厮见了。"

周通这话还真说对了。

呼延灼带领青州兵来攻打桃花山，李忠、周通都不是对手。危急关头，他们求救于在二龙山落草的鲁智深，鲁智深带领杨志、武松前来增援，才没有使呼延灼剿灭桃花山的计划得逞。

试想，如果当初李忠追上鲁智深，对鲁智深破口大骂，依老鲁的脾气非打一架不可。这架一打，双方就成了仇人，鲁智深也就绝无可能来营救桃花山。如此一来，周通也就上不了梁山。

周通是个有缺陷的小人物，他能成为梁山好汉，自有他的一套人生哲学，那就是为人大度，懂得弱肉强食、适者生存的江湖法则。

# 朱武和王伦

朱武和王伦，是两个素未谋面之人。

朱武是个老革命，他在第二回就出场了，是水浒首寨少华山寨主。王伦资格也很老，是水泊梁山的首任寨主。

朱武“原是定远人氏，能使两口双刀，虽无十分本事，却精通阵法，广有谋略”。王伦是个“不及第的秀才”，他本人自评“没十分本事”。

朱武人送外号“神机军师”，王伦人称“白衣秀士”。两人都读过书，可以说是小知识分子。

朱武因为“累被官司逼迫”，迫不得已落草为寇。王伦是落第举子，心里不平，在得到柴进资助后上山做了强盗。

朱武手下有跳涧虎陈达、白花蛇杨春，聚集着“五七百个小喽罗，有百十匹好马”。王伦手下有摸着天杜迁、云里金刚宋万和旱地忽律朱贵，聚集了“七八百小喽罗”。

不管是少华山还是水泊梁山，他们的主要经济模式都是“打家劫舍”。不过王伦领导下的水泊梁山经济条件要好得多，原因有三。一是有柴大官人资助他们的第一桶金打底。二是水泊梁山地盘大，资源丰富，他们能坐收其利。三是朱贵在李家道口开黑店，用蒙汗药麻翻客人，抢劫钱财。

《水浒》第十五回，吴用来游说阮氏三雄时，阮小五抱怨说，梁山泊原是他们渔民的衣食父母，如今被王伦一伙强人霸占了，他们不敢去了，并且特别羡慕说：“他们不怕天，不怕地，不怕官司，论秤分金银，异样穿绸锦，成瓮吃酒，大块吃肉，如何不快活？我们弟兄三个空有一身本事，怎地学得他们！”这从一个侧面也反映出王伦领导下的水泊梁山是不差钱的。

朱武的少华山则不然，经常钱粮欠缺，不得不四处打劫，犯案累累，因此官府震怒，悬赏三千贯钱捉拿朱武等人。

这样看来，两个山寨小喽罗虽然相差无几，但王伦的水泊梁山在经济基础上更胜少华山一筹，混得应该比朱武更好才对。

事实并非如此。

王伦最终被林冲火并，死于非命。而朱武位列梁山地煞星之首，受招安后被封为同参赞军务头领，成为梁山副军师，属政治局候补委员序列。南征北战中屡立大功，征服方腊后被封为武奕郎兼诸路都统领。后跟随公孙胜学道，得以善终。

什么原因造成两人之间巨大的差距呢?

其一，王伦嫉贤妒能，朱武主动让贤。

王伦自己没十分本事，手下杜迁、宋万、朱贵看起来一个个都很高大上，却都武艺平平，中看不中用，在梁山好汉中基本属于打酱油的角色。在人才储备上如此短板，本该求贤若渴，但王伦有自己的小算盘，生怕比自己能力强的人夺了他的寨主之位。

林冲犯了死罪，走投无路，前来投奔王伦。王伦寻思道："我却是个不及第的秀才。因鸟气，合着杜迁来这里落草；续后宋万来，聚集这许多人马伴当。我又没十分本事，杜迁、宋万武艺也只平常。如今不争添了这个人，他是京师禁军教头，必然好武艺。倘若被他识破我们手段，他须占强，我们如何迎敌？"因此他不愿收留林冲，以"小寨粮食缺少，屋宇不整，人力寡薄，恐日后误了足下"为由，欲拒林冲于门外。后在朱贵等人说情下，却又故意刁难，要林冲三天内纳一个"投名状"方能入伙。

见林冲前两天都未找到投名状，王伦笑道："想是今日又没了。我说与你三日限，今已两日了。若明日再无，不必相见了，便请挪步下山，投别处去。"这笑是幸灾乐祸的笑，这笑是冷酷无情的笑，一副小人嘴脸。

等到晁盖、吴用等人上山，王伦故技重演。当他听晁盖说明来意，"骇然了半晌，心内踌躇，做声不得，自己沉吟，虚应答筵宴。"第二日，王伦又以寨小粮少为由要请晁盖等人另投他处。如此嫉贤妒能，实在过分，惹得林冲愤怒道：“你这嫉贤妒能的贼，不杀了要你何用！你也无大量大才，也做不得山寨之主！”王伦最后落得个身首异处，实属咎由自取。

朱贵其实不是一般人，“智可张良比，才将范蠡欺”，但他十分低调，从不自以为是。他见史进义气深重，且武艺高强，真诚邀请史进上山，情愿让出寨主之位，史进因要去寻找师父王进而拒绝了。当史进寻师未果，回到少华山之后，朱武立即兑现诺言，让出第一把交椅，并和陈达、杨春紧密团结在史大官人周围，唯史大官人马首是瞻。这胸怀、这眼界，直把王伦甩出一百条街去。

当初林冲来投，设若王伦诚心收留，哪怕是惺惺作态，说要让出寨主之位，林冲必然感恩戴德、誓死效忠。有林冲伺候在侧，寨主之位岂能旁落？身家性命必然保全。

其二，王伦重利，朱武重义。

林冲投奔梁山，可是带着柴大官人的介绍信来的，而柴大官人是梁山泊的恩主，不看僧面看佛面，也理应收留林冲，但王伦只从自身利益考虑，把柴大官人的情义丢弃一边。

等到晁盖等人上得山来，在席间“说出杀了许多官兵捕盗巡检，放了何涛”等事时，王伦“便有些颜色变了，虽是口中应答，动静规模，心里好生不然”。王伦为何如此？他除了害怕晁盖等人抢夺寨主之位，还担心晁盖等人杀了官府很多人，一定会遭到官府的大力围剿，给自己和梁山泊带来巨大风险。为了自身利益，哪里还顾及江湖义气？只有将他们赶出梁山泊，王伦才能心安。

也许会有人说，王伦不是要赠送晁盖一行五锭大银吗？这其实只是舍小利保大利罢了。

与王伦完全不同，朱武是一个特别讲义气的人。

少华山二掌柜陈达被史进活捉，朱武审时度势，为了救出陈达不惜冒着生命危险上演了一出苦肉计。他和杨春坚持步行到史家庄，双双跪在史进面前，诉说他们兄弟情分，不求同日生，但求同日死，宁愿让史进解官请赏，也要“一径就死”。史进被他们的兄弟义气所感动，从此史家庄与少华山化敌为友。朱武此行是冒着极大风险的，如果史进不吃这一套，朱武必然会被解官就死。金圣叹评价这一事件时说：“不止是苦计，亦实有义气也。”

朱武贵为副军师后，也一直将陈达、杨春带在身边，多有关照。当陈达、杨春在昱岭关被乱箭射死后，朱武垂泪不已，这份情义感人至深。

其三，王伦小肚鸡肠，朱武宽宏大量。

王伦虽是梁山首任寨主，但他对整个山寨建设缺乏长远规划，从未想过要做大做强，只想偏于一隅，过着小富即安的日子。他也不想过分得罪官府，井水不犯河水，他就很满足。

朱武是有大格局的人，他占据少华山时，属于迫不得已，而一旦宋江率领人马大闹华州、救出史进时，朱武毅然放弃少华山，放弃自己优越的地位，携带山寨资财，融入梁山泊队伍中去。

而且，朱武深知兵法，文武双全，梁山排名时只排在第 37 位，但朱武宽宏大量，毫无怨言，一直尽忠尽职，还屡立奇功。

其四，王伦才不配位，朱武才华横溢。

王伦是个不及第的秀才，作为读书人，还是差点才情，理应从自身寻找原因，但他未作此想，“因鸟气”上山落草，即是说，他因为落第而愤愤不平。“学而优则仕”的路走不通，就干脆上山当强盗。说到底，王伦也是个知识人，但以他那点才干和情商难以担当寨主重任。

朱武不同，他没有走仕途，但他特别爱学习。在他担任副军师之后，显示出高过吴用的谋略。他屡出奇计，协助卢俊义攻城略地，取得节节胜利。而且他精通兵书阵法，在与强敌比试时占尽上风，逢斗必胜。朱武的情商也特别高，他是最早看透功名利禄的人，所以他后来主动放弃高位，跟随公孙胜潜心修道，得以善终。

# 第二辑　寻踪考辨

# 《水浒传》里的兴化方言 43 例

兴化古称“楚水”，又名昭阳，这都印证着兴化原来隶属于楚国，受楚文化影响极深。明朝之前，兴化人说的是相对纯正的楚地方言。兴化地处江淮之间，语言兼有南北方特点，属于通泰片方言，是江淮官话的亚种。通泰片方言区处于古扬州府东部边缘地带，位于江苏中部核心地区，其地理位置是东眺大海、南临长江、北望淮河、西接扬州，基本覆盖里下河地域。

朱元璋建立明朝后，对曾经大力支持张士诚政权的苏州、兴化两地人民心怀不满，迁部分兴化人到天津卫，将苏南一带居民迁往兴化，这就是历史上著名的“洪武赶散”。所以明朝以后，兴化方言揉进了很多吴语成分。

施耐庵是兴化白驹场施家桥人，他写《水浒传》正处于元末明初改朝换代之时。可以肯定的是,《水浒传》前 70 回的完成当在明朝建立之前，后 50 回的写作基本与“洪武赶散”属于同一时期，吴语尚未融入兴化方言。所以整体看,《水浒传》的写作所采用的方言应当是“洪武赶散”之前的兴化方言，与现在的兴化方言还是有差别的。不过,《水浒传》中有不少纯正的兴化楚地方言还是以顽强的生命力沿袭下来，至今还挂在兴化人的嘴边，响在兴化人的耳旁。本文仅从中撷取一二，以期抛砖引玉。

## 1. 有的没的

喝教许多庄客，把庄里有的没的细软等物即便收拾，尽教打迭起了，一壁点起三四十个火把。

——第三回 史大郎夜走华阴县　鲁提辖拳打镇关西

“有的没的”，意指“所有的”“全部的”。史进眼见两个都头带领手下包围了庄院，要捉拿他和朱武、杨春、陈达，只得让庄客收拾了所有的家当，杀将出去。

## 2. 拐棒

白头老叟，尽将拐棒拄髭须；绿鬓书生，却把文房抄款目。

——第三回　史大郎夜走华阴县　鲁提辖拳打镇关西

李逵戗几根蓬松黄发，绾两枚浑骨丫髻，黑虎躯穿一领粗布短褐袍，飞熊腰勒一条杂色短须绦，穿一双蹬山透土靴，担一条过头木拐棒，挑着个纸招儿，上写着：“讲命谈天，卦金一两。”

——第六十一回　吴用智赚玉麒麟　张顺夜闹金沙渡

“拐棒”，原指弯曲的棍子，目前兴化方言中专指“拐杖”，是老年人或者残疾人协助走路的工具。上述“尽将拐棒拄髭须”中,“拐棒”即“拐杖”之意。李逵跟着吴用去赚卢员外上梁山，李逵扮的是哑道童，不至于老得要依靠“拐杖”走路，所以上述李逵所用的“拐棒”是当挑具使用的。兴化现在方言里面，已不具有这一层意思。

## 3. 不省得

员外叫鲁达附耳低言：“你来这里出家，如何便对长老坐地？”鲁达道：“洒家不省得。”

——第四回　赵员外重修文殊院　鲁智深大闹五台山

“不省得”，不知道、不晓得、不明白之意。这个词看似很口语化，其实还是很典雅的，因为这里的“省”，有省悟、反省之意，《论语》中有“吾日三省吾身”之句。

## 4. 团团

周通道："这贼秃不是好人，倒着了那厮手脚，却从那里去了？"团团寻踪迹，到后山，见一带荒草平平地都滚倒了。

——第五回　小霸王醉入销金帐　花和尚大闹桃花村

智深道："天色热。"叫道人绿槐树下铺了芦席，请那许多泼皮团团坐定。

——第七回　花和尚倒拔垂杨柳　豹子头误入白虎堂

"团团"，在兴化方言里不止一个意思。上述"团团寻踪迹"中，"团团"指全部、到处之意。"团团坐定"中，"团团"指四周围。

## 5. 活泛

智深正使得活泛，墙外一个官人看见，喝采道："端的使得好！"

——第七回　花和尚倒拔垂杨柳　豹子头误入白虎堂

"活泛"，指身手敏捷、动作灵活，形容练武中的鲁智深恰到好处。但兴化人口中的"活泛"还有活动、灵活变化的意思。如兴化作家顾坚的《青果》中：两杯酒落肚，到扬州后一直沉着少话的父亲脸上明显活泛起来。

## 6. 几钱

当时林冲看了，吃了一惊，失口道："好刀！你要卖几钱？"那汉道："索价三千贯，实价二千贯。"

——第七回　花和尚倒拔垂杨柳　豹子头误入白虎堂

"几钱"，多少钱的意思，这个方言在兴化菜场上每天都会被人说起。兴化有一类方言是被压缩过的，如"乖乖隆的冬"，兴化人只简缩成两个字“乖冬”，“刮刮叫”，兴化人简化成“刮叫”。“几钱”，实际上是“几个钱”的简缩版。

## 7. 临了

老军都点见了堆数，又引林冲到草厅上，老军收拾行李，临了说道：“火盆、锅子、碗碟都借与你。”

——第十回　林教头风雪山神庙　陆虞候火烧草料场

“临了”，兴化方言指最后、最终、结束之时。兴化还有一句俗语，叫作“要得好，到临了”，说的是最好的东西往往在最后。

## 8. 下饭

忽一日，李小二正在门前安排菜蔬下饭，只见一个人闪将进来，酒店里坐下，随后又一人闪入来。

——第十回　林教头风雪山神庙　陆虞候火烧草料场

“下饭”，指“菜肴”，用口语来说，就是“小菜”。“下”者，送下之意。“下饭”，与米饭一起下肚之物，即菜肴。兴化地处里下河，乃鱼米之乡，以大米为主食，故有“下饭”之语。“下饭”在兴化方言里还有另一个意思，因为小菜好吃所以让人饭量大、吃得欢实。如：麻虾子炖蛋，下饭得扎实呢。

## 9. 噇

晁盖拿起棍来又要打，口里骂道：“畜生！你却不径来见我，且在路上贪噇这口黄汤，我家中没有与你吃，辱没杀人！”

——第十四回　赤发鬼醉卧灵官殿　晁天王认义东溪村

“噇”，指毫无节制地大吃大喝。兴化民间有“噇倒头”一说，噇倒头，就是噇倒头饭，“倒头饭”是死人吃的饭。兴化民俗：人死后，要煮一碗饭，碗里竖插一双筷子，放在死者头前，称作“倒头饭”。“噇倒头”，即湖吃海喝，带有明显的贬义色彩。

## 10. 巴

只见两个虞候和老都管气喘急急，也巴到冈子上松树下坐了喘气。

——第十六回　杨志押送金银担　吴用智取生辰纲

“巴”，兴化方言中指向高处攀登、攀爬，在现代字典或词典里已查不到这个释义了。

## 11. 一了

那汉道：“我一了不说价，五贯足钱一桶，十贯一担。”

——第十六回　杨志押送金银担　吴用智取生辰纲

“一了”，兴化方言是指过去、原来之意。此处引申为“从来”、“向来”的意思。那汉子的意思是说，我从来就是一口价，概不还价。

## 12. 搭识

那婆娘留住吃茶，言来语去，成了此事。谁想那婆娘自从和那张三两个搭识上了，打得火块一般热。

——第二十回　梁山泊义士尊晁盖　郓城县月夜走刘唐

“搭识”，指结交、结识之意，含些许贬义，搭识后常有共同做坏事的倾向。

## 13. 杌子

> 武大叫个木匠，就楼上整了一间房，铺下一张床，里面放一条桌子，安两个杌子、一个火炉。
>
> ——第二十四回　王婆贪贿说风情　郓哥不忿闹茶肆

“杌子”，一种高而上平的坐具，形似椅子，但没有靠背。现在的家具市场上已很少看到杌子，貌似已经退出家具行列了。兴化作家毕飞宇在《玉秀》中就写到过杌子：“郭左把牙刷放在方杌子上，关照说：“不要再用你姐姐的牙刷了。合用一把牙刷不好。不卫生。”

## 14. 耳刮子

> 王婆道：“大官人，你宅上大娘子得知时，婆子这脸，怎吃得耳刮子？”
>
> ——第二十四回　王婆贪贿说风情　郓哥不忿闹茶肆

“耳刮子”，兴化方言指“耳光”，打耳光，兴化口语叫作“打耳刮子”，也叫作“扇嘴巴子”。毕飞宇在长篇小说《平原》中就用到这个词：“想起自己的女儿这些日子所受的委屈，孔素贞抽端方耳刮子的心思都有。”

## 15. 没脚蟹

> 那妇人道：“亏杀了这个干娘。我又是个没脚蟹，不是这个干娘，邻舍家谁肯来帮我！”
>
> ——第二十六回　偷骨殖何九叔送丧　供人头武二郎设祭

“没脚蟹”，字面上理解，即没有脚的螃蟹，说明寸步难行。比喻没有活动能力的人，常被人瞧不起。兴化人如果说某某是没脚蟹，那肯定配上不屑一顾的表情。著名学者费振钟在说到兴化方言时就专门提到“没脚蟹”一词，他解释为“没有后台、没有头绪的人”，说得一点不错。

## 16. 买嘱

施恩如此告诉，我却路见不平，醉打了蒋门神，复夺了快活林，施恩以此敬重我。后被张团练买嘱张都监，定了计谋，取我做亲随，设智陷害，替蒋门神报仇。

——第三十回　施恩三入死囚牢　武松大闹飞云浦

“买嘱”，兴化方言指给人钱财，托人办事，也就是用行贿手段收买他人以达到目的。

## 17. 汤罐

只见两个丫鬟，正在那汤罐边埋冤说道：“伏侍了一日兀自不肯去睡，只是要茶吃！”

——第三十一回　张都监血溅鸳鸯楼　武行者夜走蜈蚣岭

“汤罐”，指过去兴化农村烧草的土灶上介于饭锅、菜锅之间的水罐儿，烧饭烧菜的同时，罐里的水也就烧热了或烧开了。随着煤气等新能源的普及，汤罐在现在的兴化农村已不多见。“汤罐”的“汤”是个古老的用法，因为这里的“汤”并不是指“吃饭喝汤”的“汤”，而是“热水”的意思。只有古人才称热水为“汤”，我们现在喝汤的“汤”，古人称为“羹”。

## 18. 脑杓子

轿夫方才敢回头，看了道：“哎也！是我走的慌了，脚后跟直打着脑杓子。”

——第三十二回　武行者醉打孔亮　锦毛虎义释宋江

“脑杓子”，指脑后骨，兴化人也叫作“后脑杓”“后脑杓子”。

## 19. 合口

那汉道：“我自去叫他起来，我和他赶人。”太公道：“你又和谁合口，叫起哥哥来时，他却不肯干休。你且对我说这缘故。”

——第三十七回　没遮拦追赶及时雨　船火儿大闹浔阳江

“合口”，兴化方言中有两种意思，一是口角、吵架，上述文中即是此意。二是可口，合口味。如：这个饭店烧的菜很合口。

## 20. 促掐

黄文烨听得说时，只在背后骂说道：‘又做这等短命促掐的事。于你无干，何故定要害他？

——第四十一回　宋江智取无为军　张顺活捉黄文炳

“促掐”，指做事阴毒刁钻。黄文炳为了往上爬，不惜污蔑宋江谋反，使宋江下了大狱，连他的哥哥都看不过，气得骂他。

## 21. 挦

时迁道：“兄弟却才去后面净手，见这只鸡在笼里，寻思没甚与哥哥吃酒，被我悄悄把去溪边杀了，提桶汤去后面，就那里挦得干净，煮得熟了，把来与二位哥哥吃。”

——第四十六回　病关索大闹翠屏山　拼命三火烧祝家店

“挦”，字典所注读音为“xián”，但兴化话念作“qián”，扯、拔之意，如挦鸡毛，挦头发。引文中，时迁说的意思是将鸡毛拔干净，好把鸡煮了吃。

## 22. 硬诤

石秀道："嫂嫂，你休要硬诤，教你看个证见。"便去包裹里，取出海阇黎并头陀的衣服来，撒放地下道："你认得么？"

——第四十六回　病关索大闹翠屏山　拼命三火烧祝家店

"硬诤"，指过硬、硬朗、硬顶之意。但现在兴化方言中的硬诤，带有明显的褒义。

## 23. 眼睛头

汤隆道："你只依我从这条路去，但过路上酒店、饭店、客店，门上若见有白粉圈儿，你便可就在那店里买酒买肉吃。客店之中就便安歇。特地把这皮匣子放在他眼睛头。离此间一程外等我。"

——第五十六回　吴用使时迁盗甲　汤隆赚徐宁上山

"眼睛头"，指眼前，眼睛容易看到的地方。

## 24. 则声

狱子炕上坐着那个两院押牢节级——带管刽子，把手指道："你认的我么？"卢俊义看了，不敢则声。

——第六十二回　放冷箭燕青救主　劫法场石秀跳楼

"则声"，指作声、出声之意。一个人沉默无语、默不作声，兴化方言通常用"不则声"来形容。

## 25. 撅

不想旁边恼犯了这个太岁，却是黑旋风李逵看见了，睁圆怪眼，倒竖虎须，面前别无器械，便把杉刺子撅葱般拔断，拿两条杉木在手，直打将来。

——第七十四回　燕青智扑擎天柱　李逵寿张乔坐衙

“撅”，有两种意思，一是折断，二是抓。在兴化方言里，“撅”专指双手用力折断某物之意。

## 26. 裈儿

燕青冷笑道：“他身上都有准备，我单单只这个水裈儿，暗算他甚么？”

——第七十四回　燕青智扑擎天柱　李逵寿张乔坐衙

“裈儿”，又叫“裾子”，是一种比较宽大、能遮住大腿的短裤。过去农村人在炎热的夏天，上身穿着背心或短膀子，下身穿着裾子，脚上穿个搭煞儿，是过夏的标配。

## 27. 展布

两只快船先行去了。阮小七叫上水手来，舀了舱里水，把展布都拭抹了，却叫水手道：“你且掇一瓶御酒过来，我先尝一尝滋味。”

——第七十五回　活阎罗倒船偷御酒　黑旋风扯诏骂钦差

“展布”，也写作“搌布”，“搌”，兴化话念“jǐn”，指抹布。

## 28. 关目

看官听说，这回话都是散沙一般。先人书会留传，一个个都要说到，只是难做一时说；慢慢敷演关目，下来便见。看官只牢记关目头行，便知衷曲奥妙。

——第一一四回　宁海军宋江吊孝　涌金门张顺归神

“关目”，原是戏曲用语，指情节的安排和构思。上述“关目”应该用的本义。但“关目”一词，在兴化现代方言中已经发生了变化，泛指事情、名堂，兴化口语中常用“关目三”一词，如：搞什么关目三，就是搞什么名堂的意思。

## 29. 作怪

宋江寻思道：“这个人好作怪！却怎地只顾看我？”宋江亦不敢问他。

——第二十回　梁山泊义士尊晁盖　郓城县月夜走刘唐

作怪，兴化方言意为与鬼神有关的离奇古怪的行为，例：那个乱坟岗，一到夜里就作怪，没得人敢从那里走。再如顾坚《元红》：“秀平死后，同宿舍的女生有些害怕，甚至说晚上听到秀平说话呢，怕她作怪，但阿香却一个人睡上了秀平的上床。”

女性涂脂抹粉，好打扮，有时也用“作怪”来形容。例：这个丫头成天作怪，打扮得像白骨精似的。

## 30. 做甚的

鲁智深到庄前，倚了禅杖，与庄客打个问讯。庄客道：“和尚，日晚来我庄上做甚的？”

——第五回　小霸王醉入销金帐　花和尚大闹桃花村

做甚的，这个词在兴化人口语中仍然普遍使用，意为“干什么”“做什么”。例：我又不曾惹你，你做甚的打我？

兴化圩南一带还常在“做甚的”后加上“杲昃”，“做甚的杲昃”，意为做什么事情。

## 31. 龇牙露嘴

杨雄、石秀都跟出前厅来看时，只见杜兴下了马入得庄门，见他模样，气得紫涨了面皮，龇牙露嘴，半晌说不的话。

——第四十七回　扑天雕双修生死书　宋公明一打祝家庄

龇牙露嘴，又作“龇牙咧嘴”或“咨牙咧嘴”。《西游记》第五回：众怪闻言大喜。即安排酒果接风，将椰酒满斟一石碗奉上，大圣喝了一口，即咨牙咧嘴道：“不好吃！不好吃！”这说明“龇牙露嘴”是个苏北方言，张开嘴巴、露出牙齿，形容凶狠或疼痛难忍的样子。

兴化籍作家毕飞宇在《平原》中就用过这个方言：“大伙儿闹哄哄的，都在喊腰酸，喊腿疼，一个个龇牙咧嘴，于是开始扯咸淡，说说笑笑。”

## 32. 张

原来摽兔李吉正在那山坡下张兔儿，认得是史家庄上王四，赶入林子里来扶他，那里扶得动。

——第二回　王教头私走延安府　九纹龙大闹史家村

张，这里是用工具捕捉的意思，兴化人经常说的：张长鱼，张虾子，张鸟儿，张黄鼠狼，等等。兴化本土作家王玉兰有篇散文就叫《张长鱼》，其中写道 ：“捕黄鳝是书面语，记忆中老家人都叫‘张长鱼’。在管家庄的小河南，我爸爸和德明叔叔几个人，张长鱼的历史已经有三十多年了。”

## 33. 过口

只见两个客人去车子前取出两个椰瓢来，一个捧出一大捧枣子来，七个人立在桶边，开了桶盖，轮替换着舀那酒吃，把枣子过口。无一时，一桶酒都吃尽了。

——第十六回　杨志押送金银担　吴用智取生辰纲

过口，即下酒菜，过个口，即吃一口菜。喝酒的人都知道，通常在喝一口酒之前要先吃点菜。现在兴化人也用“过个桥”来表达。例：小李端着酒杯走到张局长座位前说道：“张局，您先过个桥，我敬您一杯。”

## 34. 醒睡

武大道：“却是好也。生受大嫂，今夜醒睡些个，半夜里调来我吃。”那妇人道：“你自放心睡，我自伏侍你。”

——第二十五回　王婆计啜西门庆　淫妇药鸩武大郎

醒睡，意为睡眠时睡得较浅，稍有响动很容易醒来。例：奶奶照应小明：“你爸爸今天夜里到家，你醒睡点，爸爸一敲门就赶紧去开。”

## 35. 发市

王婆哈哈的笑起来道：“老身不瞒大官人说：我家卖茶，叫做鬼打更。三年前六月初三下雪的那一日，卖了一个泡茶，直到如今不发市，专一靠些杂趁养口。”

——第二十四回　王婆贪贿说风情　郓哥不忿闹茶肆

发市，指开张时第一笔成交的生意，也指一天当中第一笔成交的生意。例：小王开了个茶叶店，直到第二天下午才发市，后来人气就越来越旺了。

## 36. 幌子

武松道：“哥哥不要问，说起来，装你的幌子。你只由我自去便了。”武大那里敢再问备细，由武松搬了去。

——第二十四回　王婆贪贿说风情　郓哥不忿闹茶肆

幌子，原指用布做成的标志或招牌，如酒帘子、酒招子等，后引申为为了欺骗而采取的伪装或权宜之计。例：这个家伙，打着投资办实业的幌子，专门骗取亲戚朋友的钱财。

## 37. 夹巷

次日天明起来，洗漱罢，带了刀，又去沧州城里城外，小街夹巷，团团寻了一日。

——第十回　林教头风雪山神庙　陆虞候火烧草料场

夹巷，兴化方言念作 gæhang，意为两面都是墙的小巷，一般都很狭窄。兴化有句俗语：夹巷里扛木头——直来直去。

## 38. 家私

话里只说武松带上行枷，看剐了王婆，有那原旧的上邻姚二郎，将变卖家私什物的银两交付与武松收受，作别自回去了。

——第二十七回　母夜叉孟州道卖人肉　武都头十字坡遇张青

家私，兴化话的意思是家财、家产，例：你不能再赌了，再赌就把家私输光了。现代汉语中，家私通常指家具，主要有席、床、屏风、镜台、桌、椅、柜等，多指衣橱、桌子等大件物品，语意已经发生了变化。

## 39. 约摸

王庆向便袋里取出一块银子，约摸有钱二三分重，讨张纸儿，包了钱。

——第一〇二回　王庆因奸吃官司　龚端被打师军犯

约摸，大概、估计，含有差不多的意思。兴化人也称为“约摸着”，顾坚《元红》中就用过“约摸”一词：他父母的坟早就夷为了平地，上面种着学校的蔬菜，不禁悲从中来，在父母下葬的约摸方位哭得昏天黑地。

## 40. 通共

城里黑旋风李逵引众人杀至浔阳江边。两路救应，通共有一百四五十人，都在白龙庙里聚义。

——第四十一回　宋江智取无为军　张顺活捉黄文炳

通共，兴化方言将“通”念作第三声，通共即总计、合计、全部之意。例：你要我买 100 本书，通共就 100 元钱，怎么买得到？

## 41. 没头神

宋江听了，寻访直到那里，已自锁了门出去了。却又来寻问黑旋风李逵时，多人说道：“他是个没头神，又无家室，只在牢里安身。没地里的巡检，东边歇两日，西边歪几时，正不知他那里是住处。”

——第三十九回　浔阳楼宋江吟反诗　梁山泊戴宗传假信

没头神，指心神不定，喜欢到处乱窜乱撞的人。例：张三成天闲不住，像个没头神似的，根本不晓得他又跑哪儿去了。

## 42. 欢喜

李小二就请林冲到家里面坐定，叫妻子出来拜了恩人。两口儿欢喜道：“我夫妻二人正没个亲眷，今日得恩人到来，便是从天降下。”

——第十回　林教头风雪山神庙　陆虞候火烧草料场

欢喜，兴化方言指高兴、快乐。欢喜与喜欢有相同之处，但“欢喜”偏向欢乐，“喜欢”偏向喜爱，各有侧重。例：那个小孩见客人给他带了个玩具金刚，欢喜得不得了。

## 43. 滥污

老丈道：“老汉听得说：宋江这伙端的仁义，只是救贫济老，那里似我这里草贼？若得他来这里，百姓都快活，不吃这伙滥污官吏薅恼！”

——第六十五回　托塔天王梦中显圣　浪里白跳水上报冤

滥污，这里指龌龊、卑污。兴化方言中另有无赖、扶不起来的意思，通常用“滥污小”来形容那些要无赖，说话不算数的人。例：吴老四是个滥污小，你和他认真不起来。

# 《水浒传》中宋江的原型

《水浒传》是中国章回体小说的开山之作，也是世界文学史上最早的长篇小说，江苏兴化人施耐庵是该书的作者，在学术界基本达成共识。施耐庵生活在元末明初，他对于流传于民间的关于宋江及其他头领的话本和杂剧应当很熟悉。作为兴化人，施耐庵对于曾参与其中的张士诚起义也是知根知底。应该说，他对于张士诚的感情是复杂的，可以说是爱恨交加。张士诚起兵反元，他是拥护和响应的，但对于张士诚听不得逆耳忠言、一意孤行的行径，他又是失望甚至绝望的，这也是他选择离开张士诚的原因。他笔下的宋江作为梁山 108 将的大头领，其原型究竟是谁？是历史上真实发生的山东农民起义的带头大哥宋江吗？笔者认为，施耐庵感于时事，又惧于迫害，只能选择用隐晦的笔调明写宋江、暗写张士诚，愤而作《水浒》。也就是说，《水浒传》中宋江的原型并非历史上的宋江，而是盐民领袖张士诚。

## 一、历史上的宋江非《水浒传》中宋江的原型

历史上的宋江起义与施耐庵笔下的宋江起义差别很大。

一是时间跨度不同。历史上的宋江起义大约发生在宋宣和元年（1119），至宣和三年（1121），被海州知州张叔夜派伏兵包围，损失惨重，退路又被切断。在走投无路的情况下，宋江不得不率众投降，前后不超过三年时间，甚至有人说只有一年多时间。《水浒传》的宋江起义经历了一百零八将梁山聚义，以及聚义之后接受朝廷招安并四处征战的过程，时间相对要长得多。

二是起义的性质不同。历史上的宋江起义虽然发源于水泊梁山，但

并未以梁山泊建立根据地，而是以今山东为中心，转战于北至河北南部、西至河南北部和东部、南至江苏和安徽北部这一片地区，属于“流寇”性质。

三是历史上的宋江并未受朝廷招安，也未攻打方腊。北宋的记载全无宋江受招安之说，招安之说是南宋时期编造出来的。续写《水浒》的俞万春在《荡寇志·自序》中也十分肯定地下结论，当年宋江并没有受招安、平方腊，只有被张叔夜擒拿一节。宋江投降张叔夜，是迫不得已，北宋的洪迈在《夷坚志·蔡侍郎》条载，蔡居厚“帅郓时，有梁山泺贼五百人受降，既而悉诛之”。至今海州还流传着一首诗:“白壁虎山阴，坟冢草木青。问是谁家墓？梁山好汉茔。”也就是说，宋江投降后，没有被招安，朝廷为了斩草除根，将宋江等好汉全部杀害了。

四是历史上的宋江起义规模较小，大小头领也只有36人，与梁山108个好汉相去甚远。

所以《水浒传》最多只是部分取材于历史上的宋江起义，但只是借宋江起义之名而已。那么《水浒传》中宋江的原型究竟是谁呢?

## 二、宋江的原型是张士诚

1. 张士诚与宋江性格相似。张士诚曾在盐场做过差役，也算是捧过朝廷饭碗的。他为人精明能干，慷慨大度，一诺千金，具备领袖气质。《水浒传》中的宋江，任职山东郓城县押司，属于基层小吏。他仗义疏财，扶危济困，讲哥们义气，重朋友感情，江湖上人称“及时雨”。宋江与张士诚极为神似。

2. 两者起义的时间跨度相同。张士诚起义发生在元至正十三年（1353），至正二十七年（1367），张士诚被俘至金陵，身死国灭，前后14年。北宋崇宁四年（1105），宋徽宗派专人到江浙一带，搜罗花石纲送到汴京，引发晁盖智取生辰冈的故事，而宋江被逼上梁山应该更晚一点。方腊起义失败的时间大约在宋宣和三年（1121），宋江接受朝廷招安应在此前。据此推测，从晁盖上梁山到宋江剿灭方腊，前后共计16年，那么从宋江上梁山到宋江接受招安为14年左右。

3. 两者都曾被朝廷招安。张士诚在攻占平江（苏州）后，一度向元朝请降。元江浙行省右丞相达识帖睦迩将此事报告给朝廷，元朝廷封张士诚为太尉，手下文武百官都受了封赏。张士诚占据杭州后，元顺帝赐给他龙衣和御酒，并向张士诚要粮。张士诚从海上每年往大都送粮十一万石。宋江梁山聚义后，竖起“替天行道”大旗，为谋出路，主动向朝廷表达愿意接受招安之意，并由宿太尉促成此事。

4. 两者都有与同时期起义军相互征伐的经历。张士诚在取得平江后，为争夺势力范围，与同是起义军首领的朱元璋发生冲突，后来接受元朝廷招安后，这种相互间的征战更加激烈，一直到分出了胜负。宋江受招安后，奉旨远征田虎、王庆和方腊，自不必说。

5. 张士诚和宋江死后，都被老百姓缅怀和祭祀。张士诚被俘后自尽，葬于金陵。民间传说，吴人偷取了张士诚的遗骸葬于苏州金姬湖畔。现在的张王墓位于今天的斜塘镇盛墩村。墓面积三亩有余，墓冢封土高出农田1米，墓西有张王庙。苏州百姓感念张士诚恩泽，建何山庙、修张王殿、塑士诚像，以表达怀德汜思之情。每年阴历七月三十日晚，苏州人为张士诚烧香，托名为地藏菩萨烧香，实际上是烧“九四香”（张士诚小名九四）。

《水浒传》中，宋江死后，“楚人怜其忠义，葬在楚州南门外蓼儿内，建立祠堂，四时享祭”。皇帝敕封宋江为忠烈义济灵应侯，并赐钱于梁山泊起盖庙宇，大建祠堂，“百姓四时享祭不绝”。

6. 宋江在江州浔阳楼所题反诗暗喻张士诚。宋江杀阎婆惜后被发配江州，在浔阳楼借酒消愁，乘兴题诗。宋江作罢一首《西江月》，又题一首七言诗，曰：

心在山东身在吴，

飘蓬江海谩嗟吁。

他时若遂凌云志，

敢笑黄巢不丈夫！

仔细品味这首诗，十分蹊跷。“吴”的概念源于春秋后期五霸之一的吴国，当时吴国的疆域大致在苏南太湖流域和浙江北部地区。从历史渊源来看，吴地一般是指今天的宁、沪、杭太湖流域和长江三角洲一带，苏州是中心地区。江州，乃今天的九江。九江位于江西省最北部，要说它属于“吴”，也说得通，但有些勉强。但施耐庵为什么借宋江题的反诗将身在九江说成“身在吴”呢？实在意味深长。众所周知，张士诚攻占高邮时自称“诚王”，后定都平江（苏州），自称吴王。通过隐晦的笔法，明写宋江，暗怀吴王张士诚，这是不是施耐庵故意为之呢？再者，诗的最后一句“敢笑黄巢不丈夫”，非常的气魄，但历史上的宋江起义规模很小，与黄巢起义不可等量齐观，而张士诚起义，纵横江浙三千里，建立了吴王政权，完全可与黄巢起义并驾齐驱。

7.《水浒传》引首词中有句“讶求鱼缘木，拟穷猿择木，恐伤弓远之曲木”，“穷猿”暗指元朝，“弓远”即“弓长”，暗指张士诚，此处暗寓作者是反对张士诚投降日薄西山、气数将尽的元朝的。

8.《水浒》中第一回合中，说的是洪太尉奉旨前往江西信州龙虎山，宣请张天师来朝禳疫。这里的两个人名洪太尉和张天师值得玩味，如果把两人的姓对调一下，就成了张太尉和洪天师。而张士诚投降元朝时，曾被封为太尉，此其一。张士诚起义时自称是地藏王转世，地藏与天师正相对应，此其二。这两点岂非施耐庵故意为之？

9.几次危急关头的一声“张大哥”，暗示着人们对张士诚的怀念，希望得到张吴王的保佑。《水浒传》中有好几处在英雄落难之时，有人叫一声“张大哥”，便能化险为夷、转危为安。如第三回鲁提辖正在听别人念缉捕他的通告，金老在背后叫声“张大哥”，“拦腰抱住，扯离了十字路口”。再如第四十二回写李逵下山，见到通缉他的告示，“正待指手画脚”，被朱贵“抢向前来，拦腰抱住”，叫声“张大哥”，引往西门外近村一个酒店内说话。

10. 武松的原型卞元亨，参与了张士诚起义。据《盐城县志》《古盐卞氏族谱》记述：元末两淮盐运副使卞仕震的儿子卞元亨，原籍盐城便仓，年轻时武艺高超、膂力过人，且为人正直、行侠仗义。有一次卞元亨出行时遇到老虎，赤手空拳将老虎打死。卞元亨后成为张士诚的部将，并邀请老表施耐庵加入张士诚起义队伍。所以施耐庵塑造的武松血肉丰满，成为《水浒》中的典型人物是有来由的。

## 高俅为何名列四大奸臣

《水浒传》中的高俅，原本是一个破落户子弟，爱玩，还特别会玩，吹拉弹唱、舞枪使棒，都很在行，诗词歌赋、习文弄墨，也都有一套，按说是个多面手、好苗子，但就因为人品不好，只能城里城外做个帮闲，还曾因为教唆一公子哥儿吃喝嫖赌，被人家告到官府，断了二十脊杖，流放外地。

这么一个有前科的不良青年，像个烫手的山芋，被人推来推去，最后竟然被推荐到小苏学士府中。小苏学士就是苏东坡，一看高俅是个顽主，想起驸马爷王晋卿喜欢这样的人，就打发高俅到王府去报到了。

也是高俅运气好，王晋卿派高俅送礼物到端王府，端王正和三五个小黄门相伴着蹴气毬，恰好气毬腾空而起，端王接个不着，向人丛里直滚到高俅身边。高俅一时技痒，使个鸳鸯拐，踢还端王。端王一看来了个高手，就让高俅试着踢几脚。高俅解膝下场，把平生本事都使出来，那气毬就像鳔胶粘在身上似的。端王喝彩不已，便将高俅从驸马府要了过来，作为心腹随从。未及两个月，哲宗皇帝驾崩，因为没有太子，文武百官商议，册立端王为天子，这就是历史上的宋徽宗。徽宗让枢密院给高俅在边关军队里挂个虚职，慢慢累积战功，后来没有半年，直抬举高俅做到殿帅府太尉职事。殿帅府太尉是什么官？相当于首都的卫戍司令。宋徽宗把身家性命都交给高俅了，可见对他是多么信任。

《水浒传》中的高俅在发迹后坏事做绝，他迫害林冲，陷害宋江，成为一代奸臣，不过历史上的高俅与《水浒传》中的高俅还是有区别的，说他是奸臣有点勉强，毕竟《宋史・奸臣传》中并没提到高俅的名字。

高俅确实是因为蹴鞠技术高超而被宋徽宗赏识提拔的，南宋王明清所著《挥麈后录》里有详细记载。

宋代的足球其实已经很专业了，有用球门直接比赛射门的，也有不用球门的“白打”。所谓“白打”，就是一套踢球的花样动作，指运用头、肩、背、胸、膝、腿、脚等身体部位完成一套完整的杂耍技艺流程，使球“终日不坠”。

根据史书中的记载，高俅善于盘球带球，球在身上各个部位滴溜溜地转动，就像用胶粘着，任谁也抢不走。高俅有武功的底子，身体素质好，奔跑速度快，能冲撞，能过人，任谁也拦不住。高俅身怀绝技，“鸳鸯拐”使得炉火纯青。什么叫“鸳鸯拐”？就是接到球后，要先后运用左右外脚踝连续巅球，再准确传球，讲究接球、挑球、巅球、传球，一气呵成，这种高难度的杂耍动作，恐怕也只有梅西、C罗能够与高俅媲美。高俅更是射门高手，指哪射哪，比射箭还准。

如果认为高俅仅因有一脚高超的球技而得到宋徽宗的宠爱以至一步登天，那还真是小看了高俅。踢得一脚好球，只是他人生的转机，而高俅能够抓住机会，说明他本人还是有两把刷子的。

第一，高俅虽不能算是文武全才，但他自小舞枪弄棒，而且棋琴书画都有所擅长，否则根本做不了大文豪苏东坡的秘书。他既有武功，又有文艺细胞，头脑又活络，客观地说，比宋江也差不到哪里去。

第二，高俅乖巧灵活，善于察言观色，揣摩上司和皇帝的心理。宋徽宗是个艺术家，但做皇帝却是糊里糊涂、好大喜功，高俅在文艺创作上对徽宗百般吹捧，而在管理禁军和军队训练上玩了不少花架子。根据《东京梦华录》的记载，高俅始创了军队的争标竞赛。在竞赛前既有四彩舟，又有大旗、狮豹、蛮牌、神鬼、杂剧之类的表演，热热闹闹，花样百出，虽说是花拳绣腿，但令徽宗十分满意。宋徽宗为了提拔高俅，也是费尽心思。《宋南渡十将传》卷一《刘锜传》中说：“旧法，非有边功，不得为三衙。时仲武为边帅，上以俅属之，俅竟以边功至殿帅。”就是说宋徽宗让高俅到边关军队里去挂职镀金，达到积累军功、捞取升迁资本的目的。

第三，高俅知恩图报，喝水不忘挖井人。他下边关时，刘仲武领会圣意，对他多有提携照顾，他对刘仲武也十分感激。宋政和五年（1115）刘仲武打了败仗，高俅在朝中替他说话，使他的仕途并没有受到影响。刘仲武死后，高俅又向徽宗极力推荐其子刘锜担任大将。苏东坡在遭到奸臣蔡京迫害时，高俅对苏轼一家常常伸出援手。他“不忘苏氏，每其子弟入都，则给养恤甚勤”，时人多有赞许。

高俅能“遍历三衙者二十年”，自有他的过人之处，他虽然不像《水浒传》描述的那样罪大恶极，但并不代表他没做过坏事。据《靖康要录》记载，宋靖康元年（1126）五月二十日，高俅曾被大臣上书揭发，说他在掌管禁军期间，将军营的地皮建成私宅，还把禁军当成私役，导致禁军“纪律废弛”“军政不修”。次年四月，金军攻打东京，几十万禁军毫无战斗力，宋徽宗、宋钦宗父子及大量赵氏皇族、后宫妃嫔与贵卿、朝臣等三千余人被俘，押解北上，东京城中公私积蓄为之一空。从这方面讲，高俅罪莫大焉，所以民间将其列为四大奸臣之一，也就可以理解了。

# 大刀关胜是关羽后裔吗

关胜是《水浒传》中的人物，虽然上梁山较晚，但力压林冲，位居五虎将之首，梁山排名第5位。

论身份，林冲好歹是八十万禁军教头，关胜只是“蒲东巡检”。巡检是宋朝的低级武官，掌管训练士兵、巡逻州邑之职，受县令节制，大体相当于现在的科员职级。

论武力，林冲不在关胜之下。辽国副统军贺重宝曾和关胜大战三十回合，因气力不如而落败，但与林冲交战时“斗不到五合，贺统军回马便走”。

论对梁山的贡献，林冲是元老，劳苦功高，多有建树，而关胜一直到第六十三回才出场，第六十四回才上梁山，与林冲不可同日而语。

但为何排座次时，关胜就压过了林冲呢？是宋江做事不公吗？

其实这一切都与关胜一个耀眼闪亮的名头有关。

《水浒》第六十三回，借宣赞之口介绍关胜：“此人乃是汉末三分义勇武安王嫡派子孙，姓关名胜，生的规模与祖上云长相似，使一口青龙偃月刀，人称为大刀关胜。现做蒲东巡检，屈在下僚。此人幼读兵书，深通武艺，有万夫不当之勇。”

再看关胜的长相：“堂堂八尺五六身躯，细细三柳髭须，两眉入鬓，凤眼朝天；面如重枣，唇若涂朱。”确实酷似三国演义中的关羽，让人不得不感叹关氏基因的强大。

也就是说，正是因为关胜是武圣人关羽之后，宋江要借助关羽这个金字招牌壮大、发展梁山的势力，才有了关胜力压林冲、排名第5的结果，当然也不能完全排除宋江借机打压林冲的可能。

那么，关胜果真是关羽的嫡传后人吗？

严格讲，关胜只是《水浒传》中虚构的一个人物，但施公写 108 将，很多人都是有原型的。

关胜的原型主要是两个，一个叫关胜，一个叫魏胜。

据《金史》《宋史》记载，济南守将关胜骁勇善战，屡拒金兵，但知府刘豫决定投降金军，派人将关胜杀害。《大宋宣和遗事》中，关胜已是宋江部下三十六员头领之一，而同时期的《宋江三十六人赞》中，关胜亦位列其中，赞言曰“大刀关胜，岂云长孙？云长义勇，乃其后昆”。关胜最早被认定为关羽后代，就源于《宋江三十六人赞》。

关胜的绰号“大刀”却是另有出处，源于另一历史人物魏胜。魏胜骁勇异常，使用的武器就是青龙偃月刀，人称“大刀魏胜”。他自幼习武，先投奔韩世忠，做了一名弓箭手。后组织“忠义军”攻占涟水和海州，多次击败金军，被宋高宗封为“合门宣赞舍人”，职务为“山东路忠义军都统制兼镇江府驻扎御前前军统制”，驻守海州。宋金议和后，海州被割给金国，魏胜转任楚州知州，后被上司刘宝设计陷害，在与金兵的战斗中以身殉国。

施耐庵在塑造关胜时，将两位历史人物关胜和魏胜合二为一，并以关羽后人的面貌出现在《水浒》中，应该说还是比较成功的。

魏胜姓魏，毫无疑问应与关家没什么关系，但历史上的关胜是不是关羽的后代呢？

虽然《宋江三十六人赞》中说“大刀关胜，岂云长孙？云长义勇，乃其后昆。”但近代学者余嘉锡却认为：“龚氏之赞皆就姓名、绰号字面牵合以成文，以此人姓关，遂曰‘岂云长孙’，非真以为壮缪后昆也。《水浒传》即从此附会，其实皆出臆造，无足深论。”即是说，大刀关胜是关羽后人，纯属想当然。

真相到底如何呢？

关羽是大名鼎鼎的历史人物，但关于他的身世，在《三国志》及各种典籍中却少有记载。《三国志·关羽传》中说了：“关羽字云长，本字长生，河东解人也。”

关羽身世之谜，直到清朝康熙年间才得以揭晓。康熙戊午，解州守王朱旦在浚修古井时，发掘出关羽的墓砖。据墓砖记载，关羽祖父叫关审，字问之。汉和帝永元二年庚寅生，“冲穆好道”，常以《易》《春秋》训其子，卒于桓帝永寿二年丁酉，年六十八。羽父关毅，字道远。性至孝，父审卒后，在墓上结庐守丧三年，除丧，于桓帝延熹三年庚子六月二十四日生关羽。羽长成后娶胡氏为妇，灵帝光和元年戊午五月十三日生子关平。

传说中关羽的养子关平，其实是关羽的亲生儿子。《三国志》里写到了关平之死：“权遣将逆击羽，斩羽及子平于临沮。”

《三国志·关羽传》写到关羽另一个儿子关兴及其子的情况：“子兴嗣。兴字安国，少有令问，丞相诸葛亮深器异之。弱冠为侍中、中监军，数岁卒。子统嗣，尚公主，官至虎贲中郎将。卒，无子，以兴庶子彝续封。”

从上述记载中可知：关羽祖父，名叫关审。关羽父亲，名叫关毅。关羽，本字长生，河东解人，生有两子关平、关兴。长子关平和父亲一起在荆州被杀。次子关兴早卒，关兴有嫡子关统和庶子关彝。关统死后无子，由庶子关彝继承了爵号。关彝及关彝之后，《三国志》就再无记载了，但在《三国演义》里，钟会之乱未成功发动就宣告失败，魏军在成都烧杀抢掠，关彝与蜀汉太子刘璿均死于乱军之中。

史学家王隐在《蜀记》中云：“庞德子会，随锺、邓伐蜀，蜀破，尽灭关氏家。”也就是说，庞德的儿子庞会，跟随钟会、邓艾讨伐蜀国，蜀国灭亡后，庞会把关氏家族全部杀害了。庞会之所以这么做，是为了报杀父之仇。在樊城之战中，庞会的父亲庞德被关羽打败并活捉，庞德破口大骂，誓死不降，被关羽所杀。

王隐是东晋人，距离蜀汉时期并不遥远。南朝史学家裴松之在为《三国志》作注时常常引用其书，时有辨析后推翻其结论的习惯，但在庞会“尽灭关氏家”事件上，并没有推翻其结论，说明这起事件具备相当高的可信度。

但据清光绪年间的《荆州府志》和《江陵县志》记载：关平随父镇守荆州时，娶赵云之女为妻，生有一子叫关樾。关羽兵败荆州时，关平妻子抱着才八岁的关樾逃出荆州城，在乡下隐姓埋名，到西晋建国后，返回荆州城，恢复关姓，世代居于荆州。

而在民间，不少地方也出现了关氏族谱，仅上海图书馆就收藏有多种关姓家谱，分别来自杭州、南海、番禺、新会等地，山东省兖州县档案馆也收藏有一部《武圣府分支关氏宗谱》，河南省南阳市邓州构林镇关营村也有关氏族谱，都自称是关羽后裔。除了宣称是关平之子关樾的后人外，还有宣称是关羽之第三子关索的后裔。而关索只是民间传说中的英雄人物，是后世无中生有创作出来的。所有这些家谱最早也是从宋朝才开始编修的，并没有确凿的证据能够证明是关羽的后裔。之所以出现伪造关氏家谱这种现象，一是出于英雄崇拜，不忍关羽无后。二是出于“我家祖上也阔过”的心理，在编修家谱上攀附名人。

综上所述，从正史的角度看，“蜀破，尽灭关氏家”，白纸黑字，写得明明白白，关羽是没有后人的。

既然关羽没有后人，那么关胜不管是作为历史人物，还是施耐庵塑造出来的小说人物，都不可能是关羽的后裔。

## 二潘被写得如此不堪，施耐庵是跟姓潘的有仇么

《水浒传》中有四大淫妇，其中姓潘的就占了两个：一个是潘金莲，一个是潘巧云。

潘金莲本是清河县里一个大户人家的使女，因为长得“颇有些姿色”，常常被大户调戏。潘金莲不堪其扰，就告知了主母。大户为报复潘金莲，就将她嫁给了武大郎。应该说，这个时期的潘金莲还是思想单纯、作风正派的，也是令人同情的，但后来却变得淫荡狠毒。先是三番五次勾搭小叔子武松遭到拒绝，后在王婆的撺掇下与西门庆勾搭成奸，并谋杀了亲夫武大郎，最后被武松开胸剜心，下场悲惨。

潘巧云，原是屠夫之女，先嫁给王押司，王押司去世后改嫁杨雄。杨雄公务繁忙常常夜不归家，潘巧云便勾搭上和尚裴如海，但被杨雄的好友石秀看破，和杨雄设计将她骗到翠屏山，惨死于杨雄之手。

施公笔下的两个潘姓女子，都是花容月貌，却又都风流成性，成了淫女荡妇的代表，钉在了耻辱柱上。她们的形象如此不堪，是施公与姓潘的有仇吗?

认真追究起来，施耐庵还真是与潘姓有仇，他费尽心机塑造出两个潘姓淫妇形象是大有用意的。从传统观点看，妇人的不贞与臣子的不忠本质上是一样的，妇人的不贞导致家破人亡，臣子的不忠导致社稷易主，都突破了封建社会人伦道德底线。施耐庵是借助淫妇的不贞指桑骂槐，痛斥那些为臣不忠的伪君子。

那么施耐庵要痛骂的伪君子是何许人也?

他们是张士诚手下的大将潘元绍、潘元明兄弟。

潘元绍，字仲昭，他的祖上原是宋太祖赵匡胤四弟，本名赵匡美，为宋太祖避讳后改赵光美，宋太宗赵光义继位后，又避宋太宗讳，改名赵

廷美。宋朝灭亡后，赵廷美的后裔为避祸而改姓潘。“自古昭阳好避兵”，他的先人应该还是有眼光的，找到了一个相对闭塞的地方——里下河的锅之洼兴化隐姓埋名。

到了元朝末年，这支赵宋皇族后裔潘元绍成了一名商贩，也许遗传了皇室基因，潘元绍长得仪表堂堂，而且喜欢与文人打交道。他和他的哥哥潘元明是最早跟随张士诚参加革命的重要将领，起事时的十八条好汉中就有他们俩。等到张士诚在平江（今苏州）称王后，以弟弟张士信和潘元绍为心腹。文徵明在跋《七姬志》中介绍潘元绍：“以国戚元勋，位重宰相。”可见潘元绍的地位甚至比同是元老级人物的徐义、李伯升、吕珍还要高。他还被张士诚招为驸马，担任江浙行省左丞，官至右丞相。潘元明也倍受恩宠，手握重兵，镇守浙江重镇杭州。

既是起事元老，又是皇亲国戚，潘元绍过起了奢侈无度、声色犬马的生活。他将驸马府安置在闻名遐迩的拙政园，“金玉珍宝及古法书名画，无不充溢。日夜歌舞自娱”。

元至正二十六年（1366），朱元璋发起湖州之役，潘元绍驻兵乌镇之东，连吃败仗，节节败退。

元至正二十七年（1367）七月间，朱元璋派遣徐达、常遇春率大军围攻苏州，张士诚命潘元绍守城。危急关头，潘元绍做了一件十分残忍的事。

潘元绍接到命令后，感到大势已去，完全丧失战斗信心。他的身体里流淌着赵宋皇室的血液，也许他想到了靖康之难中数千皇室妃嫔、公主、贵妇被掳掠北方的悲惨遭遇，他不能让自己家中七个国色天香的小妾重蹈覆辙。

潘元绍从城头偷偷溜回家，十分悲戚地对七个小妾说：朱元璋大军即将破城，你们要是被人家捉去遭受凌辱，不是玷污了我的名声吗？我看你们还是自尽好了。

七个小妾没有办法，也没得选择。由最小的殷氏带头，一个个都悬梁自尽。死后合葬于潘氏后园，称为“七姬墓”。潘元绍请来手下几个文人墨客，由张羽撰文、宋克书丹、卢熊篆盖，完成《七姬权厝志》。按理说，潘元绍逼迫七个小妾自杀，应该是解除了后顾之忧，似乎表明自己城破后也要杀身成仁，但事实并非如此。

《隆平纪事》中说他又“纳美娼数十”，大敌当前，仍在醉生梦死，大肆淫乐。杨维桢《金盘美人歌》序中说：“潘娶美娼凡数十人，内一为苏氏，才色兼美，醉后寻其罪，杀之。以金盘荐其首于宾客，绝类北齐王。”可见在战争的高压下，潘元绍已堕落成一个荒淫残暴、喜怒无常的变态狂。

至正二十七年（1367）九月，朱元璋军队攻破葑门、阊门，驻守在城门的潘元绍放弃抵抗，举旗投降。投降后的潘元绍还厚颜无耻地去劝降张士诚。张士诚痛心疾首，闭目不语，后被送往应天府，先是绝食，最后上吊自尽。

不忠不义、贪生怕死的潘元绍被“至台城杀之，投其首于溷”。也就是说，朱元璋看不上这样的卑鄙小人，毫不留情地将他杀了，杀了也不解恨，还将他的头颅扔在茅厕的粪水中，与蛆蝇为伍。

他的哥哥潘元明，早在李文忠攻打杭州时就已投降了朱元璋，同样是不忠不义、贪生怕死之辈。

有人要说了，潘元绍、潘元明兄弟坑害的是吴王张士诚，与施耐庵有什么深仇大恨?

施耐庵是兴化白驹场人，与张士诚是老乡。他从小喜爱读书，且聪明过人。19 岁中秀才，28 岁中举人，35 岁中进士，曾在钱塘任职三年。他看到官场黑暗，民不聊生，就弃官归里。他的表弟卞元亨是张士诚手下大将，他向张士诚举荐了施耐庵，因而施耐庵成为了张士诚的幕僚，充当军师角色，参与了张士诚部队的军事谋划。

后来施耐庵发现张士诚称吴王后胸无大志、贪图享乐、不纳忠言，怠于政事，于是大为失望，便离开了张士诚，但这一段生活经历却让施耐庵刻骨铭心、如鲠在喉。怀着对张士诚爱恨交加的心情和一吐胸中块垒的想法，施耐庵开始撰写《江湖豪客传》。他采用隐晦曲折的笔法，明写宋江，暗写张士诚，表达自己对张士诚的怀念。

张士诚本质上是个厚道人，在他统治区域内实行较为宽松的政策，给老百姓休养生息，以致“吴承平久，户口殷盛”。他败亡后，苏州百姓感念张士诚恩泽，为他建庙、修殿、塑像。民间尚且如此，曾参加过张士诚队伍的施耐庵对吴王的怀念之情自然更为深厚。

因此，站在张士诚的立场上，施耐庵对潘元绍、潘元明兄弟祸国乱政、背主求荣的行径才十分痛恨，视之为仇人。这就可以理解，施耐庵在写《水浒传》时，为什么有意将两个背夫出轨的淫妇都冠为潘姓，实际上是借二潘的不贞，影射潘氏兄弟的不忠，表达心中的愤懑和不满，使潘氏兄弟永远钉在历史的耻辱柱上。

# 破解《水浒传》书名之谜

大多数国人都读过《水浒传》，但“水浒”究竟是什么意思？施老爷子用《水浒传》取代原先定名的《江湖豪侠传》究竟有什么深文大义？

在《说文解字》中“浒”写作“汻”，徐铉校曰“今作浒”。“汻，水厓也。”亦即“水边”的意思。

按此理解，《水浒传》的含义就是“发生在水边的故事”。确实，108位好汉们聚居的根据地就是方圆八百里的水泊，中间是宛子城、蓼儿洼，山脚下有金沙滩、鸭嘴滩。梁山人马曾在这里打败童贯、高俅大军，梁山事业也从这里起步，用“发生在水边的故事”来概括全书似乎也没错，但事情果真这么简单吗？

晚明书坊主、出版家袁无涯在他所刻印的《忠义水浒全书》的序言中说：“《传》不言梁山，不言宋江，以非贼地，非贼人，故公以‘水浒’名之。浒，水涯也，虚其辞也。盖明率土王臣，江非敢据有此泊，其居海滨之思乎？”意思是说，这本书不以“梁山”或“宋江”命名，是想表明宋江的忠心。普天之下，莫非王土，率土之滨，莫非王臣，宋江不敢据梁山泊为私有，只是暂借栖身而已。正因如此，袁无涯刻印的版本以《忠义水浒全传》命名。

明末清初文学评论家金圣叹则认为：宋江是揭竿造反之人，哪有什么忠义可言？施耐庵之所以命名“水浒”，是表明要把宋江一伙像驱逐不祥之物一样驱逐到王土之外，驱逐到遥远的水边去。

还有一种观点则认为，作者用“水浒”命名其书，是为了比喻宋江等人聚义梁山泊，就像姜太公在渭水钓鱼一样寄望朝廷招安，以达到为国效力之目的。

以上三种观点见仁见智，都有一定道理，但现在更多的研究人员则从历史典故方面来解读“水浒”。

“水浒”一词最早出于《诗经·大雅·緜》中的“古公亶父，来朝走马，率西水浒，至于岐下”。

这短短十六个字说的是一个对中华民族发展具有重大影响的历史故事。

周部落原居于陕西武功一带，后迁居于豳（今陕西旬邑县），这些地方都属于西北边陲，土地贫瘠，更为严重的是，还经常受到周围野蛮彪悍的戎狄民族的袭击骚扰，到古公亶父为部族首领时，他率领周人离乡远徙。他们历尽艰辛，越过漆水、沮河和梁山，迁至渭河流域岐山以南的周原。这里物产丰富，土地肥沃，古公亶父造田营舍，建邑筑城，国力迅速发展壮大，到周武王时灭掉商王朝，建立了强盛的周朝。可以说，是伟大的古公亶父一个迁徙的决定，奠定了周王朝800年的基业。

从这个典故入手，“水浒”引申为两种解释，一是“安身之处”，一是“出路”。

确实，《水浒》叙述北宋末年，皇帝昏庸、奸臣当道，出身小吏、军官、地主、商贩、流民、渔民等各个阶层的英雄豪杰，因为各种原因走投无路，方圆八百里水泊梁山便成了这些好汉的唯一安身之地，当他们梁山大聚义之后，又面临寻找出路的问题。在宋江带领下接受朝廷招安，率军征战四方，梁山英雄纷纷死于南征方腊的战役和奸臣的陷害，最终108位兄弟分崩离析，以悲剧收场。除了招安，梁山还有更好的出路吗？如果有，路在何方？

这样的解读应该具有一定深度了，无论从情节上还是从认识上都合情合理，但这是施老爷子的本意吗？我认为不是！笔者认为，施耐庵以“水浒”命名其书，有两种用意。

其一，曲折抒发对张荣的尊崇之情。

《兴化县志·梁志》载，南宋建炎五年（1131），原梁山好汉张荣组织义军抗金，辗转进入缩头湖，结集梁山余勇一万多人安营扎寨，称“水浒寨”。在湖中布成“八卦阵”，采用诱敌深入之策，最终打败金兵主帅金穆宗之子完颜昌，毙敌近万人，活捉5000余人，取得抗金战争的重大胜利，宋史称“得胜湖大捷”，缩头湖由此改名得胜湖。得胜湖大捷第二年，张荣赴任忠勇军统制兼泰州知州后，在湖东口就地安置义军，并将湖边几条河沟拓宽浚深，构筑成二里多长的湖边港汊，取名叫“水浒港”。《续修兴化县志》载，邑人施耐庵晚年重归故里后，曾在得胜湖畔水浒港“课耕”，遍搜张荣义军遗事。可以说，水浒港为施耐庵的创作提供了历史依据和现实场景，张荣也成为梁山水军将领的原型。

《水浒传》成书后，传到皇宫，被朱元璋批为“倡乱之书”，派人到兴化追缴书稿。为避免牵连定居在“水浒港”的张荣义军后裔，施耐庵嘱人将“水浒港”更名，从此“水浒港”改叫“避风港”。

《水浒传》取材于历史上的宋江起义，而张荣作为梁山将领，在兴化得胜湖取得赫赫战功，并留下“水浒港”遗迹，施耐庵以“水浒”命名其书，正是抒发对张荣的敬仰尊崇之情。

其二，隐晦表达对张士诚的缅怀之意。

元至正十六年（1356），张士诚率领义军攻打泰州，在古镇边城一带与元军对峙。有一天，十三个村庄的十三位好汉前来投奔张士诚。张士诚大喜，立即摆下筵席招待他们。席间，张士诚对十三位好汉说，你们帮我打江山，日后我封你们做大官。从今天起，我把你们各自的村庄都封为官庄，并以你们的姓氏命名。这十三位好汉分别姓萧、倪、唐、郭、施、仇、童、张、冯、王、陈、刘、胡，于是在边城的西北就有了十三官庄。十三官庄向西，有水网密布的东浒头和西浒头。这里的“浒”既然有东西之分，说明曾经存在过一个比较大的水泊。张士诚打下高邮后，自称“诚王”，国号“大周”，而“率西水浒，至于岐下”的古公亶父的后人建立的就是周朝。巧合的是，离东浒垛和西浒垛不远，就有东周庄、西周庄和三周庄，岂非以张士诚的国号“大周”命名？

同样的“水浒”地名，同样的国号大周，这暗合了施耐庵明写宋江、实写张士诚的本意。曾经参加过张士诚起义的施耐庵，正是用“水浒”命名和曲折隐晦的春秋笔法，表达了对张士诚的深切怀念，实在是用心良苦。

# 《水浒传》开头为什么会写到范仲淹

《水浒传》第一回，宋仁宗听取宰相赵哲、参政文彦博的建议，大赦天下，免除赋税，以禳天灾，救济万民，可惜毫无效果，瘟疫反而越来越盛。这时，一个在宋史上赫赫有名的人物出场了，他就是范仲淹，时任参知政事。他出班奏曰："目今天灾盛行，军民涂炭，日夕不能聊生。以臣愚意，要禳此灾，可宣嗣汉天师星夜临朝，就京师禁院，修设三千六百分罗天大醮，奏闻上帝，可以禳保民间瘟疫。"仁宗准奏，立即派太尉洪信奔赴江西信州龙虎山去请张天师。张天师"在东京禁院做了七昼夜好事，普施符箓，禳救灾病，瘟疫尽消，军民安泰"。

这里表达得很清楚，面对瘟疫，宰相赵哲、参政文彦博的建议未曾起到效果，而参知政事范仲淹提出的建议最终消除了灾害，天下又复归太平。从效果来看，范仲淹的确要更高一筹。施耐庵笔下的范仲淹，出场只是寥寥数语，塑造的却是一个心忧天下、为民解难的形象，这与《水浒》中其他高官的奸诈贪婪形成了鲜明对比。

其实，仔细研究一下，就会发现：宋仁宗嘉祐三年，是公元 1058 年，而范仲淹在 6 年前就已经去世了。也就是说，范仲淹不可能在嘉祐三年向宋仁宗进言，此事纯属虚构，那么施耐庵为什么会在《水浒传》的开篇让范仲淹出场呢？

首先范仲淹曾任兴化知县，这是一个很重要的因素。北宋天圣元年（1023）至天圣五年（1027），范仲淹担任兴化知县前后有 5 年之久。他先是领泰州西溪盐监衔知兴化县事，后升迁大理丞，仍知令兴化，直到母亲去世而丁忧离任。但在施耐庵以前，曾担任兴化知县的大有人在，为什么他只写范仲淹呢？这是因为范仲淹任职兴化期间为官清正，政绩突出。他干了两件大事，让兴化百姓至今感恩戴德。

一是他率领民众修筑捍海堤。范仲淹任西溪盐监时发现，唐时李承修筑的捍海堤因年久失修，多处溃决，海水倒灌、淹没良田，给百姓带来巨大灾难。范仲淹提请江淮漕运张纶上奏朝廷，建议重修捍海堰。后得到朝廷批准，由他全面负责修堰工程，筑起一条长达一百四十多里的捍海堤，使沿海百姓免受海水倒灌之苦。

二是为兴化文脉奠定坚实基础。天圣四年，范仲淹在兴化南城外兴建兴化学宫，这是兴化史上第一座官办学校。学宫内构筑有文会堂和清风堂，范仲淹不但自己勤勉督学、以身示教，还邀请饱学之士来此讲学，从此重文兴教之风在兴化扎根，代代传承。施耐庵作为后学，是文正流风的受惠者，自然对范仲淹心怀尊崇之情，将他写入作品中，表达一份敬意，正在情理之中。

笔者认为，另外还有一点不可不提，作为盐官的范仲淹和作为盐民领袖的张士诚都受兴化盐民拥戴，这也是施耐庵将范仲淹写入《水浒》的动因之一。西汉吴王刘濞推行煮海为盐政策，在兴化东部沿海地区，很多人以烧盐为生，逐渐形成了富安、安丰、梁垛、东台、何垛、丁溪、草堰、小海、白驹、刘庄等十大盐场。范仲淹宰令兴化时，组织四万多人力开挖串场河，将南北十大盐场连成一线，大大方便了盐业运输，应该说是为盐民做了一件好事，自然受到盐民拥戴。但到了元朝，朝政腐败，财政入不敷出，统治者大量增发盐引，提高盐价，加大盘剥力度，生活在社会最底层的盐民苦难深重。张士诚不堪忍受，秘密联络了弟弟三人及壮士李伯升等十七名胆大的盐民，在草堰场的北极殿中歃血为盟，杀死了盐警邱义，发动武装起义，盐民纷纷加入起义队伍。施耐庵作为兴化人，曾经做过张士诚的幕僚，对张士诚由兴盛而败亡有着复杂深刻的感受，他用曲折隐晦的笔法明写宋江、暗写张士诚确实用心良苦，而《水浒》开头写了曾在兴化担任盐官的范仲淹，也就可以理解了。

## 《水浒》中的刺配与花绣

史进是《水浒》中第一个出场的好汉，他的肩膀、手臂和胸膛上纹了九条青龙，因此唤作“九纹龙”，不但满县人叫顺了口，而且在江湖上名头很响。

文身起源于原始社会，《礼记·王制》中记载：“东方曰夷，被发文身，有不火食者矣。”大意是说古代东夷部落的民众披头散发，身上刺着花纹，吃的是冷食。而在南方百越民族，也有纹脸的习俗，名叫“涅面”。远古时候的文身可能是为了区分部族或者是成年礼的一种方式。

从春秋时代开始，出现了一种叫“墨”的刑罚，“墨 ”为五刑之首，郑玄注 ：“墨，黥也。”就是在罪犯或逃跑的奴隶脸上刺字。刘邦手下有一员大将叫英布，他因为触犯秦律被黥，所以又叫黥布。

就《水浒传》来说，文身的类型分为两种。一种是犯了罪被判发配充军的人，脸上被强行刺字，这叫“刺配”。另一种是为了赶时髦或者追求个性，主动在身体的各部位刺上各种精美图案，称为“花绣”。

《水浒》中第一个被刺配的是八十万禁军教头林冲，他被高俅设计陷害，误入白虎堂而惹祸上身。结果是“断了二十脊杖，唤个文笔匠刺了面颊”，发配沧州牢城。陆谦收买董超、薛霸，让他们在野猪林下手杀害林冲时，曾说道：“明日到地了时，是必揭取林冲脸上金印回来做表证。”这个金印实际上就是面颊上的刺青。原著中专门作了说明：“原来宋时但是犯人徒流迁徙的，都脸上刺字，怕人恨怪，只唤作打金印。”陆谦说这话的意思，是让两位公差害死林冲后，把林冲脸上的金印割下来做个证明。

杨志卖刀，一时冲动杀死了没毛大虫牛二，被官府“断了二十脊杖，唤个文墨匠人刺了两行金印，迭配北京大名府留守司充军。”杨志原本脸上有一大块青痣，这下又刺了两行金印，胆小的人在晚上看见他，一定会吓个半死。

最有意思的是武松，他竟然被判了两次刺配。

第一次，武松为给哥哥报仇，杀了潘金莲和西门庆，被脊杖四十，脸上刺了两行金印，迭配二千里外的孟州牢城。因为杀了两个人，虽有自首情节，刑罚还是要比林冲和杨志要重得多。

第二次是在孟州，武松中了张都监的诡计，被当作盗贼抓了起来。结果被脊杖二十，刺配恩州牢城，而且再次“刺了金印”。后来武松杀死张都监等人后，在十字坡酒店孙二娘对武松说道：“阿叔，如今官司遍处都有了文书，出三千贯信赏钱，画影图形，明写乡贯年甲，到处张挂。阿叔脸上现今明明地两行金印，走到前路，须赖不过。”

武松两次犯事，两次被刺了金印，加起来应该是四行金印了。估计施老爷子都忘记了这个细节，仍旧写成了“两行金印”。如果第二次的金印刺在第一次金印的部位，不就还是两行金印吗？但这种可能性极小，因为刺青的颜色是不容易消退的，两次刺青重叠在一起，也就看不清所刺的内容了。

宋江杀了阎婆惜后，在江湖逃亡，宋太公骗了宋江回家，结果被官府抓获，把宋江脊杖二十，刺配江州牢城。后来宋江在江州浔阳楼酒后题了一首词，其中有“不幸刺文双颊，那堪配在江州”之句，显然，宋江视脸上刺字为奇耻大辱，一直耿耿于怀。

梁山好汉中被“刺配”的还有朱仝、裴宣和卢俊义。朱仝因为私自放走雷横，被断了二十脊杖，刺配沧州牢城；裴宣做孔目时因为不肯苟且，被知府陷害，把他寻事刺配沙门岛；卢俊义因为被李固举报私通梁山，判了脊杖四十，刺配三千里。只不过，裴宣和卢俊义刺了字后，半路上被人救了。

文身也叫“刺青”、“札青”，而在宋朝则叫“花绣”。

史进全身的花绣是九条龙，这个太托大，毕竟龙的图案是皇族专用。敢有这样的做派，只能说明史进是一个有勇无谋、任性使气的少庄主。

阮小五也有花绣，他是在胸脯上刺着“青郁郁一个豹子”，这不但是为了炫耀阳刚之美，还有实用价值。古代南方的一些部族将文身称作“镂身”或“雕题”，唐代段成式在《酉阳杂俎·黥》中记载：“越人习水，必镂身以避蛟龙之患。”意思是越人都习水性，必定都文身以避开水中蛟龙的袭击。阮小五是渔民，经常要下水捕鱼。他在胸脯上纹着一个凶神恶煞的豹子，旨在吓退水中凶猛的生物。毕竟古代的渔民比较迷信，他们认为水下有神灵鬼怪，所以既要有敬畏之心，也要有防范之举。

杨雄有一身“蓝靛般”的花绣，施老爷子用一首《临江仙》描述杨雄，其中前两句是“两臂雕青镌嫩玉，头巾环眼嵌玲珑”，对杨雄两只臂膀上的文身特别加以赞美。杨雄是蓟州两院押狱兼充市曹行刑刽子，不但要与罪犯打交道，还要负责行刑。原著中并没说杨雄一身花绣所刺何物，但应该是能够镇凶避邪的图案，使罪犯见了从心理上胆怯、害怕。

解宝“两只腿上刺着两个飞天夜叉。有时性起，恨不得腾天倒地，拔树摇山”。飞天夜叉是佛经中常提到的一种勇健捷疾的食人鬼。《楞严经》卷八说：“即为飞仙大力鬼王，飞天夜叉，地行罗刹，游于四天，所行无碍。”解宝是猎户出身，他希望在攀爬悬崖绝壁时能够像飞天夜叉一样疾走如风、如履平地。

鲁智深为什么叫花和尚？很多人以为是因为他既喝酒又吃肉，不守僧人规矩，实际上原著说得很明白：“因他脊梁上有花绣，江湖上都呼他做花和尚鲁智深。”鲁智深的花绣是做渭州经略府提辖时刺的，那时候他叫鲁达，还没有出家做和尚。鲁达作为行伍军人，他刺在脊背上的花绣，表明了他天生具有桀骜不驯的个性。他在大相国寺倒拔垂杨柳时，赤裸后背露出的花绣一下子就镇住了那批偷菜的泼皮。

龚旺之所以叫作花项虎，只因他“浑身上刺着虎斑，脖颈上吞着虎头”。有施老爷子赞诗为证：“手执标枪惯飞舞，盖世英雄诚未睹。斑烂锦体兽吞头，龚旺名为花项虎。”龚旺擅使飞枪，但他的本领还真没有他的文身这般唬人。

燕青是《水浒》中最有名的文身者。《水浒》第六十一回：“为见他一身雪练也似白肉，卢俊义叫一个高手匠人与他刺了这一身遍体花绣，却似玉亭柱上铺着软翠。若赛锦体，由你是谁，都输与他。”

燕青的一身花绣确实了得，如铺着翠玉一般。而且，每一次选美大赛，没有谁能赢过他。这段文字也告诉我们，宋朝的文身已经具备健美、娱乐的意义。难怪娱乐圈头牌李师师都忍不住要欣赏燕青的文身。

《水浒》第八十一回：

数杯之后，李师师笑道：闻知哥哥好身文绣，愿求一观如何？燕青笑道：小人贱体虽有些花绣，怎敢在娘子跟前揎衣裸体！李师师说道：锦体社家子弟，那里去问揎衣裸体。三回五次，定要讨看。燕青只的脱膊下来。李师师看了，十分大喜。把尖尖玉手，便摸他身上。

燕青的这一身花绣惹得李师师芳心大动，最终帮助宋江顺利完成招安心愿，从这一点来说，燕青的花绣也是有功的。

以前看香港警匪片，黑社会分子往往都有乱七八糟的文身，这样的影片看多了，就给人一种心理暗示，似乎有文身的都不是好人。历史上也确实出现过这种现象，例如在唐代，文身的群体以市井恶少、江湖豪侠为主，其中有不少浪迹江湖的任侠之流或坊市里舍的逞强好斗之徒。

随着社会的多元化，现在的人们把文身视为一种彰显个性、追求时尚、满足自我的行为，其实我们从梁山好汉身上的花绣，看到的又未尝不是这样的呢？

## 《水浒》中的蒙汗药及其解药揭秘

蒙汗药，常令江湖豪客闻之色变，《水浒传》中如此，《鹿鼎记》中也有描述。只要不慎食之，武功再高的人也只能瘫软昏睡，任人摆布。

且看吃过掺有蒙汗药的酒菜后，好汉们都有哪些奇葩表现。

杨志"口里只是叫苦，软了身体，挣扎不起"。他手下的十五人"眼睁睁地看着那七个人都把这金宝装了去，只是起不来、挣不动、说不的"。

押送武松的两个公人"只见天旋地转，禁了口望后扑地便倒"。

押送宋江的两个公人"瞪了双眼，口角边流下涎水来，你揪我扯，望后便倒"。宋江跳起来准备来扶他们时，"不觉自家也头晕眼花，扑地倒了，光着眼，都面面厮觑，麻木了动弹不得"。

戴宗"却待讨饭吃，只见天旋地转，头晕眼花，就凳边便倒"。

李云手下士兵"都面面厮觑，走动不得，口颤脚麻，都跌倒了"。李云准备向前时，"不觉自家也头重脚轻晕倒了，软做一堆，睡在地下"。

徐宁"口角流涎，扑地倒在车子上了"。

蒙汗药导致的症状，可以总结如下：1. 头昏眼花，感到天旋地转；2. 浑身瘫软，四肢无力。即便心里明白，身体却动弹不得；3. 部分人出现面瘫现象，口角流涎，难以控制；4. 到最后都是头重脚轻，跌倒在地，昏昏沉沉睡去。

吃了蒙汗药，后果很严重。

青面兽杨志中了招，押运的生辰纲被人劫去，弄得自己走投无路。

花和尚鲁智深中了招，差点被孙二娘做成了牛肉。

就算精明过人的宋江也在李立的酒店被麻翻，差点丢了性命。

那个杀人如麻的头陀，一不小心也被孙二娘麻翻了，自己是怎么死的都不知道。

那么蒙汗药究竟是什么鬼，竟然成了江湖黑店大杀器？

蒙汗药的前身可能是一种麻醉药，是协助外科手术用的。

春秋战国时期，神医扁鹊在手术前，让病人服用一种“毒酒”，使其昏迷，这样就可在手术过程中使其免于疼痛。甚至有传说，扁鹊曾将鲁公扈、赵齐婴的心脏互换，也是这种“毒酒”起到了麻醉作用，才使手术顺利完成。宋代窦材在《扁鹊心书》中记载麻醉药“睡圣散”的配方“由山茄花、火麻花共研为末”，具体用法为“每服三钱，一服后即昏睡”。此方究竟是否得扁鹊真传，谁也无法考证。

《后汉书·华佗传》记载：“若疾发结于内，针药所不能及者，乃令先以酒服麻沸散，既醉无所觉，因刳破腹背，抽割积聚。”大意是说，华佗在做手术之前，先让病人用酒服用麻沸散，病人昏睡后破腹开背，切除病灶。传说华佗要给曹操开颅治疗头痛，曹操以为华佗是找借口要杀害他，便处死了华佗。临刑前，华佗将麻沸散配方写给一个看守，让他传之于世，救济百姓。不料看守老婆害怕受到株连，竟将配方付之一炬，从此失传。

最早记载用麻药杀人的是北宋司马光，他在《涑水记闻》中说：有一个叫杜杞的人，在湖南转运使任上，遇到少数民族造反。杜杞许以金帛和官位，引诱他们赴宴，用放了曼陀罗药的酒招待他们，结果都昏昏睡去。杜杞就把他们全杀了。

南宋周去非在《岭外代答》中记载：广西有一种植物曼陀罗，它的花能入药。有盗贼采摘后晒干并捣为粉末，放在别人的饮食之中，使人昏睡，然后抢走财物逃之夭夭。

在司马光和周去非的记载中，很明确地指出，能将人置于昏醉状态的神秘药物是用曼陀罗制作的。扁鹊的“睡圣散”中有一味药叫“山茄花”，其实是曼陀罗的别称。

那么曼陀罗究竟是一种什么样的植物？

关于曼陀罗，度娘是这样说的：曼陀罗是茄科曼陀罗属植物，草本或半灌木状，高 0.5–1.5 米，茎粗壮，圆柱状，淡绿色或带紫色，下部木质化。叶广卵形，顶端渐尖，基部不对称，楔形，边缘有不规则波状浅裂，裂片顶端急尖，花单生于枝杈间或叶腋，直立，有短梗；花萼筒状，长 4–5 厘米，筒部有 5 棱角，蒴果直立生，卵状，长 3–4.5 厘米，直径 2–4 厘米。花期 6–10 月，果期 7–11 月。主要分布于世界各大洲。中国各省区都有分布。

曼陀罗花很漂亮，甚至可以说很惊艳。花冠呈漏斗状，有点像我们小时候种植的喇叭花，所以可以作为观赏花置于室内。它带来的另一个福利是可以净化空气，因为它能吸收空气中的甲醇等有害气体，这能否算是另一种意义上的以毒攻毒？

曼陀罗花可治脸部生疮，也可治小儿慢惊，当然它最大的医学价值是用来麻醉。它的叶、花和种子都含有莨菪碱、东莨菪碱及少许阿托品，具有麻醉、镇痛作用。

它的麻醉、镇痛作用是否如《水浒传》所写的那般神奇？

明代藏书家郎瑛曾大有怀疑，但后来他从多种典籍中举出押不庐、草乌末、曼陀罗花三种药草，都具有麻醉作用，结论是“蒙汗药”绝非小说家虚构，也就是说施老爷子并没有吹牛。

据说二三十年前，有人贩子用迷药拐骗儿童，人称“拍花子”，就是用沾有蒙汗药粉末的手帕拍在儿童口鼻，使之昏迷，然后拐走贩卖。《水浒》第五十一回，李逵就是用蒙汗药抹在小衙内嘴上，使小衙内昏迷，然后抱走杀死，害得朱仝也上了梁山。这应该是水浒版的“拍花子”。

曼陀罗花可制成蒙汗药，已为当代科学实验二十世纪七十年代，徐州医学院附属医院，成功地将以曼陀罗花为主药的麻醉汤剂用于临床，麻醉效果非常不错，这也从科学实践上证实了蒙汗药就是用曼陀罗花制成的。

《水浒》第十六回，杨志一行人在黄泥冈中了计，饮下了掺有蒙汗药的酒。因为饮得少，杨志醒得也早，但那 12 个猪一样的队友直到二更天才醒来，粗算一下，从晌午到二更足足昏迷了10个小时，蒙汗药不可谓不厉害。

不过如果要从昏迷状态中快速醒来，还有一种方法，那就是吃解药。

《水浒》第二十八回：

当下张青叫火家便从剥人凳上搀起两个公人来。孙二娘便调一碗解药来，张青扯住耳朵，灌将下去。没半个时辰，两个公人如梦中睡觉的一般爬将起来。

两个公人被张青灌了解药，只1个小时就醒来了，这解药不可谓不神奇。

那么解药又是怎么回事呢？

明代科学家方以智说蓝汁可解蒙汗药。蓝汁即蓝汁方，主解诸毒，以生蓝青叶的汁液一大碗，雄黄、枯白矾等研末，调和碗中饮之，即可苏醒。

清代程衡在《水浒注略》中则说“急以浓甘草汁灌下，解之”。甘草，又称国老、甜草、甜根子。多年生草本，也是一种药材，主治清热解毒、祛痰止咳等。

所谓“浓甘草汁”，并不是从甘草的茎叶中直接榨取的汁液，那样岂不是太费事了。其实只要用生甘草60克煎水一大碗即可，操作起来很方便。

那孙二娘调制的解药究竟是蓝汁还是甘草汁？这个就没必要深究了，就算是施老爷子，估计也说不清楚。

现代中医学专家不但研制出了类似蒙汗药的麻醉汤剂，而且也研制出了“毒扁豆碱”这种十分高效的解药。患者在手术后，只需静脉注射毒扁豆碱，一般10分钟左右，就能使患者完全清醒，比孙二娘的解药强多了。

# 说一说《水浒传》中的十八般兵器

中国古代有“十八般武艺”或“十八般兵器”之说，在中国古典小说、戏曲和评书中常常提及，特别是在介绍某某著名将领或武术大家时都要说上一句“十八般武艺样样精通”，以示其人武艺高强，所向披靡。

那么究竟是哪十八般武艺呢？《水浒传》第二回写得十分清楚：矛锤弓弩铳，鞭锏剑链挝，斧钺并戈戟，牌棒与枪杈。

事实上这也只是施老爷子的一家之言，明代博物学家谢肇淛在《五杂俎·卷五》表述为：一弓、二弩、三枪、四刀、五剑、六矛、七盾、八斧、九钺、十戟、十一鞭、十二锏、十三挝、十四殳、十五叉、十六钯头、十七绵绳套索、十八白打。

两相对比，这两份清单中都有弓、弩、枪、剑、矛、斧、钺、戟、鞭、锏、挝、叉（钗），《水浒传》中的牌与《五杂俎》中的盾应该是同一种兵器，这就是说，两份清单中有13种兵器是相同的。《水浒传》中的锤、铳、链、戈、棒被《五杂俎》中的刀、殳、钯头、绵绳套索和白打所代替。

《水浒传》未将“刀”列入十八般武艺是很奇怪的，因为刀几乎是最古老、最常使用的兵器。

从新石器时代开始，石刀就是人类的砍劈工具。随着冶炼业的发展，商周时期出现了青铜刀。两汉时出现了用钢铁锻造的“环首刀”，并被骑兵大规模投入到战场上。曹操行刺董卓时用的是“七星宝刀”，那是一柄携带方便的金属短刀。如果曹操行刺成功，那历史可能将会改写。

魏晋南北朝时，长刀出现了，成为骑兵的首要装备。唐朝时出现了禁卫军使用的仪刀，官吏佩带的鄣刀，军队必备的横刀、陌刀。宋朝时刀的形制又有了改进，从长条形方刀头，改成前锐后斜的形状，去掉了圆环和饰物，更注重实用性，同时出现了长柄刀，有掉刀、屈刀、笔刀等。唯独不见《水浒传》中常见的朴刀，它只是流行于民间，是不登大雅之堂的粗陋兵器。

明朝时戚继光吸收了倭刀的长处，发明了刀体狭长、刀身弯曲、刃部延长的腰刀，在军队中广泛使用。清朝时刀的种类十分繁杂，应用于作战的主要是腰刀和双手带刀。

《五杂俎》将“白打”（即赤手空拳的搏斗）列入十八般武艺是有道理的。清初周亮工《闽小记》记载：“武艺十八，终以白打。以白打为终，明乎其不持寸铁也。”古代的白打，又分为拳术和相扑。我国的拳术五花八门，门派众多，难以尽说。《水浒传》里有两个相扑高手，一个是燕青，一个是高俅。第八十回，两人在梁山曾有过比试：“高俅抢将入来，燕青手到，把高俅扭捽得定，只一交攧翻在地褥上，做一块半晌挣不起。”燕青轻松获胜。

棒与殳很相似，都是树木制作的武器。殳历史悠久一些，有棱无刃，可戳可扫。棒两头粗细不一，可扫可砸。后来殳有所发展，在头部安装了刃。曾侯乙墓出土有三件装有刃的锐殳，刃上铸有“曾侯乙之用殳”六字铭文，这也帮助人们解开了殳从无刃到有刃的形制之谜。有一种经久不衰的战争游戏“三国群英传”，武将甫一出场时所使用的兵器基本上都是“殳”，武力值相对较低，如果将兵器换成短锥枪、眉尖刀、流星锤等兵器时，将领的武力值就会有不同程度的提高。这说明“殳”确实是一种低级的武器。

《水浒传》将“铳”列入十八般武艺，已经带有热兵器的况味，《五杂俎》则将“钯头”列入，显示了两者不同的取舍标准。“铳”是古代人用火药发射弹丸的一种火器，如火铳、鸟铳等。有一种三眼火铳还是有相当杀伤力的。“钯头”由镋和钯演变而来，明代中叶抗倭战争中首创使用。其形与牛头镋相仿，中锋为枪头形，头部尖锐，两翼有尖叉，如牛角向上弯曲，两翼上有八个尖刺。这种兵器可击、可御，兼矛盾两用，发现远处的敌人时，两翼可以充当支架发射火箭。此外，钯头还可当仪杖来使用，也是相当威风。

《水浒传》中将“链”列入十八般武艺，并不奇怪，军师吴用使用的兵器是两条“铜链”。《水浒》第十四回，雷横和刘唐斗了五十余合，不分胜败，这时吴用手持两条铜链，将两人隔开。由此看来，吴用虽是书生，还是有两把刷子的。排名49位的梁山好汉邓飞也使用“链”做兵器，只不过他用的是铁链。

同是软兵器，《五杂组》将绵绳套索列入十八般武艺。绵绳套索是一种暗器，以野麻与细丝揉合成食指粗细的绵绳，长约二丈四尺，绳子的两端镶扣鸽蛋大小的铁珠，铁珠能导引绳索袭击敌人，也可直接用于掷击。《水浒传》中一丈青扈三娘擅用“红锦套索”，曾在与梁山对阵时用它活捉了彭玘和郝思文，一时令梁山众人胆寒。

明朝以后，十八般武艺又有了新的变化，有“九长九短”之说。“九长”为枪、戟、棍、钺、叉、镗、钩、槊、环；“九短”为刀、剑、拐、斧、鞭、锏、锤、棒、杵。“九长九短”之说，是把用于远射的弓矢类和用于防御的盾牌类排除了，尽管有些片面，但还是被大众所接受。

近代戏曲界也有十八般武艺的排列法，主要是刀、枪、剑、戟、斧、钺、钩、叉、鞭、锏、锤、抓、镗、棍、槊、棒、拐、流星锤等18种兵器，这其中既有“锤”，也有“流星锤”，应该是将“锤”作为一种硬兵器，而将“流星锤”作为一种带索子的暗器来看待的。

十八般武艺只是一种泛指，是古代武艺或兵器的总集合，当然并不限定于十八种，就像“扬州八怪”并不专指八位书画家一样。

据统计，《水浒传》中的兵器按大类来说共有二十多种，如果细分的话就更多了。单是“刀”就可分为青龙偃月刀、单刀、双刀、朴刀、三尖两刃刀、飞刀、腰刀等。每一种兵器都细分的话，则不下五六十种。

总之，《水浒传》中兵器林立，种类繁多，观赏性极强。施老爷子通过对各种兵器的描写，一个琳琅满目的兵器世界呈现在读者面前，同时也很好地反映出兵器主人的性格，推动着情节发展，极大地增强了作品可读性。

如果搞一个水浒兵器展览，一定蔚为大观，令人眼花缭乱。

# 兴化四牌楼为什么没有旌表《水浒传》作者施耐庵的匾额

提到兴化，人们常说“到了兴化心就花”，现在一年一度的千垛菜花节，赋予了这句话新的内涵，那就是水乡兴化生态环境优美，令人赏心悦目、心旷神怡、心花怒放。但有八个字其实更能概括兴化的城市文化气质，这就是“板桥故里，水浒摇篮”。三绝奇才郑板桥，誉满天下；长篇小说之父施耐庵，闻名遐迩。双子星座光芒四溢，折射出兴化这座历史文化名城深厚的人文底蕴，正如曾做过兴化知县的欧阳东风所言：“诚缙绅之渊薮，人才之都会也”。

正是出于对历史文化名人的尊崇和景仰，兴化在市中心建了一座四牌楼来旌表他们的生前业绩。四牌楼始建于明朝，原来称为“四攒坊”。最早以文字记载四攒坊的是成书于明朝万历十九年（1591）的《欧志》，记曰：“太平桥有四攒坊，曰国朝省阁，曰淮海人文，曰极品封君，曰状元宰相。”据推测，兴化四牌楼的建成时间应当在明隆庆 2 年至万历 31 年之间，也就是公元 1568 年至 1591 年之间，距今有 430 多年。檐下悬有匾额 47 块，表彰兴化历史人物 75 人 81 人次，上自南宋“开科第一”，下迄民初“仁寿之徵”，跨越五个朝代，高谷、李春芳、吴甡、宗臣、刘熙载、郑板桥等均榜上有名，一些名不见经传的人物也位列其中，但奇怪的是中国长篇小说之父、被金圣叹点赞为“第五才子”的施耐庵竟然名落孙山，这是怎么回事呢？

《水浒传》原名《江湖豪客传》，后施耐庵的学生罗贯中提议改名《水浒传》。水浒，即水边，含有“在野”之意，《诗经》上有“古之亶父，朝来走马，率西水浒，至于岐下”之语，用“水浒”做书名相对典雅婉约，按现在的话说，比较“文艺”，不太会引起朝廷、官员的注意。但事与愿违，《水浒传》成书后，以抄本的形式在坊间流传，到明洪武元年（1368）冬天，抄本竟然传到皇宫。施耐庵曾做过张士诚的幕僚，加上他又屡拒明廷征召，这使得朱元璋怒火中烧。浏览该书后，朱元璋提笔批曰：“此倡乱之书也，是人胸中定有逆谋，不除必贻患。”于是派人把施耐庵关进南京刑部天牢。刘伯温知道此事后，就到天牢里探望曾经的同榜进士施耐庵。施耐庵请求刘伯温救他出狱，刘伯温略一考虑，点拨他说：你是怎么进来的，就还怎么出去。施耐庵反复琢磨这句话，终于明白了刘伯温的意思。于是施耐庵在梁山 108 将聚义的基础上，把《水浒传》继续写下去。他花了近一年时间，写了宋江接受招安，为朝廷征服田虎、王庆、方腊，梁山英雄折损大半，最后宋江也喝下御赐药酒自尽，留下忠义之名。《水浒传》续写结束后，呈送给朱元璋，朱元璋看完后五十回，龙心大悦，刘伯温又从中周旋，施耐庵终于被释放回家。

明洪武三年（1370），施耐庵病逝于淮安。他的学生罗贯中整理了全本《水浒传》，当即赶到当时的全国刻书中心福建建阳，想把《水浒传》刻印出版，以完成老师的遗愿。但是鉴于当时文字狱的严酷，建阳没有一家书坊敢于承接，罗贯中直到去世也没有办法把《水浒传》刻印出来。150 年后，兴化人宗臣在福建担任“提学副使”，罗贯中后人以“乡谊”联络宗臣，请求把《水浒传》付梓，让军民传看，以激励士气，提振民心。在宗臣的帮助下，《水浒传》才由坊间刻印出版。

《水浒传》从嘉靖到崇祯一百多年间，刊印了 31 次，可以说是《水浒传》迅速传播的黄金时期。而到了明末，自然灾害频繁发生，各种社会矛盾互相交织，官场腐败，民不聊生。以李自成、张献忠为首的农民起义军风起云涌，还有山东李青山在梁山故地聚众造反，《水浒传》立即成了一部“诲盗之书”。明崇祯十五年（1642）四月，刑科左给事中左懋第向皇帝上书，请求颁令焚毁《水浒传》。崇祯皇帝乃下旨“着地方官设法清察本内，严禁《（水）浒传》”。

到了清朝，《水浒传》更加不招统治者待见。康熙一朝曾 5 次下旨禁

“淫邪”之书，《水浒传》这类鼓动造反的书不可避免地列入禁毁之列。乾隆十八年（1753），上谕第一次点名批判《水浒传》，严禁将《水浒传》翻译成满文，并把《水浒传》定性为“实为教诱犯法之书也”。皇帝下旨曰：“《水浒传》一书，应饬直省督抚学政，行令地方官，一体严禁。”在太平天国起义失败的背景下，江苏巡抚丁日昌上书朝廷，请求禁毁《水浒传》，得到朝廷批准，并诏令天下，“至邪说传奇，为风俗人心之害，自应严行禁止，著各省督抚饬属一体查禁焚毁，不准坊肆售卖，以端士习而正民心”。

清朝的文字狱异常恐怖，与兴化文人有关的就有两起。李骕《虬蜂集》中有“杞人忧转切，翘首待重明”，“日有明兮，自东方兮，照八荒兮，我思孔长兮，夜未央兮”之句，被认为故意影射，定为叛逆大罪，乾隆降旨将李骕照大逆罪凌迟处死，因其人已死，被剖棺“锉碎其首、枭首示众”。王仲儒《西斋集》仅因有涉及前朝遗民和流露故国之思的作品，被批“狂悖之处甚多，殊堪发指”“该犯以明末时人，既已身入本朝，食毛履土，且曾为贡生，乃敢肆其狂吠，鸱张指斥，实属大恶极”，王仲儒在去世 80 多年后，被处以“锉尸枭首”。

明、清两代统治者为维护自身皇权的正统地位，对宣扬官逼民反的《水浒传》自然恨之入骨，三番五次，明令禁绝，而对《水浒传》作者施耐庵当然也不会有好脸色，这种官方倾向对一个地方文化的影响是十分巨大的。根据记载，兴化四牌楼明代初建时只有 4 块，后加“东海贤人”和“中原才子”不过 6 块，康熙二十三年（1684）以后才逐步增加，出现了宋元时期人物的匾额。嘉庆三年（1798）才形成“上下四旁皆立匾，可以觇文物之华焉”。47 块匾额，是地方官府或士绅名流发起公立，虽有民间色彩，但官府的意见才是主流。《水浒传》既被朝廷屡次下令禁毁，谁又有胆量把称颂作者施耐庵的匾额悬之四牌楼？如真敢那样做的话，恐怕株连九族的大罪不可避免。因此，不但施耐庵难登四牌楼，就连宋江的原型——盐民领袖张士诚也一样难以在四牌楼占据一席之地。

此外，受传统文化影响，古代通俗小说长期被视作“不登大雅”之物，因此小说文本的文学地位十分低下，被视作“雕虫小技”，小说作者的社会地位很不入流，形如下里巴人，班固在《汉书·艺文志》中认为：“小说家者流，盖出于稗官。街谈巷语，道听途说者之所造也。”对小说持轻视之见。他把诸子之书归纳为九流十家，小说不入九流，而列在“十家”之末。“十家”者：儒、道、阴阳、法、名、墨、纵横、杂、农、小说。班固又说：“诸子十家，其可观者九家而已”。可见，小说虽名列十家之中，但实际上是大受排斥的。班固的这一观点影响深远，直到五四新文化运动中白话小说崛起时才有所改观。其间 2000 年，小说都处于寂寂无闻的地位，即便小说家自己，也对小说评价不高，花费心血创作出的小说，甚至都羞于写上自己的真名，而以化名署之，这也是导致中国很多古典小说的作者存在争议和身份不详的原因。所以，小说和小说家在古代社会遭受的不公正待遇，也是兴化四牌楼几次重建都没有旌表施耐庵的原因之一。

兴化是明清小说的发祥地，四大名著中有三部与兴化有关，而施耐庵也成了中国长篇小说的鼻祖，无论是文学成就，还是对后世的影响，施耐庵都有足够的理由在兴化四牌楼拥有一块光耀千秋的匾额。如果真有那么一天，那也堪堪可以告慰施耐庵老先生地下之灵了。

# 第三辑　解读评析

## 《水浒传》中的梁山武装是农民起义吗

以宋江为首的梁山武装是农民起义吗？要回答这个问题，必须区分开历史上真实的宋江起义和《水浒传》中描写的宋江起义。

历史上的宋江起义毫无疑问是农民起义。据史料记载，宋徽宗宣和年间，朝廷为增加财政收入，宣布将梁山泊八百里水域全部收为公有，规定老百姓凡进入水泊捕鱼、采藕、割蒲等，都要依船只大小收取重税，若有偷捕偷捞行为，一律以盗贼论处。如此一来，原本靠水吃水的农民与渔民交不起重税，无以为生，终于引发官民之间的激烈冲突。他们在宋江等36名首领的领导下，在梁山聚义，对抗官府。宣和元年（1119），这支队伍即正式宣告起义。后宋江率众攻打河朔、京东东路，转战于青、齐至濮州之间，攻陷十余郡城池，惩治贪官，杀富济贫。到宣和三年（1121）二月，起义军从江苏沭阳乘船进攻海州（今连云港），被海州知州张叔夜所派伏兵包围，损兵折将，加上退路又被切断，宋江不得不率众投降。

历史上的宋江起义其实规模很小，影响也不是很大，甚至不能与同时期的方腊起义相提并论。至于宋江投降后有没有参与围剿方腊，这不是我们要讨论的话题。我们今天要讨论的是《水浒传》中以宋江为首的梁山武装是不是农民起义？

首先看看梁山108位将领的出身情况。

地主出身11人，其中卢俊义、柴进、李应3人是员外或庄主，史进、穆弘、穆春、孔明、孔亮、宋清、扈三娘是庄主子女，亦即地主家庭的富二代。

小吏出身12人，分别是宋江、朱仝、雷横、武松、李逵、戴宗、杨雄、裴宣、李云、蔡福、蔡庆、乐和，他们在官府中担任押司、都头、节级、孔目、小牢子、刽子手等低级职务。

军官出身23人，分别是关胜、林冲、秦明、呼延灼、董平、花荣、鲁智深、张清、杨志、徐宁、索超、黄信、孙立、宣赞、郝思文、韩滔、彭玘、单廷珪、魏定国、凌振、龚旺、丁得孙、欧鹏。其中林冲、花荣、鲁智深、杨志、孙立、欧鹏是迫不得已上了梁山，其他人都是被梁山人马活捉而投降梁山的。

知识分子出身8人，分别是吴用、公孙胜、朱武、萧让、安道全、金大坚、皇甫端、蒋敬。文凭最高的应该是蒋敬，落科举人，吴用可能连个秀才都不是，只是个私塾先生。朱武并没有明确的职业，但他“精通阵法、广有谋略”，应该是个读书人。

商贩、业主出身17人，分别是吕方、郭盛、孙新、顾大嫂、张青、孙二娘、王定六、曹正、朱富、朱贵、李立、张顺、童威、童猛、燕顺、施恩、杜兴。其中有开酒店的，有开鱼行的，有贩马、贩私盐的，也有做其他买卖的。

匠人出身4人，分别是银匠郑天寿、造船匠孟康、裁缝侯健、铁匠汤隆。

渔民艄公出身5人，分别是李俊、张横、阮小二、阮小五、阮小七。

无业游民和闲汉出身7人，分别是刘唐、石秀、杨林、马麟、邹渊、邹润、白胜。

盗贼3人，郁保四、时迁、段景住。

猎户2人，解珍、解宝。

江湖卖艺2人，李忠、薛永。

开赌场1人，石勇。

车夫1人，王英。

仆人1人，燕青。

相扑1人，焦挺。

农民1人，陶宗旺。

另有出身不明者10人，分别是邓飞、鲍旭、樊瑞、项充、李衮、陈达、杨春、杜迁、宋万、周通。他们一出场就是山寨上的强盗首领，至于在做强盗之前他们具体干什么职业，书中并没有交代。

梁山将领中明确农民身份的其实只有 1 人，他就是九尾龟陶宗旺。陶宗旺星号“地理星”，确实是老农一个。

书中说陶宗旺同学“庄家田户出身”。他惯使一把铁锹，也暗示着他的天资聪颖，普通农具在他手中顿时成了冲锋陷阵的神奇兵器。而从宋江分配他“负责添造房屋及四边寨栅”来看，陶宗旺还精通泥瓦匠的活计，所以书中说他“神龟九尾喻多能”，此言不虚。放在改革开放的今天，陶宗旺同学很可能是最早一批农民工，搞个建筑队，做个包工头，肯定不在话下。

如果单从梁山将领的出身来证明梁山武装不是农民起义，其实并不能解决问题，因为历史上的农民起义首领很多也不是农民出身。刘邦是地方上的“亭长”，黄巢是个私盐贩子，李自成是个驿卒。这些人领导的武装队伍之所以是农民起义，其中一个因素是参加起义的主体大多数是农民。

那么梁山队伍中最基层的士兵，他们的出身如何呢？

梁山兵员的来源主要有四种：各个山头的喽罗兵、招募的流民、投奔的庄客、投降的官兵。他们分别有多少人呢？

其一，喽罗兵人数。

王伦执政时期，梁山有小喽罗“七八百人”。

“三山”投奔梁山后，带来小喽罗约有一千人。书中交代，二龙山有“五六百喽罗”，桃花山有“五七百人”，白虎山有“五七百人”。但桃花山、白虎山曾被呼延灼打败，减员很大，所以“三山”喽罗总数按一千人计算。

少华山投奔梁山，带来“五七百个小喽罗”。

芒砀山原有“三千兵马”，被公孙胜打败，有减员，估计一二千人上了梁山。

黄门山投奔梁山，带来“三五百人”。

饮马川投奔梁山，带来“三二百人”。

对影山投奔梁山，带来“二百余人”。

综合计算，梁山原有及加入梁山的喽罗兵约四五千人。

其二，招募的流民人数。

晁盖执政时期，兵马增加到三五千人，这其中包含王伦时期原有的喽罗兵，实际招募到的流民数量应在三千多人。

宋江一打祝家庄时，宋江和林冲各带着三千小喽罗、三百马军，总计六千六百人马，这不可能是当时梁山的全部人马，肯定还有人马留守梁山。估计当时有一万人左右，按此推算，宋江执政时期招募流民五千人。

两者相加，梁山招募流民人数大约八千人。

其三，庄客人数。

宋江攻下祝家庄，俘虏了四五百庄客，加上李应带领李家庄庄客投奔了宋江。第四十七回，“这三处庄上，三村里算来，总有一二万军马人家”。按三个村庄一万五计算，祝家庄势力最大，军马略多，估计李家庄有四千军马。

参加梁山武装的庄客不超过五千人。

其四，投降的官兵人数。

呼延灼攻打梁山时，带着马军三千、步军五千，被宋江破了连环马，按折损一半计算，有四千官兵投降了梁山。

青州之战，慕容知府借两千官兵交给呼延灼，被打败后约有一千官兵加入了梁山。

大名府一战，关胜手下有官兵一万五千人。梁山打败关胜后，收拢了“五七千人马”。

单廷圭、魏定国投降梁山后，收拢了“五百玄甲军兵”和“五百火兵”。

董平、张清投奔梁山后，收拢的官兵数目不详。

梁山排座次时究竟有多少兵力？各个山头加入的喽罗兵，加上庄客、招募的流民和投降的官兵，大约有三万三千人，减去历次战斗中的折损人数约五千人，排座次时梁山人马大约两万八千人。

接下来梁山打败了童贯的两次围剿和高俅的三次围剿。童贯两次围剿共领兵十万，高俅的三次围剿共领兵十三万，到接受招安时梁山人马达到了十万。也就是说，梁山的五次反围剿取得胜利后，由两万八千人一下子增加到十万人，即有七万多官兵加入了梁山。

梁山招安时人马果真有十万吗？应该不假。第八十一回燕青见宿太尉时就说过："若得恩相早晚于天子前提奏此事，则梁山泊十万人之众，皆感大恩！"第八十五回，辽国欧阳侍郎对宋江说："今将军统十万精兵，赤心归顺，止得先锋之职，又无升受品爵。"

通过以上粗略推算可知，梁山招安时的十万之众，有八万多是官兵，占绝对多数。只有四五千加入梁山的庄客是真正的农民出身，当然喽罗和招募的流民中肯定也有农民，但数量不会多。

这样的一支队伍能算是农民起义吗？肯定不是！

农民是指长时期从事农业生产的人，而所谓的农民起义则是指失去土地的农民为反抗既成的秩序或建制而发动的起义。

梁山武装之所以不是农民起义，除了从起义首领到普通兵丁都与农民没有什么大的关系外，还有以下原因：

第一，梁山武装只是以八百里水泊为根据地，并没有建立革命政权。这支武装虽也攻打城池和村庄，但并不以占领为目的，而是以抢夺粮食、财帛来供头领们"大秤分金银，大碗吃酒肉"，并养活梁山人马。

第二，梁山武装并没有提出任何土地要求。他们既没有提出诸如"均田免粮"等口号，也没有建立田亩分配制度，更没有将夺得的土地分给农民。他们只攻城，不略地，没有给农民阶层带来任何利益和实惠。

第三，梁山武装打出的旗号是"替天行道"，只反贪官，不反皇帝。"普天之下，莫非王土"，皇帝实际上是最大的地主，梁山武装不但不反这个大地主，还主动寻求招安，替朝廷攻打田虎、王庆、方腊等起义队伍，实际上维护了地主阶级的利益，更是与农民起义毫不沾边。

# 《水浒传》中的食人魔

“我翻开历史一查，这历史没有年代，歪歪斜斜的每页上都写着‘仁义道德’几个字。我横竖睡不着，仔细看了半夜，才从字缝里看出字来，满本都写着两个字是‘吃人’！”

这是鲁迅先生在《狂人日记》中最著名的一句话，鲁迅借此猛烈批判封建主义，说它是打着“仁义道德”的幌子，干着“吃人”的勾当。

其实鲁迅一点都没说错，翻开中国历史几乎每个朝代都有人吃人的记录。

因为遭遇大饥荒或者战争时期粮食严重短缺，树皮草根吃尽后，就会出现“人相食”“易子而食”这种惨绝人寰的现象。安史之乱时，张巡守睢阳，城中无粮，只得以人肉为食，张巡甚至杀了自己的爱妾，熬成肉汤慰劳士兵，鼓舞军心。

除了果腹，还有因为仇恨而吃人。王莽被杀死后，他的舌头被人割下分食。太监刘瑾在被凌迟时，他的肉被老百姓一块一块买了吃掉。

最残忍的是因为变态而吃人肉，而且上了瘾。北宋王继勋生性残暴，嗜吃人肉，经常强买民间少女为仆，稍不如意就把她们杀死，烹食其肉，后案发供认杀食婢女百余人。

如果说鲁迅先生从历史书中看到的“吃人”是虚指或者是一个譬喻，那么《水浒传》中多处吃人场景的描写则是赤裸裸的，也是触目惊心的。可以说，从《水浒传》中，我们也看到了两个字：“吃人”。

《水浒》第二十七回，标题赫然是“母夜叉孟州道卖人肉　武都头十字坡遇张青”，说的就是孙二娘卖人肉包子的故事。孙二娘在十字坡卖酒为生，实是只等客商过往，有那入眼的，便把些蒙汗药与他吃了便死。将大块好肉切作黄牛肉卖；零碎小肉做馅子包馒头。孙二娘在长期实践中，又总结出另一条经验：肥胖的人好做黄牛肉卖，长得瘦的人好做水牛肉卖。打虎英雄武松路过十字坡，差点就成了她制作黄牛肉的上好食材。

《水浒传》中卖人肉的除了孙二娘，还有朱贵和李立。

朱贵在梁山泊南边大路上以开酒店为名，专一探听往来客商经过。但有财帛者便去山寨里报知。但是孤单客人到此，无财帛的放他过去；有财帛的来到这里，轻则蒙汗药麻翻，重则顿时结果，将精肉片为䊩子，肥肉煎油点灯。

李立见到客人身上包裹沉重，有些油水，便要用蒙汗药谋财害命。宋江和押送他的两个公人就被麻翻了，被拖进山岩边人肉作坊里，放在剥人凳上。要不是李俊及时赶到，宋江也就成了一盘好菜。

同样是杀人卖肉，朱贵、孙二娘的做法很不相同。

朱贵是将精肉片为“䊩子”，䊩子是指经过加工的肉干，很可能类似于人们过年吃的腊肉。肥肉则熬成油用来点灯。

孙二娘的人肉主打产品是做成“黄牛肉”“ 水牛肉”和人肉包子，那还有副产品吗？有！武松曾到孙二娘人肉作坊里，“见壁上绷着几张人皮，梁上吊着五七条人腿”，人腿应该是制作黄牛肉、水牛肉的食材，而人皮留着干什么用呢？书里没有明说，估计应该是制作皮衣、皮手套、皮帽子的原料。这样一比较，孙二娘的人肉产品要比朱贵丰富得多，这个女人真是不一般。

孙二娘、朱贵和李立，都是卖人肉的，书中并没有描写他们吃人肉的场景，似乎他们还算不上食人魔，但是人肉产品是他们加工的，要把人肉做得有如黄牛肉、水牛肉和动物肉干一般的味道，不亲自尝尝又如何做得地道？既然有胆量杀人卖肉，吃人肉对他们也是小菜一碟，所以将他们列为食人魔并不为过。

同样是食人魔，清风山上的三个头领燕顺、王英和郑天寿，最喜欢吃的是用人的心肝做成的醒酒酸辣汤。

《水浒》第三十二回：

当下三个头领坐下，王矮虎便道：“孩儿们，正好做醒酒汤。快动手，取下这牛子心肝来，造三分醒酒酸辣汤来。”只见一个小喽罗掇一大铜盆水来，放在宋江面前；又一个小喽罗卷起袖子，手中明晃晃拿着一把剜心尖刀。那个掇水的小喽罗，便把双手泼起水来，浇那宋江心窝里。原来但凡人心，都是热血裹着，把这冷水泼散了热血，取出心肝来时，便脆了好吃。那小喽罗把水直泼到宋江脸上，宋江叹口气道：“可惜宋江死在这里！”

从这里可以看到，小喽罗们取人心肝之前的动作非常熟练，说明干这种事应该是很多次了，他们还总结出了如何取人心肝才能做得好吃的秘诀，吃人都吃出经验来了。而从之前小喽罗的口中还可知道，他们杀了人后，心肝归三位头领享用，多余的人肉就由众多小喽罗分食。由此看来，清风山上从山大王到小喽罗都是食人族，细思极恐！

喜欢吃人心肝的还有二龙山的首任大头领邓龙，只不过他不是用来做醒酒汤，而是用作下酒菜。

《水浒》第十七回，当曹正等人佯装绑着鲁智深上山时，邓龙听了大喜，叫：“解上山来，且取这厮的心肝来做下酒，消我这点冤仇之恨！”可惜他等来的不是喷香的炒心肝，而是鲁智深的禅杖。

最令人恐怖的食人魔是黑旋风李逵，他吃人肉的风格简单实用，那便是烤着吃，类似现在的烤肉串。

《水浒》中有两处描写李逵吃人肉的场景。

其一，宋江打败无为军、活捉黄文炳后，问道：哪个兄弟替我下手报仇雪恨？李逵跳起来说：“我与哥哥动手割这厮。我看他肥胖了，倒好烧吃。”于是李逵拿起尖刀，先从黄文炳腿上割起，拣好肉在炭火上炙来下酒。割一块炙一块，无片时割了黄文炳，李逵方才把刀割开胸膛，取出心肝，把来与众头领做醒酒汤。

这场面够血腥的，也够凶残的，黄文炳眼睁睁看着李逵把自己的好肉吃了个干净。值得一提的是，李逵吃饱了，还取出心肝，与众头领做醒酒汤。看来清风山的燕顺等三位头领上了梁山后，把吃醒酒汤的传统发扬光大了。

其二，李逵杀死了李鬼后，见李鬼老婆煮的三升米饭早熟了，只没菜蔬下饭。李逵盛饭来吃了一回，看到李鬼的尸体，笑道：这不有现成的好肉么？拔出腰刀便去李鬼腿上割下两块肉来，洗干净了，就着炭火来便烧。一面烧一面吃。直到吃得饱饱的。

不得不说，李逵的内心实在太强大，吃人肉吃得如此轻松惬意，实在让人匪夷所思。

梁山上还有一位比李逵更厉害的食人魔，他就是邓飞。请看邓飞出场时的一段介绍：原是襄阳闲扑汉，江湖飘荡不思归。多餐人肉双睛赤，火眼狻猊是邓飞。

据说人肉吃多了，眼睛会患上疾病，变得赤红，邓飞就是这样的人。虽然书中没有直接描写邓飞吃人的场景，但从他的外号“火眼狻猊”来看，他吃人的数量一定很可观。

眼睛发红的不只邓飞，还有前面提到的催命判官李立，他的出场描写是“赤色虬须乱撒，红丝虎眼睁圆”。可能是吃人数量没有邓飞多，所以眼睛里只是有很多红丝，还没变成邓飞那样的火眼金睛。

《水浒传》中为什么会有如此多的吃人事件？梁山好汉为什么会有那么多人沦为食人魔？

一是北宋时期社会现状的真实反映。古语说“仓廪实而知礼节，衣食足而知荣辱”，虽然北宋的社会文明已有相当高度，但北宋末年皇帝昏庸、奸臣当道，致使贪腐横行、民不聊生，乱世之中老百姓衣不蔽体，食不果腹，出现因饥饿或者仇恨或者人格变态而吃人的现象也就不足为怪。即便北宋以后的各个朝代，每逢大灾或战乱之年，“人相食”“易子而食”，也是难以避免的。

二是对人性复杂的曲折表达。梁山好汉们出身不同，性格各异，有的疾恶如仇，有的侠肝义胆，有的足智多谋，有的英勇善战，他们有着诸多可贵的品质，但他们也有阴暗、残酷的一面，杀人卖肉，无所顾忌；吃人心肝，无所畏惧。在他们眼里，杀人与杀动物没有区别，吃人肉与吃动物的肉也没有不同，从这个角度讲，梁山好汉们的残忍野蛮也是令人恐怖的。总之，施耐庵笔下的梁山好汉，没有一个是高大上的完人，他们有着人性与兽性的交织，英雄基因与魔鬼血液的交融。承认人性的种种复杂，直面人性的种种丑恶，梁山好汉的形象才更加立体，更加血肉丰满。

# 晁盖临终遗言透露出何种玄机

《水浒》第六十回，晁盖不听林冲谏言，中了曾头市埋伏。晁盖众将引军夺路而走，才转得两个弯，撞出一彪军马，当头乱箭射来，不期一箭正中晁盖面门，倒撞下马来，亏得众将拼命保护，又得林冲接应救回。回到梁山后，晁盖已是浑身虚肿，水米不进。且看晁盖临终时的情形：

当日夜至三更，晁盖身体沉重，转头看着宋江嘱咐道："贤弟保重。若那个捉得射死我的，便教他做梁山泊主！"言罢便瞑目而死。

晁盖死了，但他的遗言却是十分蹊跷，透露出种种玄机！

第一，那支毒箭是否史文恭所射，晁盖持怀疑态度。尽管那枝毒箭分明刻着史文恭的名字，但晁盖的遗言根本不提史文恭，只说"若那个捉得射死我的，便教他做梁山泊主"，细思极恐。在那个讲究江湖道义的年代，用毒箭暗中伤人，而且还光明正大地刻上自己的名字，确实不合常理。

第二，晁盖不想把寨主之位传给宋江。如果真是史文恭所射毒箭，史文恭武力超群，而宋江虽也"爱习枪棒"，但要他去活捉史文恭，真是比登天还难，除非史文恭一不小心成了植物人。可以说，梁山众好汉中，最不可能活捉史文恭的就是宋江。

第三，晁盖心目中的接班人只能是林冲。林冲是梁山元老，有足够的资历和人望。林冲武功高强，其时梁山众头领中只有林冲有对抗史文恭的能力。最重要的一点，正是林冲火并了王伦，将晁盖一手推上寨主的宝座。晁盖统领梁山时期，林冲忠心耿耿，深得晁盖信任。

晁盖和宋江关系非同一般。宋江做押司时，晁盖是里正，他们是上下级关系，晁盖被宋江视为"心腹兄弟"。晁盖截了生辰纲，被官府缉拿之时，宋江冒险通风报信，使晁盖等人逃离险境，上了梁山。晁盖对宋江也是知恩图报。坐上寨主之位后，晁盖特意派刘唐表达谢意，并送上黄金百两。宋江杀了阎婆惜被发配江州，晁盖安排梁山人马截住宋江，邀请宋江上山入伙。宋江因题反诗将被处决之时，晁盖亲率梁山大军劫了法场，救了宋江一命。晁盖、宋江二人肝胆相照，可谓生死至交。

宋江上了梁山后，一切都变了。

《水浒》第四十一回：

晁盖便请宋江为山寨之主，坐第一把交椅。宋江那里肯，便道："哥哥差矣！感蒙众位不避刀斧，救拔宋江性命，哥哥原是山寨之主，如何却让不才？若要坚执如此相让，宋江情愿就死。"晁盖道："贤弟如何这般说！当初若不是贤弟担那血海般干系，救得我等七人性命上山，如何有今日之众？你正是山寨之恩主。你不坐，谁坐？"宋江道："仁兄，论年齿兄长也大十岁，宋江若坐了，岂不自羞。"再三推晁盖坐了第一位，宋江坐了第二位，吴学究坐了第三位，公孙胜坐了第四位。

晁盖是个实在人，他出于报答救命之恩，要让出寨主之位，而宋江推辞的理由，只是晁盖年龄比他大了十岁，宋江在潜意识里，并不承认晁盖有领导山寨的能力。如果按年龄排位，林冲要比宋江大几岁，宋江让了么？没有，宋江推晁盖坐了第一位后，就老实不客气地坐了第二位。想当初，林冲推晁盖坐了寨主之位后，又推吴用、公孙胜坐了二、三位，让无可让时才坐了第四位。两相对比，体现出的是林冲的谦虚、低调和宋江"他时若遂凌云志，敢笑黄巢不丈夫"的野心。

接下来宋江说了一句影响深远的话："休分功劳高下，梁山泊一行旧头领去左边主位上坐，新到头领去右边客位上坐，待日后出力多寡，那时另行定夺。"此话表面上波澜不惊，但绵里藏针，一举奠定了以后梁山的权力基础和排位格局。

为何这么说？

如果按照资历，梁山旧头领必然排在新头领之前，权力大都集中在旧头领之手，宋江这么一搞，他自己招揽的 27 人的庞大团队立即压倒了晁盖手下 11 人的梁山元老们。

按“日后出力多寡”论，宋江打出第二张牌，多次亲率梁山大军东征西讨。每有战事，宋江一句“哥哥是一寨之主，岂可轻动”，晁盖只得做了留守寨主，整日无所事事，而宋江的战功越打越大，江湖声望越来越高，嫡系头领越来越多，就连军师吴用也从晁盖的阵营中跑到宋江这边来了。更过分的是，金毛犬段景柱偷来一匹名叫照夜玉狮子的宝马，点名道姓要献给宋江，而不是一把手晁盖，这梁山还是晁盖的梁山么?

就这样，宋江一步步架空了晁盖。晁盖不是傻子，对于宋江的所作所为心知肚明，于是决定主动出击。《水浒》第六十回：

晁盖听罢，心中大怒道：“这畜生怎敢如此无礼！我须亲自走一遭，不捉的此辈誓不回山！”宋江道：“哥哥是山寨之主，不可轻动，小弟愿往。”晁盖道：“不是我要夺你的功劳，你下山多遍了，厮杀劳困，我今替你走一遭，下次有事，却是贤弟去。”宋江苦谏不听，晁盖愤怒，便点起五千人马，请启二十个头领相助下山；其余都和宋公明保守山寨。

与其说晁盖的愤怒是来自曾头市对自己的轻慢污辱，不如说晁盖的愤怒是由宋江长期架空自己引发的。作为一寨之主，本来应该是一言九鼎，但晁盖竟然对宋江说出“不是我要夺你的功劳”这样的无奈之语，可见晁盖对自己的处境十分担忧，他急需战功来保住自己的地位，提升自己的影响力。然而，令晁盖万万想不到的是，一枝毒箭却让自己命丧黄泉。

临终前的晁盖一定百感交集，心情十分凄凉，而守在床前的宋江也是心绪复杂，悲喜交加。两人之间有再多的恩怨情仇，当着众多头领的面，也不便表达，只能彼此心照不宣。宋江“亲手敷贴药饵，灌下汤散”，在别人看来，是一如既往的兄弟情深，对宋江来说，胜负将决，就在今夜，离名正言顺地坐上第一把交椅已经为时不远。晁盖呢，即便在昏迷之中，也是心有不甘，但是已经无能为力。于是他说了充满玄机的一句话：“贤弟保重。若那个捉得射死我的，便教他做梁山泊主！”这是他唯一能做的最后的反击。

权力是一剂毒药，再好的兄弟，都会因它而反目成仇。

当年的瓦岗寨寨主翟让，见李密才干在自己之上，主动让位。后来事业越做越大，瓦岗军首领有做皇帝的可能。翟让部下王儒信劝翟让将权力夺回来，翟让一笑而已，但李密知道后就设下鸿门宴，将翟让杀害。

假如晁盖不死，梁山上的二次火并迟早会爆发，因为晁盖与宋江不仅涉及权力之争，更是两条路线之争。晁盖只讲江湖之义、兄弟之义，对梁山没有长远规划，得过且过，只图一时富贵，但他早已看透官场黑暗，对朝廷不存在任何幻想。而宋江看重“义”，更看重“忠”，这个“忠”是忠于皇帝的“忠”，所以他要招安，以便实现自己的政治抱负，那就是出将入相，青史留名。

晁盖遗言的玄机正在这里，他设置障碍阻止宋江接班，除了宋江架空他的原因外，更重要的是，宋江从根本上与他不是一路人！

# 将扈三娘嫁给王英，宋江是怎么想的

时迁偷吃了祝家庄的一只报晓公鸡，许多人的命运就此改变，改变最大的当是貌美如花、武艺高强的扈三娘，由富家千金一下子沦为了梁山的俘虏。在如何处置扈三娘的问题上，宋江颇有一番思量。

《水浒》第四十八回，林冲活捉扈三娘后，宋江叫来二十个老成的小喽罗和四个头目，嘱咐他们连夜将扈三娘送上梁山泊，交给他爹宋太公收管，最后又强调说："待我回山寨，自有发落。"众人都以为宋江要娶扈三娘为压寨夫人，而宋江当夜的表现也确实匪夷所思，书中说他"其夜在帐中纳闷，一夜不睡，坐而待旦"。

宋江是因为见到美貌的扈三娘而激动得失眠吗?

实际上，此时宋江的心思完全不在扈三娘身上。

其一，这是宋江上梁山后第一次带兵打仗，不但没有占到便宜，反而损兵折将，宋江的郁闷可想而知，哪有心思顾及其他?

当初杨雄、石秀投奔梁山，晁盖嫌他们以梁山泊好汉的名义去偷鸡吃，辱没梁山名声，要将二人斩首，是宋江说服晁盖，让他们加入梁山。随即宋江又以"打得此庄，倒有三五年粮食"为借口，亲自率领人马攻打祝家庄。原本以为拿下祝家庄不费吹灰之力，谁知道竟然被祝家庄捉去了杨林、黄信、王英、秦明、邓飞五员大将，欧鹏也受了伤，宋江焦虑、忧心，以至一夜无眠。

其二，宋江平素"只爱学使枪棒，于女色上不十分要紧"。虽说在王婆的撺掇下，娶了阎婆惜当外室，但也只是初时"与婆惜一处歇卧，向后渐渐来得慢了"，这说明宋江原本不是好色之人。当宋江听说王英将刘高妻抢到自己房间欲行不轨时，宋江道："原来王英兄弟要贪女色，不是好汉的勾当。"后又当着王英的面说"但凡好汉犯了'溜骨髓'三个字的，好生惹人耻笑。”这说明宋江从内心里根本瞧不起好色之徒。而且宋江经过美女阎婆惜的打击，心理上更是产生了对美女的恐惧。

其三，宋江是个深谋远虑、胸有城府之人，向来以仁德宽厚闻名江湖，他初上梁山，无论如何都不会先给自己弄个压寨夫人，自毁名声、自砸招牌的事，宋江是不可能干的。

那么宋江为何要将扈三娘交给他爹宋太公看管呢？将扈三娘交给梁山女头领不是更合适吗？这是因为宋江是要将扈三娘嫁给他的兄弟宋清！

宋江为何有此想法？

其一，古人说，不孝有三，无后为大。宋江本人暂时没有结婚成家的打算，他是有着远大理想和抱负的人，不屑于儿女情长，但他不能不考虑他爹宋太公的想法。在封建社会，传宗接代、沿续香火毕竟是一个家族的头等大事。

其二，宋清本是忠厚老实之人，但因受宋江的牵连，曾经跟着宋江漂泊江湖，东躲西藏，吃了不少苦头，给兄弟找个好媳妇，也算是对他的补偿和安慰。

宋江之所以要将扈三娘送到宋太公那儿，就是想让宋太公看看未来的儿媳妇，征求一下他爹的意见。宋江与押送扈三娘的将士分别时说“待我回山寨，自有发落”，正是此意。

可是人算不如天算，宋江的心腹打手李逵打乱了宋江的计划。

《水浒》第五十回，李逵在三打祝家庄时杀红了眼，不但杀了祝龙、祝彪，还把扈三娘一家全都杀了，只逃了扈三娘的哥哥扈成一个人。宋江听了吃惊非小，将李逵一顿喝骂，李逵道：“你便忘记了，我须不忘记。那厮前日教那个鸟婆娘赶着哥哥要杀，你今却又做人情。你又不曾和他妹子成亲，便又思量阿舅、丈人。”

显然，李逵也和其他梁山将士一样，认为宋江看上了扈三娘，而且李逵对此是持反对意见的，否则他不会将扈三娘一家赶尽杀绝。

宋江喝道：“你这铁牛，休得胡说！我如何肯要这妇人？我自有个处置。你这黑厮拿得活的有几个？”

宋江这句话很有意思，首先他矢口否认看上了扈三娘，然后表示他对扈三娘另有处置，最后却又突然话锋一转，问了李逵一个无足轻重的问题。

宋江否认要与扈三娘成亲，语气坚定，毫不含糊，这确实是他的真实想法，所以说得理直气壮。但当他说出“我自有处置”时，就意识到了问题，如果李逵这浑球追问他怎么处置扈三娘时，他该如何回答呢？所以他急中生智，赶紧转移话题。粗心的李逵果然中招，没有发现宋江的破绽。

其实宋江完全可以告诉李逵，准备把扈三娘嫁给宋清，以化解李逵等一众将士的误解，但宋江为何没那样做呢？因为宋江在一刹那改变了主意。

李逵杀了扈三娘全家，一旦扈三娘知道了，肯定会记住这血海深仇。李逵是宋江的心腹打手，如果扈三娘认定是宋江在幕后指使，这仇也就结到宋江身上了。宋清是宋江的兄弟，恨屋及乌之下，宋清也免不了要背锅。如果把扈三娘嫁给宋清，岂不是将宋清置于高度危险之中？宋清是手无缚鸡之力的书生，真正打起来，10个宋清也根本不是扈三娘的对手。

宋江不好告诉李逵实话，又一时没想好怎么处置扈三娘，所以只得把话题岔开了。但如何安置扈三娘，确实是个很现实的问题，宋江只能另做打算。

宋江可以有多个选择，一是将扈三娘献给梁山老大晁盖，二是将扈三娘嫁给豹子头林冲。

晁盖是个很特别的人，他为了练武，不近女色，“终日只是打熬筋骨”。即便宋江将扈三娘献给他做压寨夫人，晁盖也断然不会接受。

将扈三娘嫁给林冲，有着充分的理由。第一，扈三娘是林冲活捉的，既然晁盖、宋江都不想扈三娘做压寨夫人，按江湖潜规则，林冲也就有权处置自己的战俘。第二，林娘子已经不在人世了，林冲续弦是顺理成章的事。第三，按照传统观点，英雄配美女，门当户对，林冲是当时梁山好汉中的最佳候选人。

以上这些理由，宋江肯定都想到了，但宋江有自己的小九九，那就是要让扈三娘的亲事为自己带来利益的最大化。

将扈三娘嫁给林冲能达到宋江的目的吗？不能！林冲是梁山元老，是他一手将晁盖扶上寨主之位的，晁盖感激林冲，视他为心腹兄弟。再者，林冲为人耿直诚实，轻易不会被人收买。最为重要的一条，宋江早就暗怀招安之心，而林冲是态度坚决的革命派，两人根本不是一条道上的。即便宋江做主，将扈三娘嫁给林冲，也根本换不来林冲对自己的忠心。

宋江很快想到了一个对自己来说十分完美的方案：将扈三娘嫁给矮脚虎王英。水浒第 50 回：

宋江唤王矮虎来说道："我当初在清风山时许下你一头亲事，悬悬挂在心中，不曾完得此愿。今日我父亲有个女儿招你为婿。"宋江自去请出宋太公来，引着一丈青扈三娘到筵前。宋江亲自与他陪话，说道："我这兄弟王英虽有武艺，不及贤妹，是我当初曾许下他一头亲事，一向未曾成得，今日贤妹你认义我父亲了，众头领都是媒人，今朝是个良辰吉日，贤妹与王英结为夫妇。"一丈青见宋江义气深重，推却不得，两口儿只得拜谢了。

宋江为了让扈三娘答应亲事，耍了一个心眼，让宋太公收扈三娘为义女，而自己也就成了扈三娘的义兄，在"媒妁之言，父母之命"的正当理由下，扈三娘不得不嫁给了王英。所谓"一丈青见宋江义气深重，推却不得"，只是作者很随意的一句说辞，恐怕施老爷子自己也不相信。

宋江将扈三娘嫁给王英，可谓一箭双雕。

其一，宋江在清风山时曾许诺王英一门亲事，如今算是兑现了承诺。

古语说，君子一言，驷马难追，宋江此举不但让王英对他死心塌地，还赢得了重情重义的名声，更加誉满江湖。

其二，宋江将扈三娘嫁给王英，在梁山兄弟面前树立了威信，达到了收买人心的效果。

当年刘邦建国之初，刚封了二十多个功臣，其余人等日夜争功不休，竟然封不下去了。刘邦问计张良，张良建议刘邦先封一个平生最恨的人，以安群臣。刘邦想到了雍齿，这个人是自己的老乡，却多次背叛自己。刘邦一咬牙，封雍齿为什邡肃侯，食邑 2500 户。群臣心想，雍齿这种多次叛变革命的家伙都能封侯，我们还愁什么？一个个都安分下来。

“自幼曾攻经史”的宋江一定知道这个故事，他相信众多梁山兄弟一定也读懂了他的想法。

宋江从此掌控了梁山，扈三娘从此暗淡了芳华。

# 梁山108将中的江苏籍好汉

众所周知，《水浒》中108将聚义于山东境内的梁山，而《水浒传》的作者施耐庵是江苏兴化人，所以在梁山108将中就不可能不出现江苏籍的好汉。

江苏历史悠久，物华天宝，境内有长江、淮河两大水系，可谓水网密布，河湖纵横。如此优越的自然条件，也使得江苏历来人文荟萃，人杰地灵，因而《水浒传》中的江苏籍好汉个个都身怀绝技，以灵巧机变著称。

梁山共有江苏籍好汉7人，分别是建康府的拼命三郎石秀、神医安道全、铁笛仙马麟和活闪婆王定六，苏州府的白面郎君郑天寿，沛县的八臂哪吒项充，邳县的飞天大圣李衮。

建康府就是今天的南京，作为六朝古都，自古英雄辈出，一下子出了四位梁山好汉也就毫不奇怪。

石秀，绰号拼命三郎，生在一个屠夫家庭。他最大的特点就是好打抱不平。有诗赞曰："身似山中猛虎，性如火上浇油。心雄胆大有机谋，到处逢人搭救。全仗一条杆棒，只凭两个拳头。掀天声价满皇州，拼命三郎石秀。"

石秀跟随叔父到北方贩卖羊马，叔父途中病亡，他又亏了本钱，回乡不得，便流落在蓟州，靠卖柴度日。

杨雄被人欺负，石秀出手相助，两人十分投缘，结拜为异姓兄弟。石秀在杨雄岳父的肉铺帮忙，无意中发现杨雄之妻潘巧云与和尚裴如海勾搭成奸。石秀设计杀了裴如海，并说服杨雄将潘巧云诱骗到了翠屏山。在逼迫潘巧云供出实情后，两人将潘巧云和使女迎儿杀死，一起投奔梁山。

石秀上梁山后，主要干了两件事：一是在攻打祝家庄时，从钟离老人那里探明了盘陀路的机关，帮助陷入迷宫的宋江突围，并且假装被孙立活捉，到祝家庄做内应，为攻破祝家庄立下大功。二是在卢俊义即将被就地正法时，孤身一人勇劫法场，结果自己也身陷囹圄，显示了超人的胆识和勇气。

石秀位居天罡之列，梁山排名第 33 名。他的勇武，他的细腻，给人留下了深刻印象。可惜这样一个英雄，却在征讨方腊时，在昱岭关被乱箭射死。

安道全是名医，“祖传内科外科，尽皆医得，以此远方驰名”，有诗赞曰：“肘后良方有百篇，金针玉刃得师传。重生扁鹊应难比，万里传名安道全。”

安道全除了医术高明，还有一个特点，就是贪恋美色。他因为和烟花女李巧奴打得火热，不肯去北方为宋江治病，张顺在迫不得已的情况下，将李巧奴杀了，便在墙壁上写下“杀人者安道全也”的血书。安道全在断了后路的情况下，只得上了梁山，三下五除二，就为宋江治好了背疮。

安道全在宋江大军中作用非同小可，能够保证受伤将士得到及时治疗，加上他医术高超，治病救人得心应手。然而在宋江南征攻打杭州时，皇帝因患小疾，竟然将安道全调到太医院做了个金紫医官。安道全一走，宋江大军损失巨大，不少梁山好汉不是因暑热中毒病死，就是因刀剑之伤得不到有效治疗而亡。如杨志、穆弘、张横都是在杭州病死，金枪将徐宁中了毒箭不治身亡。

马麟是个“小番子闲汉”，也就是说他不是中原人。关于“番子”，据有关史料和民间说法，乃是源于北宋与西夏交战时的俘虏。朝廷把这些西夏俘虏集中起来，在汴京、建康等地设立“番子营”，专门驯养战马。马麟的父亲就是在建康养马的番子，并在此结婚成家，生下马麟。马麟作为混血儿，自幼聪明好学，善使大滚刀，能吹双铁笛。有诗为证：“铁笛一声山裂，铜刀两口神惊，马麟形貌更狰狞，厮杀场中超乘。”

马麟先是和欧鹏、蒋敬、陶宗旺一同在黄门山落草，后追随宋江上了梁山，负责监管修造大小战船。

二打祝家庄时，马麟出任先锋，却不是祝龙的对手，急得宋江急呼秦明来替换他，但随后马麟与扈三娘的一场打斗颇为出彩。二人都使双刀，四把刀上下飞舞，恰如“风飘玉屑、雪散琼花”，看得宋江眼花不已，多少挣回了一些面子。

在乌龙岭之战中，马麟被白钦一标枪打落马下，石宝赶上，复了一刀，把马麟剁做两段。马麟生于江南，也在梁山大军征讨江南方腊时死于非命，魂归江南。

王定六因为走跳得快，人都唤他作“活闪婆”。平生只好赴水使棒，多曾投师，不得传授，权在扬子江边卖酒度日。张顺赴建康去请安道全为宋江治病，路上遭到“截江鬼”张旺暗算。王定六父子帮助张顺杀死了张旺，并和安道全一起跟随张顺上了梁山。

王定六上了梁山后，重操旧业，在梁山北边开了北山酒店，专事接待来宾和打听消息。在南征北战中也立下了一些功劳，曾经活捉和杀死过王庆手下两名将领。征讨方腊时，王定六随卢俊义攻打宣州时，被药箭射死。如果他的同乡安道全在军中，或许还能救得他的性命。

郑天寿，苏州人氏，银匠出身，因好习枪棒，流落江湖，曾和王英斗了五六十合，不分胜负，被燕顺劝上清风山做了三寨主。郑天寿生得白净俊俏，人称白面郎君，有诗为证：“衲袄销金油绿，狼腰紧系征裙。山寨红巾好汉，江湖白面郎君。”

郑天寿和燕顺、王英一起曾多次参与营救宋江，可以说是宋江的嫡系，但郑天寿比较低调，有点书生气质，他并不像燕顺、王英两人那样和宋江打得火热，只能说是宋江嫡系中的边缘人。

郑天寿上梁山后，虽没有什么突出表现，但在东征西讨中也算是恪尽职守。在跟随卢俊义攻打宣州时，突遭城楼上飞下的磨扇击中，惨烈阵亡。

项充，徐州沛县人。李衮，徐州邳县人。之所以将他们合并来写，是因为他俩不管在上梁山前还是上梁山后，基本形影不离，是同生共死的兄弟。

沛县和邳县虽是小地方，但都历史悠久，历来是兵家必争之地，楚汉相争、三国逐鹿、宋金交兵都曾在此先后上演。刘邦和他的一帮文臣武将以及后来的刘备、吕布等都在此驻足争锋。作为英雄故里，这里历来尚武好勇，出了梁山好汉项充和李衮并不奇怪。

项充和李衮原为芒砀山寨主。他们和樊瑞扬言要吞并梁山，结果遭到梁山征剿，他们先战胜了史进，后来败给了宋江和公孙胜，便归顺了梁山。

项充善使一面团牌，背插二十四把飞刀，能百步取人，无有不中，人称八臂哪吒。李衮使用的兵器和项充一样，人称飞天大圣。哪吒和孙悟空都是神话传说中的人物，哪吒曾大闹龙宫，孙悟空曾大闹天宫，他们都神通广大，这也预示着项充和李衮都非平常之辈。

项充、李衮和李逵、鲍旭组成“杀敌四人组”，他们一个个都是打仗不要命的主儿，冲锋陷阵，所向无敌。赤膊上阵的杀人狂魔李逵在项充、李衮盾牌的掩护下，经常杀得天昏地暗，却能毫发无损。

在征战辽国时，项充、李衮率领五百盾牌手将 24 部雷车推入辽军中军，攻破了辽军的太乙混天象阵。征讨王庆时，项充和李衮率领五千兵勇，从山后小路杀上纪山，夺取纪山山寨。后在南丰之战中将淮西军杀得“四分五裂，七断八续，雨零星散，乱窜奔逃”。征讨方腊时，项充和李衮随李俊、穆弘到润州做内应，两人合擒守将和潼，后又合杀杭州守将元兴。

项充和李衮作战十分勇猛，在南征北战中立下了汗马功劳，可惜他们没有等到胜利那一天。在睦州之战中，他们一同追击郑彪，由于孤军深入，不识地形，项充被绳索绊翻，瞬间被南军乱刀剁做肉泥。李衮失足跌入溪涧，被南军乱箭射死。

施耐庵是江苏兴化人，曾在山东郓城为官，并长期在江南谋生，他在梁山 108 将中塑造了 7 名江苏籍好汉，其中江南 5 人，江北 2 人，可能并非有意为之，但肯定与他的经历有关。7名江苏籍好汉中，只有位列天罡的石秀在《大宋宣和遗事》和《宋江三十六人赞》中是有原型的，其他6人皆为施老爷子的原创人物。这6人也不可能由他凭空想象出来，必定有其生活原型，也许是他身边的朋友，也许是从耳闻目睹中来。

7名江苏籍好汉中，只有神医安道全得以善终。他由一名开诊所的郎中，一跃而为太医院紫金医官，可谓平步青云，运气好到了极点。而其他6名好汉，一个个都死得很惨，可谓慷慨悲壮，令人十分遗憾和感慨。

# 梁山好汉都是赳赳武夫吗？其实他们中有很多诗人

梁山 108 将，个个身怀绝技，人人舞刀弄枪，单打独斗、冲锋陷阵是他们的强项，即便文弱如宋清、乐和等人，恐怕常人也近身不得。所谓的“108 将”，就是 108 位将领，能称“将”者，必然具备一定武力，这是常识。但梁山 108 位好汉中，除了黑旋风李逵、矮脚虎王英等几个百分之百文盲外，有文化的人其实也不少。军师吴用是私塾先生，圣手书生萧让是秀才出身，神算子蒋敬是落科举人，卢俊义、公孙胜、李应、柴进等人文化水平应该也不低，还有不少人写个书札、记个账、念个信什么的，也不是什么难事。好勇斗狠的武松，杀完人后还留下了“杀人者打虎武松也”的题字。所以说，梁山好汉并不都是赳赳武夫，其中文化人还真不少，甚至还有几位优秀的诗人，你信不信？请容我一一道来。

## 一、诗人林冲

《水浒》第十一回“朱贵水亭施号箭 林冲雪夜上梁山”。林冲怀揣柴大官人的介绍信投奔梁山，在朱贵的酒店内听得无船渡河，林冲又吃了几碗酒，心情郁闷，想起无端受到陷害的遭遇，十分感伤，向酒保讨来笔砚，乘着一时酒兴，在白粉壁上写下八句五言诗：

仗义是林冲，为人最朴忠。
江湖驰闻望，慷慨聚英雄。
身世悲浮梗，功名类转蓬。
他年若得志，威镇泰山东！

愤怒出诗人，林冲正是在极其情绪化之时写下这首诗，几乎一气呵成。作为八十万禁军枪棒教头的林冲，原本家有娇妻，生活安宁，却遭遇奸臣高俅的迫害、朋友陆谦的背叛、差役和亡命之徒的追杀，不得不拔刀自卫，沦落到走投无路的境地。他愤怒，他郁闷，在酒精的刺激下，他借诗歌之火，烧心中块垒。前六句诗是林冲对自己前半生的总结，是对自己坎坷命运的回顾，后两句诗是对前途美好的展望，是对建功立业的渴求。林冲这首五言诗，合辙押韵，悲怆而不失斗志，颇有气势，确实是一首好诗。林冲虽是一员猛将，但他具备着多愁善感的文人气质，如果他从小弃武习文，想来考个秀才、举人应该不在话下。

## 二、诗人宋江

《水浒传》中，宋江是作诗最多的一个。诗歌产量多，质量也相当高。最著名的当然是浔阳楼上所题的一首词《西江月》和一首“反诗”。此外，宋江在梁山好汉们排定座次后，作了一首《满江红》，在拜见李师师时，还作了一首乐府词。先来看宋江在江州浔阳楼所题的《西江月》和“反诗”。

《水浒》第三十九回，宋江在浔阳楼上一个人喝闷酒，想到自己结交无数好汉，年过三十功名未就，落得个刺配江州做了囚犯，不觉“临风触目，感恨伤怀”，便去粉壁墙上题了一首《西江月》：

自幼曾攻经史，长成亦有权谋。

恰如猛虎卧荒丘，潜伏爪牙忍受。

不幸刺文双颊，那堪配在江州。

他年若得报冤仇，血染浔阳江口。

宋江写完，意犹未尽，酒后张狂，又提笔在《西江月》后题了四句诗：

心在山东身在吴，

飘蓬江海谩嗟吁。

他时若遂凌云志，

敢笑黄巢不丈夫。

宋江与林冲一样，在写诗时都是郁郁不得志，都是在借酒浇愁，不同的是宋江是真喝醉了，正所谓酒后吐真言，他在诗词中抒写了自己怀才不遇的愤懑，反映了对丑恶现实的不满，同时也表达出反抗暴政的倾向。若在平常，宋江温文尔雅，十分低调，但醉后的宋江自视甚高，自命不凡，连黄巢都不放在眼里。一首诗，一首词，风格基本上差不多，都很通俗易懂，明白浅显，直抒胸臆，痛快淋漓。痛快是痛快了，却被别有用心的闲官黄文炳抓住了把柄，成了反贼，最后被逼上梁山，这才有了轰轰烈烈的梁山后续故事，可以说，是宋江的醉后反诗，造就了另一个能够统领三军、实现人生抱负的宋江。

再来看《水浒》第七十一回，宋江在梁山排定座次后于重阳节所作的《满江红》：

喜遇重阳，更佳酿今朝新熟。

见碧水丹山，黄芦苦竹。

头上尽教添白发，鬓边不可无黄菊。

愿樽前长叙弟兄情，如金玉。

统豺虎，御边幅。

号令明，军威肃。

中心愿平虏，保民安国。

日月常悬忠烈胆，风尘障却奸邪目。

望天王降诏早招安，心方足。

上半阕用词很讲究，含蓄清丽，用一幅秋熟图衬托兄弟之情，强调“义”。下半阕明快豪放，直奔“招安”主题，强调的是“忠”。可以说，这首词是宋江渴望朝廷招安，为国效劳的宣言，也是对梁山众好汉是否接受招安的试探。乐和唱此词，一曲未罢，就遭到武松、李逵和鲁智深的激烈反对，为招安后的悲剧结局埋下了伏笔。

最后来看《水浒》第七十二回，宋江拜见李师师时作的一首乐府词：

天南地北，问乾坤何处，可容狂客？

借得山东烟水寨，来买凤城春色。

翠袖围香，绛绡笼雪，一笑千金值。

神仙体态，薄幸如何消得！

想芦叶滩头，蓼花汀畔，皓月空凝碧。

六六雁行连八九，只等金鸡消息。

义胆包天，忠肝盖地，四海无人识。

离愁万种，醉乡一夜头白。

宋江拜见李师师，是想通过李师师，转达他向朝廷表白梁山泊愿意归顺的目的，所以这首词并非纯是应景之作。平心而论，这首词谋篇布局很有章法，从自我介绍到对李师师的夸赞，从人生抱负的表达，到离愁别绪的抒发，层次清楚，脉络有序，文笔疏朗，用词得体，虽然有点矫情，但不失为一首好词。

## 三、诗人吴用

梁山好汉中，按理说最像文人的应该是军师吴用，毕竟是私塾先生出身，但《水浒》中吴用留下的仅仅是一首诗，而且是一首赚卢俊义上山入伙的反诗。

《水浒》第六十一回，吴用给卢俊义算卦，说卢百日之内有血光之灾，必身首异处。要避开此难，须去东南千里之外，并在墙壁上留下四句诗：

芦花丛里一扁舟，

俊杰俄从此地游。

义士若能知此理，

反躬逃难可无忧。

这是一首藏头诗，说实话水平一般，故弄玄虚而已，应该不是吴用的真实水平。心神不宁的卢俊义左望右看，左思右想，竟然没有看出门道。看不出门道，也就着了吴用的道儿，“卢俊义反”四个字，给了管家李固一个机会。为抢卢的家产和美妻，李固不惜陷害卢俊义下了大狱，且买通差人董超、薛霸要杀害卢俊义，这才引出梁山好汉攻打大名府，卢俊义最终上梁山的情节。

## 四、诗人卢俊义

还是在第六十一回，卢俊义按照吴用说的须去东南千里之外避难的嘱咐，途经水泊梁山，打开包袱，取出四面白绢旗，用竹竿撑起来，上面有四句诗：

慷慨北京卢俊义，
金装玉匣来深地。
太平车子不空回，
要收此山奇货去。

卢俊义文武双全，棍棒天下无双，说他“上马击狂胡，下马草军书”一点不为过，这首诗没有特别之处，表达的是一种目中无人的骄傲和狂妄，霸气十足。这是卢俊义写诗的真实水平吗？其实不然。这首诗卢俊义早就写好了，就是要在梁山给好汉们看的。估计是他怕好汉们看不懂太深奥的诗句，所以才写得如此浅白，而他的另一首诗就非同一般了。

且看《水浒》第六十二回，卢俊义被判刺配沙门岛，董超、薛霸押解卢俊义上路。正逢晚秋时节，卢俊义“忧闷之中，只听的横笛之声”，于是吟诗一首：

谁家玉笛弄秋清，
撩乱无端恼客情。
自是断肠听不得，
非干吹出断肠声。

这首诗可谓情景交融、声情并茂，读来凄凉悲怆，堪比传统文人墨客的悲秋之语，而且是卢俊义随口吟出，可见他的文化素养确实非比寻常。

## 五、诗人鲁智深

鲁智深也是诗人？肯定有人深表怀疑，这个怀疑是有道理的。且看《水浒》第三回，鲁达深打死镇关西后，不得不逃亡。走到代州雁门县的十字路口，见到众人围观捉拿自己的榜文，“鲁达却不识字”，幸亏金老喊了一声“张大哥”，将他拽走，才脱离险境。显然此时的鲁达还是一个标准的文盲。

但到《水浒》第四回，鲁智深到五台山下的“市井”，听得响声，间壁一家门上，写着“父子客店”。《水浒》第六回，鲁智深离了桃花山，在一座大松林里，见到一所败落寺院，山门上有一面旧朱红牌额，内有四个金字，写着“瓦罐之寺”。书中的这两处交代，说明此时的鲁智深已经认得一些字了，与先前智真长老向赵员外说要“慢慢地教他念经诵咒，办道参禅”之语相呼应，智真长老应该是教他认字了。那鲁智深的学习态度怎么样呢？鲁智深初上五台山，智真长老曾对众僧说道：“此人上应天星，心地刚直。虽然时下凶顽，命中驳杂，久后却得清净，正果非凡，汝等皆不及他。”这说明鲁智深天资聪明，学习效果应该不错。

《水浒》第九十回，鲁智深与宋江等人一同上五台山参见智真长老，智真长老写了四句偈语给鲁智深，“鲁智深拜受偈语，读了数遍，藏于身边”。这里表明鲁智深的阅读水平已经很高了。及至《水浒》第九十九回，鲁智深听见潮信之响后，忽然参透智真长老的偈语，沐浴更衣后，讨纸笔写下一篇颂子：

> 平生不修善果，只爱杀人放火。
>
> 忽地顿开金绳，这里扯断玉锁。
>
> 咦！钱塘江上潮信来，今日方知我是我。

人生的最后时刻，鲁智深不但识文认字，而且会进行有思想的写作了。这篇颂子，是他对自己一生的总结和写照，基本上可以作为一首六言诗来读。虽然直白，但意味深远，颇有人生感悟。从一介文盲，到成为绝笔诗人，鲁智深难道不是智慧很深吗？不得不说，施大爷给他起名字时是用心的。

## 六、诗人燕青

《水浒》第一一九回，浪子燕青劝主人卢俊义“私去隐迹埋名，寻个僻净去处，以终天年”，卢俊义却要等朝廷封赏，图个封妻荫子。燕青临行前留给宋江一封信，内有四句诗：

雁序分飞自可惊，
纳还官诰不求荣。
身边自有君王赦，
脱却风尘过此生。

燕青虽然位居天罡星末位，但武力超群，机巧灵活，既是小鲜肉，又是文艺青年，吹拉弹唱，无一不精，连李师师也为之芳心大动。燕青告别宋江的这首诗，还是有一定水准的。首句运用比兴手法，是说梁山好汉虽然立下大功，但他还是有惊弓之鸟的感觉，表明他已知“进退存亡之机”，该到“纳还官诰”、退隐江湖的时候了。身边虽然有皇帝赐予的赦书，还是要寻个清静之所过此余生。

燕青从积极为宋江接受朝廷招安穿针引线，到功成名就后选择世外隐居，其间一定有过激烈的内心挣扎。从宋江等人的悲惨结局，不得不说，燕青的选择是明智的。

梁山好汉以武功闻名，其实很多人的文化水平还是很高的，作诗填词，虽然不是他们的强项，但亦有可歌可赞之处。他们的诗作，或张扬，或悲怆，或明快，或豪放，或曲径通幽，或直抒胸臆，都给我们留下了深刻印象。

# 梁山师徒

梁山一百零八将，有师徒关系的差不多有八对。既有“青出于蓝而胜于蓝”的徒弟，也有武艺不精却好为人师的师父。

## 一、宋江与孔明、孔亮

宋江虽然“更兼爱习枪棒，学得武艺多般”，但宋老大那三脚猫功夫估计谁也瞧不上。二打祝家庄时，宋江曾被扈三娘追着打，吓得拍马狂奔，幸亏李逵带着七八十个小喽罗赶来救驾。

晁盖临终时遗言，若哪个捉得射死我的，便教他做梁山泊主！射死他的是武艺高超的史文恭，这是摆明了不想让宋江接班。宋江的武力估计只能与手无缚鸡之力的圣手书生萧让和神医安道全有一拼，要他去捉史文恭，那纯属鸡蛋撞石头。

宋江武艺低微，可他偏偏还收了徒弟，而且不是一个，是孔明、孔亮兄弟两个。这可不是开玩笑，而是宋江亲口跟武松说的：“因他两个好习枪棒，却是我点拨他些个，以此叫我做师父。”我猜想，武松听完一定忍了又忍，才没笑出声来。因为武松与人高马大的孔亮打过一架，知道孔亮的底细。

当时孔亮被武松就手一扯，扯入怀来，又一拨，拨开了，就如对付小孩子一般。只一个回合孔亮就被打倒在地，吃了武松二三十拳头。

同是一个师父，孔亮他哥孔明还算有一套。

《水浒》第五十七回，孔明在青州城外遭遇从桃花山回头的呼延灼，孔明挺枪出马，竟然与呼延灼斗了二十余合后才被捉了。呼延灼可是《水浒传》中的一流高手，能跟林冲、鲁智深斗五十回合不分胜负。

孔明能有这么高的武艺，确实令人吃惊，但肯定不是宋江这个师父教得好。

俗话说，师父领进门，修行在个人。孔明天资聪颖、善于琢磨，再加上勤学苦练，熟能生巧，最重要的是，孔明作为白虎山的大掌柜，经常要打家劫舍、对阵官军，在生死搏杀中提升了实战能力，也算是练出来了。

孔明、孔亮虽然跟宋江没学到什么真本事，但“大树底下好乘凉”，跟着宋江吃香的、喝辣的，倒是沾了不少光。

所以严格来讲，孔明、孔亮拜了宋江为师，并不吃亏。

## 二、卢俊义与燕青

卢俊义与燕青，是仅有的一对进入天罡序列的师徒，正所谓名师出高徒。

卢俊义武艺高强，枪、棒、拳被誉为“河北三绝”，棍棒更是天下无双，是梁山好汉中当之无愧的第一高手。

燕青从小由卢俊义收养，并从主人那学得了他一身好武艺。

燕青身材瘦小，卢俊义教给他的并非力量型的枪棒之术，而是两个特别机巧灵活的技艺，一个是相扑，一个是弩箭。

《水浒传》里有个相扑高手任原，身高一丈，自号“擎天柱”，口出大言：“相扑世间无对手，争交天下我为魁。”燕青要去与他比试。宋江很不放心，毕竟燕青身高只有6尺，要战胜身高一丈的巨无霸，谈何容易？放到现在，差不多就是潘长江跟姚明打架，能打得赢吗？

还真赢了！

原著写道：燕青却抢将入去，用右手扭住任原，探左手插入任原交裆，用肩胛顶住他胸脯，把任原直托将起来，头重脚轻，借力便旋四五旋，旋到献台边，叫一声：“下去！”把任原头在下脚在上，直撺下献台来。

《水浒传》里还有个相扑高手，那便是高俅。高俅在梁山的酒宴上，自夸相扑天下无对，谁知被燕青一个“守命扑”，就把高俅攧翻在地。

就算虎背熊腰的李逵，也曾被燕青抱住腰胯，直接颠个脚朝天。李逵也十分服气，从此看见燕青就叫“小乙哥”。

至于燕青的弩箭，可以说直追花荣，只不过射程没有那么远而已。

卢俊义在刺配途中遭到公差暗算，危急关头，燕青用弩箭射死薛霸和董超，救了卢俊义一命。攻打东昌府，燕青用弩箭射中张清战马，救下郝思文。后又用弩箭射中丁得孙的马脚，使丁得孙被吕方、郭盛活捉。

江南战役结束后，燕青曾劝卢俊义急流勇退、归隐山林。卢俊义不听，结果枉送了性命。

在情商方面，卢俊义这个师父比徒弟燕青差了十万八千里。

## 三、公孙胜与樊瑞

这对师徒有点特殊。其一，这对师徒传授或学习的并不是武艺，而是神乎其神的法术。其二，他们是在上梁山后才形成的师徒关系，而且公孙胜是应宋江之请，才收樊瑞为徒，主要是让公孙胜传授“五雷天心正法”。

公孙胜曾先后打败过使用妖术的高廉、贺重宝、乔道清等人，他依靠的法宝就是“五雷天心正法”。

所谓的“五雷天心正法”，又叫“五雷天罡正法”，是古代道士们驱妖伏魔的一种法术。据说修炼成精的妖怪都害怕雷电，而“五雷天罡正法”可以号令风雨雷电和天兵神将，帮助破除妖术、斩恶除魔，还能呼风唤雨，腾云驾雾。

公孙胜的“五雷天罡正法”是罗真人所授，罗真人曾对他说过：“你往日学的法术，却与高廉的一般。吾今传授与汝五雷天罡正法，依此而行，可救宋江，保国安民，替天行道。”看来“五雷天罡正法”确实是道教界的最高法术。

公孙胜有没有按照宋江的指示给樊瑞传授“五雷天罡正法”？还真没有。

宋江征讨田虎时，樊瑞和乔道清比试法术，樊瑞根本不是乔道清的对手。征讨方腊时，樊瑞和包道乙比试法术，尽管赢了，但也不是用的“五雷天罡正法”。

公孙胜与樊瑞虽有师徒之名，却无师徒之实，因为樊瑞并没有从公孙胜那儿学到什么有用的法术。

江南平定后，樊瑞和朱武一同做了全真先生，仍去投公孙胜为师，看来是非要把“五雷天罡正法”学到手不可。

公孙胜与樊瑞是梁山好汉中唯一得以善终的师徒。

## 四、林冲与曹正

林冲的武艺自不必说，单挑从无败绩，八十万禁军教头和梁山五虎将的名号可不是吹的。

林冲和曹正都是开封人氏，所以他们成为师徒并不奇怪。只是后来曹正到山东做生意，折了本钱，才入赘当地农家，导致师徒间聚少离多。

曹正的武艺应该不低，他拿着杆棒和杨志斗了二三十回合，虽然处于下风，但还能“托地跳出圈子外”，确实不易。毕竟曹正以杀猪和开酒店为生，他并不靠武艺吃饭，曹正能有这样的水平，并没有辱没师门。

曹正在梁山排名 81 位，明显偏后。

我们可以比较一下曹正和孔明的武艺。孔明大战呼延灼，二三十回合后被呼延灼生擒，曹正与杨志交战二三十回合后还能自如地跳出圈外。呼延灼曾和杨志大战四十余合，不分胜败。由此可见，曹正的武艺应该强于孔明，孔明排名 62 位，就连糙哥孔亮都排在 63 位，曹正竟然落后他们近 20 位。功夫不功夫，不如有个好师父。

曹正的智谋在梁山一帮粗鲁大汉中也是出类拔萃的。他的一个计策直接帮助鲁智深、杨志拿下了二龙山。

曹正上梁山后，宋江分配他担任肉联厂厂长，负责屠宰牲口，真是埋没了他的武艺和智商。

林冲一直是宋江打压的对象，曹正也就好不到哪里去。

## 五、秦明和黄信

宋江给秦明挖了个大坑，秦明迫不得已上了梁山。宋江将花荣妹妹嫁给了秦明，秦明就把一家大小被杀的惨案忘了个一干二净，还顺带把徒弟黄信也忽悠上了梁山。

黄信绰号“镇三山”，确实有点自吹自擂。二龙山的鲁智深、武松、杨志，哪一个都能把黄信痛扁一顿，清风山的燕顺、王英和郑天寿曾合力打败黄信，估计黄信也就能与桃花山的李忠和周通有得一拼。

当然黄信在地煞星中还是有两把刷子的，在南征北战中也立下不少功劳。

后师父秦明战死，徒弟黄信却凯旋。

## 六、李忠与史进

李忠是史进的开手师父。所谓开手师父，实际上就是第一个教史进学习武艺的师父，人们习惯上称为“启蒙老师”。

李忠武艺一般，他能与呼延灼交战十余合，还能顺利逃脱，也不是一无是处。不过他教史进武艺，肯定有误人子弟之嫌。史进要不是遇到了八十万禁军教头王进，还会一直继续着他的花拳绣腿而不自知。

李忠与史进重逢时的一段对话颇有意思，《水浒传》第三回：

史进看了，却认的他，原来是教史进开手的师父，叫作打虎将李忠。史进就人丛中叫道：“师父，多时不见。”李忠道：“贤弟，如何到这里？”

史进称呼李忠为“师父”，而李忠却称呼史进为“贤弟”，这也可以看出，李忠比较低调，不愿以史进师父的身份自居。

史进后来在王进的传授下，仅用半年时间，就将十八般武艺重新学得十分精熟，一方面是王进教导有方，一方面也说明史进在武艺上是有天赋的。

李忠和史进在昱岭关之战中，与石秀、陈达、杨春、薛永一同中了守将庞万春、雷炯、计稷的埋伏，被乱箭射死。

师徒两人做到了不求同日生，但求同日死，让许多结拜兄弟汗颜。

## 七、薛永与侯健

与李忠一样，薛永也是个江湖卖艺的，祖父曾是老种经略相公帐前军官。从他一跤就将揭阳镇恶霸穆春撂倒来看，还是有实战功夫的。搞笑的是，梁山排名时，穆春排在第 80 位，而薛永竟然排在 84 位。

更加不可理解的是，薛永的徒弟侯健竟然排名 71 位，把师父甩了一大截。

侯健是个裁缝，属于专业技术人员，也许这是他排名偏高的唯一理由。

侯健和孔亮一样同属菜鸟级别，还都死得窝囊，竟然都是被淹死的。早知如此，还学什么武艺？学会游泳该多好。

## 八、李云与朱富

李云在县衙担任都头，他曾挺朴刀与李逵打斗了五七回合，不分胜败，而且他是在吃了蒙汗药刚醒来不久，追了一段路后和李逵打斗的，武艺相当不错。但他梁山排名竟然是 97 位，只是负责监造、修缮房舍，荒废了一身好武艺。

朱富是个开酒店的，他跟李云学习武艺估计不是为了健身，而是为了对付收保护费和吃霸王餐的地痞流氓。

朱富为了帮助哥哥朱贵救出被官府抓捕的李逵，也是豁出去了，舍家弃业也在所不惜。

他设计用蒙汗药麻翻师父李云也是迫不得已，但又不忍心师父受到牵连，就劝李云一起投了梁山。朱富这事做得圆满，算得上有情有义。

# 梁山说龙，谁有真龙天子之命

在古代传说中，龙是一种有鳞有须且能兴风作浪的神异动物。关于龙的长相，古人常用“九似”来形容：角似鹿、头似牛、眼似虾、嘴似驴、腹似蛇、鳞似鱼、足似凤、须似人、耳似象。在封建社会，人们认为皇帝是天上的真龙下凡，所以皇帝又被称为“真龙天子”。皇宫所用器物及皇帝所穿衣物都以龙的图案为装饰，不许他人染指。

方腊原是歙州的樵夫，有一天去溪边净手，“水中照见自己头戴平天冠，身穿衮龙袍”，便对吃瓜群众宣称自己是真龙天子，于是借机造反。显然，方腊是在说瞎话、编故事，但吃瓜群众为何轻易相信呢？因为平天冠、衮龙袍都是皇帝穿戴的东西，因而他们相信方腊有天子之相。

方腊被宋江打败后，阮小七杀入方腊的内苑深宫，搜出平天冠、衮龙袍、碧玉带、白玉圭、无忧履后，心里想道：“这是方腊穿的，我便着一着，也不打紧。”便一一穿戴在身上。阮小七本来只是想过把皇帝瘾，开个玩笑，却不料被童贯手下大将王禀、赵谭看到，发生争执，差点打起来。就因为这事，后来阮小七被追夺了盖天军都统制的官诰，又成了平头百姓。可见皇帝的衣物是不能乱穿的，搞不好就有造反嫌疑。

梁山好汉中有几条龙？单从字面上看，绰号中有“龙”的一共有五位：入云龙公孙胜、九纹龙史进、混江龙李俊、出林龙邹渊、独角龙邹润。其中公孙胜、史进、李俊位列天罡星，邹渊、邹润叔侄位列地煞星。

仔细推敲一下，梁山好汉中与龙有关系的其实还有好几位。

比如童威、童猛兄弟，一个唤做“出洞蛟”，一个唤做“翻江蜃”。传说“蛟”是龙的前身，栖息在深水里。“蛟”修炼一千年，就会沿江入海，化而为龙。“蜃”长得很像“蛟”，一说是“蛟”的一种，生活在海边。它有一种特殊本领，吐出的气会幻化成各种各样的楼台亭阁，这就是人们常说的“海市蜃楼”。不管怎么说,“蛟”和“蜃”都等同于龙的幼年，它们都要长时间修炼，才能进化为龙。童威、童猛从一出场就是李俊的小弟，并且始终和李俊形影不离，对李俊言听计从，什么原因呢？因为李俊绰号“混江龙”，是大龙，他们兄弟虽然威猛，但只是童年的龙，是小龙。施大爷安排他们姓童，是很有道理的。

再比如邓飞和郝思文，一个唤做“火眼狻猊”，一个唤做“井木犴”。俗话说“龙生九子，各有不同”。其中第五子叫“狻猊”，第七子叫“狴犴”。“狻猊”长得像狮子，喜静不喜动。“狴犴”长得像老虎，相貌威严。邓飞和郝思文梁山排名分别为第49位和41位，位居中等偏上，说明还是有两把刷子的。但在施耐庵看来，不管是邓飞还是郝思文，他们都不能算作真正意义上的“龙”。在第八十二回“梁山泊分金大买市 宋公明全伙受招安”中，有宋江率梁山好汉入城朝觐宋徽宗的一段描写：

帝阙前万灵咸集：有圣、有仙、有哪吒、有金刚、有阎罗、有判官、有门神、有太岁，乃至夜叉鬼魔，共仰道君皇帝。凤楼下百兽来朝：为彪、为豹、为麒麟、为狻猊、为犴律、为金翅、为雕鹏、为龟猿，以及犬鼠蛇蝎，皆知宋主人王。五龙夹日，是为入云龙、混江龙、出林龙、九纹龙、独角龙，如出洞蛟、翻江蜃，自逐队朝天。众虎离山，是为插翅虎、跳涧虎、锦毛虎、花项虎、青眼虎、笑面虎、矮脚虎、中箭虎，若病大虫、母大虫，亦随班行礼。

这里，施耐庵并未把“狻猊”、“犴律”与“五龙”排在一起，但“出洞蛟”、“翻江蜃”却和“五龙”一起“逐队朝天”。很显然，施耐庵把“出洞蛟”和“翻江蜃”算作龙类，把“狻猊”和“犴律”只算作普通兽类。如此一来，梁山上应该有七条龙：入云龙公孙胜、九纹龙史进、混江龙李俊、出林龙邹渊、独角龙邹润、出洞蛟童威和翻江蜃童猛。

入云龙公孙胜是梁山元老，排名第4。他自小精通武艺，又拜罗真人为师，学得一身法术，通阴阳、懂五行，能呼风唤雨。每当梁山好汉有难或战事受阻，只要他出面，便能大获全胜。

石碣村一战，公孙胜祭起狂风，火烧官军战船，小试牛刀。攻打芒砀山，公孙胜摆下八阵图，降服混世魔王樊瑞，初露锋芒。他更厉害的手段是罗真人传授给他的五雷天罡正法，斗败高廉妖术易如反掌。最为精彩的是在征讨田虎时，公孙胜在五龙山与乔道清的斗法。双方运用法术，使五条龙在空中缠斗。公孙胜变出大鹏鸟，“把那五条龙扑打得鳞散甲飘”，最终收服乔道清。

我读智取生辰纲一节时是有点疑问的，公孙胜既然法术高超，凭他一人之力就完全可能夺下生辰纲，为什么要找晁盖、吴用等七人合谋？难道公孙胜那时尚未学得真本事？但公孙胜初遇晁盖，就自我介绍说：“为因学得一家道术，亦能呼风唤雨，驾雾腾云。江湖上都称贫道作入云龙。”所以这不是理由。

其实这与公孙胜的禀性有关，他既有正义感，又淡泊名利。公孙胜看不惯贪官污吏搜刮民脂民膏，他夺取生辰纲的目的并不是要占为己有，而是要分给贫苦百姓。他知道，身在乱世，凭一己之力很难给百姓带来实惠，必须组织武装力量才能“替天行道”。他的“替天行道”理念是与宋江一致的，只反贪官，不反皇帝。公孙胜是道教徒，道教是出世的，正应了他的“天闲星”之名号。而所谓“入云”，也就是不关心世事，只想自在逍遥、隐逸成仙。再说宋徽宗虽然昏庸，但他信奉道教，人称“道君皇帝”，与公孙胜乃是同道，所以公孙胜虽是“龙”，但他是一条出世之龙，不会有野心。即便他心生异志，他的师傅罗真人也肯定反对。对公孙胜来说，罗真人的话是“一句顶一万句”。有人说，公孙胜两度离开梁山队伍，是因为他看破了宋江会接受招安，不会有好下场。我倒认为，公孙胜恰恰是看到宋江上了梁山，预知到梁山会走上招安之路，不会与皇帝为敌，才会放心地离去。

史进是梁山好汉中最先出场的一个，他敢于在身上文上属于皇帝专用的龙的图案，说明他少不更事。而他的星号叫“天微星”，实在太托大。古人认为整个宇宙中的星辰都围绕着北极星旋转，而紫微星是北极五星中的帝星，是众星之王。如此看来，号称“天微星”的九纹龙史进实该有帝王之相，但俗话说“满招损”，又说“物极必反”，在施耐庵笔下，史进虽然侠肝义胆，但说到底只是一个有勇无谋、任性使气的少庄主。

下面的这个情节就很能说明问题。史进带领朱武、陈达、杨春初上梁山，立功心切，自告奋勇去攻打芒砀山的樊瑞、项充和李衮。樊瑞绰号“混世魔王”，项充绰号“八臂哪吒”，李衮绰号“飞天大圣”，这三人的绰号很有深意。历史上的程咬金就号称“混世魔王”，哪吒曾大闹龙宫，齐天大圣孙悟空远在唐朝就有大闹天宫的传说（明朝时吴承恩加以整理，成为《西游记》的主要人物），这三人都是造过反的。史进尽管是“龙”，但连“混世魔王”等“造反派”都打不过，所以他不是一条真龙。如果他能像他的手下小弟朱武一样看淡名利，跟随公孙胜深山修道，或许还能全身而退。很可惜史进尽管曾反对宋江招安，但因为缺乏主见，一直跟随梁山大部队东征西讨，在攻打方腊时与小弟陈达、杨春和石秀等人一起被庞万春射死了。史进作为第一个出场的好汉，善始而未善终，其实是整个梁山故事的一个缩影。

邹渊、邹润是叔侄俩，他们年岁一般大，在登云山落草为寇，聚众打劫。孙新为要营救解珍、解宝，请他俩帮忙，他们一口答应，非常讲朋友义气。加入梁山后，排名分别是第九十位和九十一位，基本上属于打酱油的角色。

邹渊绰号“出林龙”，邹润绰号“独角龙”。这叔侄俩虽号为“龙”，但并不是中国传统意义上的“龙”，而都是恐龙的一种。“林龙”，又名森林龙或丛林龙，是典型的装甲恐龙。顾名思义，它的活动范围是在森林或丛林中，一旦出了林子，它也就失去了威风。邹渊星号“地短星”，喻其寿命不长，在攻打方腊老家青溪县战役中竟然被乱马踩踏而死。我其实很想说，你好歹是一条“龙”啊，怎能被马踩死呢？

“独角龙”是头上长有一只角的恐龙，体壮身长，正应了邹润的“身材长大”之形。邹润之“角”实是脑后生出的一个肉瘤，换句话说，邹润是个皮肤病患者，走在大街上，属于回头率很高的那种。放在一般人身上，身患恶疾，想死的心都会有。但邹润内心很强大，硬是把一个脑后肿瘤做成了自己独一无二的著名品牌。这其实还都不算什么，难能可贵的是邹润能够认清大势，看淡名利，在征讨方腊结束后，毅然辞官不做，回老家登云山养老去了。就他这心态，他那脑后肿瘤不治而愈都是有可能的。

施耐庵生活的时代，人们知道远古的地球上曾生活过一大群恐龙吗？答案也许是否定的，施老爷子可能还真就把邹渊、邹润叔侄当成传统意义上的“龙”来写了，但显然并未把他们当作“真龙”。所以邹渊是“地短星”，注定寿命有限。而邹润是“独角龙”（龙有两角），是身有残疾的龙，当然也没有真龙天子的命。

那梁山上谁有真龙天子之命呢？他就是混江龙李俊。

《水浒》第一一九回，宋江征讨方腊取胜返京，率军行至苏州城外，李俊诈称中风，请求宋江把童威、童猛二人留下照顾自己。等宋江一走，即刻去寻了老朋友费保等人，“尽将家私打造船只，从太仓港乘驾出海，自投化外国去了，后来为暹罗国之主”。也就是说，李俊已预感到回京后不会有好果子吃，于是到海外寻求发展，最终做了暹罗国王，成为了“真龙天子”。

童威跟随李俊“做了化外官职”。施耐庵虽在书中没有交代童猛的结局，但想来也和童威、费保等人一样，都做了李俊的开国功臣。童威星号“地进星”，童猛星号“地退星”，这兄弟二人知道进退得失，而且跟对了人，结局可谓完美。

在施耐庵笔下，“混江龙”李俊从一开始就具备“真龙”的潜质。

首先，李俊具有非凡的统军治军和组织能力。在揭阳镇三霸中，李俊声名远扬，在江湖上很有威望，曾经三救宋江。上梁山后，李俊成为梁山水军大头领，率领水军多次打败童贯、高俅大军的围剿。征讨田虎时，李俊率水军乘飞江、天浮，夺取四处城门。征讨王庆时，李俊率水军大战瞿塘峡，攻下云安州，并在胡俊的协助下，招降东川、安德，使得“农不离其田业，贾不离其肆宅”。征讨方腊时，李俊率水军收复江阴、太仓，在攻打苏州、杭州时也立下赫赫战功。如此种种，说明李俊是一个能够独当一面的领袖人物。

其次，李俊本人智勇双全。卢俊义攻打太原时，李俊进献水攻之计，掘开智伯渠，水灌太原，大获全胜，这智谋堪与吴用相提并论。李俊的“勇”更是出类拔萃：三败高俅时李俊擒杀金陵水军统制官刘梦龙。后又和童家兄弟扮作渔人，生擒伪“真龙天子”王庆。这二“龙”被“混江龙”生擒，一点也不冤枉。李俊水上功夫了得，但陆战成绩单也很优秀，他曾一枪刺死方腊手下飞水大将军昌盛，与石秀合擒杭州守将吴值。

再次，李俊善能韬光养晦，行事缜密，顾及兄弟情分。宋江剿灭田虎、王庆后，朝廷禁约宋江大军，不许进东京城。李俊和张横、张顺、阮氏三兄弟曾请军师吴用商议，表示要劫掠东京，复回梁山泊落草。吴用不敢做主，此事也就作罢。李俊尽管起了反心，但后来仍能在宋江麾下屡立战功，说明他很看重兄弟之情。即便征讨方腊后诈病，离开了宋江，他也没有违背宋江招安的宗旨。因为他混江入海，化外成“龙”，并未在中华起兵作乱。既不违背梁山誓言，又做了“真龙天子”，李俊可谓是梁山结局最好的人。

# 林冲、王伦梁山大火并，谁之过

林冲初上梁山，“白衣秀士”王伦就打起了小九九，他自知“没十分本事”，手下两个傻大个“摸着天”杜迁和“云里金刚”宋万中看不中用，生怕林冲“占强”，要赶林冲下山。

王伦也是读书人，不便直说，于是在宴席将终之际，叫小喽罗托出一个盘子，上面有“五十两白银和两匹丝”。王伦起身说道：“柴大官人举荐将教头来敝寨入伙，争奈小寨粮食缺少，屋宇不整，人力寡薄，恐日后误了足下，亦不好看。略有些薄礼，望乞笑留。寻个大寨安身歇马，切勿见怪。”

很显然，王伦所找的借口十分好笑，彼时的梁山“聚集着七八百小喽罗”，是个很有实力的大寨子，哪里就差了林冲一个？王伦话一说出，连朱贵、杜迁和宋万都看不下去了，纷纷为林冲求情。王伦却是个固执己见的人，又让林冲三日内纳一“投名状”，方可入伙。这要是遇到鲁智深，恐怕早就一禅杖把王伦打翻，直接去抢了第一把交椅了。但林冲是谨小慎微之人，虽然长得“豹头环眼，燕颔虎须，八尺长短身材”，貌似张飞一般，却天性温和、宽厚、隐忍，有着典型的多愁善感的文人气质。尽管林冲内心郁闷，但人在屋檐下，不得不低头，也只得答应下来。

林冲等到第三日，恰逢杨志路过，两人恶斗五十回合后被王伦叫停。此时的王伦蓦然间脑洞大开，貌似变得心胸豁达，不但邀请杨志上山喝酒，还力劝杨志入伙，根本不说什么“粮食缺少，屋宇不整”，也不要什么“投名状”，反而以“大秤分金银，大碗吃酒肉”来试图诱惑杨志。每看到这里，我总想提醒一下王伦，你说这些话，考虑过身旁林冲的感受么？

王伦如此热切地要拉杨志上山，当然不是为了梁山大业，只是为了日后能帮助自己抗衡林冲。

这里有两个细节值得一提。

其一，林冲与杨志相斗五十回合后，“正斗到分际”，也就是说即将分出胜负之时，被王伦叫停了。很明显，王伦是眼看杨志将被林冲打败，才来拉架的。依着王伦的小肚鸡肠，如果是林冲不敌杨志的话，王伦是乐观其成的。也正是他拉了偏架，使林冲没了“投名状”，后来王伦也不好意思再赶林冲下山了。

其二，王伦等人带领林冲、杨志来到聚义厅后，王伦是如何安排座次的呢？“左边一带四把交椅，却是王伦、杜迁、宋万、朱贵；右边一带两把交椅，上首杨志，下首林冲”。这是明显的拉拢杨志、打压林冲，坐在下首的林冲感受可想而知。

王伦为何这么做？应该有两个原因。一是杨志出身高贵，是“三代将门之后，五侯杨令公之孙”，曾应过武举，做过殿司制使官，远比八十万禁军教头的林冲根正苗红。若杨志留在梁山，便能给梁山增加江湖人望和炫耀的资本。这说明王伦尽管已沦为草寇，却有着血统崇拜和官场思维。二是杨志此时虽然失意，但已被朝廷赦免了罪行，而林冲得罪的是当朝太尉高俅，且被官府通缉，毫无远见的王伦也怕惹火上身。

王伦收留了林冲，让林冲坐上了第四把交椅，但王伦对于林冲，是有着两手准备的：既用他，但更要提防着他。用他，是看中林冲一身好武艺，官府来征讨时，让林冲冲锋陷阵，替山寨卖命。防着他，是防备林冲做大了势力，威胁到自己的地位。因此王伦在山寨管理的问题上，不会让林冲参与进来，也不会让林冲掌控实权。

按常理，林冲上了梁山，还是名义上的第四把手，早该把家眷接到梁山安顿下来，但是林冲在王伦当政期间一直没有这样做，这是为何？书中后来有个交代：

因此林冲见晁盖做事宽宏，疏财仗义，安顿各家老小在山，蓦然思念妻子在京师存亡未保，遂将心腹备细诉与晁盖道：“小人自从上山之后，欲要搬取妻子上山来，因见王伦心术不定，难以过活，一向蹉跎过了。流落东京，不知死活。”晁盖道：“贤弟既有宝眷在京，如何不去取来完聚？你快写书，便教人下山去，星夜取上山来，多少是好。”林冲当下写了一封书，叫两个自身边心腹小喽罗下山去了。

林冲为人低调，本是没有野心之人，但处处受到王伦压制和防备，就像是林黛玉进了贾府，不可多说一句话，不可多走一步路，想来也是相当压抑。也正是这个原因，才让林冲不得不小心翼翼，难以下决心接家眷上山，最后导致林妻“被高太尉威逼亲事，自缢身死”。

当晁盖、吴用等人投奔梁山时，王伦故伎重演，拿出五锭大银，又以“粮少房稀”为借口，要打发他们下山。王伦的这个不仁之举，一下子点燃了林冲心中积存已久的怒火。林冲先是“把桌子只一脚，踢在一边；抢起身来，衣襟底下掣出一把明晃晃刀来，搭的火杂杂”，后又拿住王伦，骂了一顿，“去心窝里只一刀，肐察地搠倒在亭上”，可怜梁山草创之主王伦瞬间死于非命。

林冲、王伦梁山大火并，究竟谁之过？

王伦作为梁山首任寨主，心胸狭窄，嫉贤妒能，将梁山视为私有，无容人之雅量。有好汉来投奔梁山，本是壮大梁山实力的好机会，他却患得患失，生怕威胁到自己的位置，即便林冲有梁山恩人柴进的推荐信函，他也毫不考虑。他这是坏了江湖规矩，成了忘恩负义之徒。俗话说“多行不义必自毙”，又说“自作孽不可活”，用在王伦身上恰如其分。假如林冲初上梁山，王伦纳头便拜：“林教头之名，如雷贯耳，小可王伦愿奉教头为山寨之主。”林冲不但不会坐寨主之位，反而会对王伦感激涕零，即便肝脑涂地，也要报答大恩。凭他们两人的文韬武略，哪有后来晁盖、宋江的事儿呢？

王伦之死，林冲就没有责任吗？虽然王伦设置障碍，处处刁难，但毕竟最终收留了林冲，还让他坐上了第四把交椅，应该说王伦对林冲是有恩的。再者，王伦毕竟是一寨之主，林冲以下犯上，按照传统观点，是为人不忠之行为。林冲后来被宋江冷落，这也是原因之一。王伦即便有再大的过错，但罪不至死，完全可以赶他下山，放他一条生路。

林冲、王伦大火并，吴用也逃不了干系。吴用在初次与王伦等梁山头领见面时，就看出了林冲对王伦的不满，于是决定加以利用。且听他对晁盖所说："小生凭着三寸不烂之舌，不由他不火并。兄长身边各藏了暗器，只看小生把手来拈须为号，兄长便可协力。"在第二天见面时，吴用果然用言语相激，在林冲发怒时火上浇油。又暗使阮氏三兄弟分别架住杜迁、宋万和朱贵，让他们动弹不得。又让晁盖、刘唐挡住了王伦的去路，逼得林冲骑虎难下，不得不对王伦痛下杀手。与其说是林冲杀死了王伦，不如说是吴用断了王伦的活路。

# 林冲出卖鲁智深了吗

鲁智深在野猪林救了林冲后，对待董超和薛霸就像秋风扫落叶般无情，说打就打，说骂就骂，对待林冲像春天般温暖，一路护送去河北沧州。眼看离沧州只有 70 多里地，且前面已经没有偏僻荒蛮之所在，鲁智深决定与林冲分手。

鲁智深取出一二十两银子与林冲，把二三两银子与两个公人，但终究还是不放心，于是鲁大侠抡起禅杖，把身边一棵松树砍折，以此警告两个公人不得再生歹意，然后慨然离去。

鲁智深看似粗鲁，对两个公人十分凶恶，其实粗中有细，他把二三两银子给两个公人，是作为照顾林冲的盘缠。鲁智深一手硬一手软，考虑得很周密。

鲁智深行侠仗义，对结拜兄弟林冲可谓仁至义尽，然而鲁智深走后，林冲却说了一句很不应该说的话。当两个公人说了句："好个莽和尚，一下打折了一株树。"林冲道："这个直得甚么？相国寺一株柳树，连根也拔将出来。"

林冲说这话，只是舌头打个滚，但后果很严重。真要上纲上线，他这是把救命恩人鲁智深给卖了！

为何这么说？

董超和薛霸收受了贿赂，按照高俅的暗中指示，准备在押解的路上结果了林冲性命，他们选择的地点是野猪林。顾名思义，野猪林是野猪等野兽出没的地方，是一片十分凶险的原始森林，有诗为证："枯蔓层层如雨脚，乔枝郁郁似云头。不知天日何年照，惟有冤魂不断愁。"野兽固然可怕，但更可怕的是那些拿人钱财替人消灾的家伙。"但有些冤仇的，使用些钱与公人，带到这里，不知结果了多少好汉。"

董超和薛霸如果在野猪林得手，结果了林冲性命，回去只要向官府说一声“林冲在野猪林被野兽吃了”，根本不会有人追究，他们收受的银子也就拿得稳当了。不料来了个花和尚，把林冲救了，他们如何交差？所以在酒店里，他们向鲁智深套近乎：“不敢拜问师父在那个寺里住持？”智深笑道：“你两个撮鸟问俺住处做甚么？莫不去教高俅做甚么奈何洒家？别人怕他，俺不怕他。洒家若撞着那厮，教他吃三百禅杖。”

鲁智深回到相国寺，立即遭到高俅等人的报复，先是吩咐寺里长老不许鲁智深挂搭，后又差人来捉拿鲁智深。亏得那伙泼皮报信，鲁智深才得以逃脱。

可以说，林冲的一句话，害得鲁智深连和尚也做不成，只得亡命江湖，还差点被孙二娘害了性命，做成人肉包子。

那么，林冲是真的把鲁智深给出卖了吗？

其实仔细分析，林冲出卖鲁智深这个结论很难成立。

其一，在鲁智深离开林冲之前，两个公人就基本上猜到了鲁智深的身份。《水浒》第九回：

二人暗商量：“我们被这和尚监押定了，明日回去，高太尉必然奈何俺。”薛霸道：“我听得大相国寺菜园廨宇里新来了个僧人，唤做鲁智深，想来必是他。回去实说：俺要在野猪林结果他，被这和尚救了，一路护送到沧州，因此下手不得。舍着还了他十两金子，着陆谦自去寻这和尚便了。我和你只要躲得身上干净。”董超道：“也说的是。”两个暗商量了不提。

这里薛霸已经很明确地猜到了鲁智深的名字，一句“想来必是他”，已经有 90% 的把握。而且两人已经商量好了，要“回去实说”，把责任推给鲁智深。所以林冲说与不说那句话，都无法改变他们商量好的说辞。

其二，退一步讲，就算两个公人没有猜到鲁智深的身份，林冲也没有说那句话，以高俅掌握的权力资源，只要查一查林冲的社会关系，监控一下林氏家族的 QQ、微博什么的，可以说不费吹灰之力，就能确定救人者是鲁智深。毕竟老鲁倒拔出垂杨柳的壮举以及三番五次带着一帮泼皮要帮林冲打架之事，早就在微信朋友圈传遍了，吃瓜群众，人人皆知。俗语说“跑得了和尚，跑不了庙”，对鲁智深来说，跑得了和尚，已经不错了，再想回庙，肯定是没门儿。

林冲该不该说那句话？确实不该！但要说林冲是故意出卖鲁智深，实在是有些冤枉。

林冲虽说是八十万禁军教头，但他的情商实在太低。他随口说的那句话，其实是想赞叹鲁智深的武功和天生神力，让两个公人不敢小看鲁智深，潜意识里是为了保护自己。

林冲情商低不只表现在这一件事上，之前的临别休妻以及之后的火并王伦，都说明了这一点。他写下休书，是出于好心，本意是不想连累妻子，但从后果来看，却将妻子害得上吊自尽。他讨厌王伦的心胸狭窄，其实不一定非要杀之而后快。后来宋江冷落林冲，其实与他火并王伦大有关系。

林冲、鲁智深再次相见，已是三山英雄梁山大聚义：

坐间，林冲说起相谢鲁智深相救一事。鲁智深动问道：“洒家自与教头沧州别后，曾知阿嫂信息否？”林冲答道：“小可自火并王伦之后，使人回家搬取老小，已知拙妇被高太尉逆子所逼，随即自缢而死，妻父亦为忧疑，染病而亡。”

鲁智深与林冲的对话中，鲁智深自称“洒家”，称呼林冲为“教头”，而林冲也自称“小可”，两人并未像以前那样兄弟相称。据此，有人认为是鲁智深知道林冲出卖了他，而故意为之，不认林冲这个兄弟了，我却不这样看。

其一，当时梁山新旧头领齐坐聚义厅，是个公共场合，很多人还相互不熟悉，当着众人的面称兄道弟，显然不合适。

其二，鲁智深打探林冲妻子下落，并称为“阿嫂”，既显示着对林冲家庭的关切，也暗含着视林冲为兄长的意思。

其三，鲁智深并不知道林冲曾说过那句不应该说的话，又如何认定是林冲出卖了他?

上梁山后，林、鲁二人确实没有什么太多的交集，主要是因为施耐庵笔下的主题变了，招安、征战成了革命的首要问题，个人恩怨已是次要的了。再者林冲是马军五虎将，鲁智深是步军大头领，不在一个军种之中，相互间联系少也是正常的。

鲁智深在六合寺参禅坐化，林冲得了风瘫半年后在六合寺病亡，而照顾林冲半载的是行者武松。我们知道，林冲与武松此前并没有什么交情，他俩是因为鲁智深而成为患难挚友。试想，如果鲁智深因怀疑林冲出卖了他，会让武松与林冲交往吗?

我们有理由相信，林冲不会出卖鲁智深，鲁智深也始终信任林冲，他们的兄弟情，真的是感天动地!

# 谁是梁山第一战神

梁山一百单八将，谁是第一战神？

卢俊义“武艺高强，棍棒天下无双”，论武力，排第一毫无争议，但他身为梁山二号人物，单挑次数太少，无法荣膺第一战神称号。

关胜虽然排名五虎将之首，武力值也很高，但直到第六十三回才出场，第六十四回才上了梁山。上梁山后，也仅有 7 次单挑记录，第一战神也与他无缘。

那么还有谁能号称第一战神？此人正是梁山三朝元老豹子头林冲！

林冲出身于武官世家，他爹林提辖应该是一个很有武术造诣的人。鲁智深初遇林冲，就对林冲说过：“年幼时也曾到东京，认得令尊林提辖。”于是林、鲁二人一见如故，当即结拜为兄弟。

林冲“生的豹头环眼，燕颔虎须，八尺长短身材”，绰号“豹子头”，这形象我们很熟悉啊！对了，我们看看罗贯中笔下的张飞：“其人身长八尺，豹头环眼，燕颔虎须。”所以林冲有“小张飞”之说。但在很多影视剧中，林冲更像一个白面书生，与张飞的黑大汉形象大相径庭（黑旋风李逵倒是与张飞更像），这是什么原因呢？我想这是由林冲多愁善感的文人气质和忍辱负重的性格所决定的，这就使舞台人物形象与原著的描写发生了偏差，而且这种偏差看起来又是合情合理的。

林冲是八十万禁军枪棒教头，但他本人惯常使用的是丈八蛇矛，实战中用枪的战例也不少。枪和矛都是长兵器，都是在长柄上装有锐利尖头的兵械，但枪头与矛头略有不同，矛头呈菱形，两面有刃。矛头弯曲如蛇形，则为蛇矛。矛和枪最大的区别在于杆的硬度，矛杆多为金属或硬木制成，没有柔韧性，而枪杆多用白蜡树制成，柔韧性非常好。矛的战法是刺，也可以砸，因为重量大。枪除了刺，还可以扫，因为枪杆有弹性，可以借力打力。林冲深谙枪、矛之道，实战中已达到出神入化的地步。

民间历来有“马上林冲、马下武松”之赞，其实林冲步战也毫不含糊，且看《水浒》第九回，林冲在柴进庄上与洪教头的比武：

洪教头喝一声：“来，来，来！”便使棒盖将入来。林冲往后一退，洪教头赶入一步，提起棒，又复一棒下来。林冲看他脚步已乱了，便把棒从地下一跳，洪教头措手不及，就那一跳里，和身一转，那棒直扫着洪教头臁儿骨上，撇了棒扑地倒了。

双方以棒对棒，林冲只是用棒一跳、一扫，不费吹灰之力就打倒了不可一世的洪教头，初露战神锋芒。要知道，洪教头也是有两把刷子的，否则根本入不了柴大官人的法眼。而且林冲当时身体状况是很不好的，一路上受尽了两个差役的折磨，两只脚上被烫的泡也许还没好利索。

《水浒》第十二回，林冲为要向王伦缴纳“投名状”，与杨志有一番较量。双方用的都是朴刀，这对杨志应该是有利的，因为杨志步战时惯使朴刀，而林冲是枪棒教头，步战时首选武器应该是棒，也就是说林冲所用非所长。另外，从情理上来说，林冲未用全力，毕竟是林冲抢了杨志的行李和财帛，心中有愧，而杨志被抢，正要出一口恶气，所以会拼尽全力。但即便如此，杨志也只能扛住林冲五十回合，再继续打下去，杨志一定会输。所以“正斗到分际”（正要分出胜负之时），王伦叫停了。王伦是聪明人，如果林冲将输的话，王伦是巴不得的。

上面说的是林冲的两例步战，林冲更辉煌的是马战，不管是对战官兵或地方势力，还是征伐田虎、王庆、辽国和方腊，林冲往往都是一马当先，单打独斗从无败绩。

攻打祝家庄，林冲对战扈三娘，斗不到十回合，“卖个破绽，放一丈青两口刀砍入来，林冲把蛇矛逼个住，两口刀逼斜了，赶拢去，轻舒猿臂，款扭狼腰，把一丈青只一拽，活挟过马来”。要知道扈三娘可不是等闲之辈，归附梁山后，曾活捉呼延灼的副将彭玘和关胜的副将郝思文，甚至呼延灼与她交战十个回合以上，一时间也赢不了，惹得呼延灼心中大骂："这个泼妇人在我手里斗了许多合，倒恁地了得！" 这里有个比较，林冲在十回合之内活捉了扈三娘，而呼延灼十多个回合也赢不了。后来林冲与呼延灼有过直接交锋，虽然两人"斗到五十合之上，不分胜败"，但林冲的武力在呼延灼之上是不容置疑的。

《水浒》第五十回，林冲与祝龙大战三十回合不分胜败，这似乎成了看低林冲武力的一个证据，因为在此之前祝龙曾与秦明打到十回合后，就抵敌不过，拍马而走。这样一比较，林冲的武力倒在秦明之下了。其实林冲战祝龙，是故意为之，未尽全力。这里有两个原因：其一，彼时祝家庄已捉得时迁、杨林、黄信、王英、秦明、邓飞等6名梁山好汉，都关在大牢里，林冲投鼠忌器，不敢杀死或伤及祝龙性命，生怕祝家庄报复杀俘。其二，是为了给打入祝家庄内部的孙立树立威信，以取得祝家庄信任。所以跟着就有了孙立活捉石秀的表演秀，让祝家庄人都对孙立"拱手钦伏"。后来林冲、祝龙又再次相遇，"祝龙斗林冲不住"，飞马望庄后逃跑。

事实上，林冲遇到祝龙这种级别的菜鸟一般数回合之内就能解决战斗，《水浒传》中屡见不鲜。

攻打高唐州，林冲出战高廉手下统制官于直，"两个战不到五合，于直被林冲心窝里一蛇矛刺着，翻筋斗颠下马去"。

对阵童贯手下洳州兵马都监马万里，"与林冲斗不到数合，气力不加，却待要走，被林冲大喝一声，慌了手脚，着了一矛，戳在马下"。

征辽国，林冲遇到番将贺拆，"交马只两合，从肚皮上一枪搠着，把那贺拆搠于马下"。看清楚了，这次林冲用的是枪。

死于林冲矛、枪之下的武艺平平之辈还有：田虎手下将领顾恺，王庆手下将领翁飞，方腊手下将领杜敬臣、冷恭。独松关守将蒋印被林冲戳伤，能从林冲枪下逃生，已很侥幸了。

真正显露林冲武力的还是与高手的过招。

王焕，高俅手下"十节度使"之首，林冲和他打了七八十回合，不分胜负。后来王焕遇到索超，打到五回合，索超回马便走。

辽国总兵大将宝密圣，林冲与之相斗三十回合，不分胜负。“斗到间深里”，林冲暴吼一声，拨过长枪，用蛇矛去宝密圣脖颈上刺中，一矛搠下马去。

林冲斗田虎手下大将伍肃，“斗到酣闹处”，林冲大喝一声，只一矛将伍肃戳下马来。同是田虎手下大将的倪麟，与林冲斗过二十余合，不分胜败。林冲觑个破绽，一矛搠中马腿，那马便倒，把倪麟颠翻下来，被林冲向心窝肐察的一枪搠死。

柳元，淮西王庆麾下将领，官拜安德统军。林冲与柳元交战，斗了五十余合，不分胜负。潘忠见柳元不能取胜，拍马提刀前来助战。林冲力敌二将，大喝一声，奋神威将柳元一矛戳于马下。

贺重宝，兀颜统军部下副统军，大辽第二上将。曾和关胜大战三十回合，因气力不如而落败。但与林冲交战，“斗不到五合，贺统军回马便走”。

从关胜、林冲分别与贺重宝的对战中可以看出，林冲的武力应在关胜之上。有人会说，关胜梁山排名第五，林冲排名第六，而且关胜是五虎将之首，力压林冲。另外，关胜与林冲也有过直接交锋，那是《水浒》第六十四回，秦明、林冲双战关胜，打了个平手。这些似乎都能间接证明关胜武力超过了林冲。但仔细分析一下，这个结论其实是站不住脚的。其一，关胜排名在林冲之上，主要是因为关胜是大名鼎鼎的武圣人关羽之后，梁山要借助关羽这个金字招牌壮大发展自己。也有宋江借机打压梁山三朝元老林冲的意味。其二，秦明、林冲双战关胜之时，关胜是处于下风的。宋江怕伤及关胜，鸣金收兵，秦、林二人很不高兴，对宋江说：“正待擒捉这厮，兄长何故收军罢战？”也就是说，秦、林二人是想活捉关胜，一时没有得手，而并非双方打平，就连关胜自己也承认打不过秦、林二人。书中交代得很明白：且说关胜回到寨中，下马卸甲，心中暗忖道：“我力斗二将不过，看看输与他，宋江倒收了军马，不知主何意？”

林冲最后一战的对手是方腊尚书王寅。当时歙州城破，王寅杀出重围，连杀梁山好汉李云、石勇，却被孙立、黄信、邹渊、邹润四将团团围住，“王寅奋勇力敌四将，并无惧怯”，幸而林冲及时赶到，众人齐上，将王寅乱戳而死。如果没有林冲的救援，梁山四将很有可能会被王寅各个击破后逃之夭夭。

统计一下林冲单打独斗或以一敌二的战果可以发现，林冲出战 22 次，除了 4 次打平，其余全部取胜，无一败绩，胜率达到惊人的 81.81%。在所有 22 次战斗中，11 次将对手杀死，歼敌率达到 50%，还有 2 次将对手俘获。这样辉煌的战绩，在梁山好汉中无出其右，堪称梁山第一战神。

林冲出身武官世家，民间传说他是武术大师周侗的弟子，又曾做过八十万禁军教头，他的技战术有着鲜明的特点。

第一，技术全面，功底深厚。他自幼受过正统、专业的训练，属于学院派，加上天资聪颖，可以说是完完全全的黄埔军校博导级别。虽是枪棒教头，但大多数兵刃都拿得起，放得下。

第二，实战一流，经验丰富。作为教头，他更注重实战，从不玩花拳绣腿。对阵洪教头，两招内速胜。对战水平一般的武将，往往几回合之内斩杀对手，真正快如闪电，杀人于无形。

第三，遇强越强，深不可测。林冲自上梁山后，经历无数单打独斗，未尝败绩。即便遇到超一流武将，也从不会自乱阵脚，而是从容不迫，攻防转换滴水不漏，赢不了也一定不会输。

第四，善于总结，终极爆发。林冲在战斗中观察敏锐，善于发现对方技战术特点，特别是弱点或破绽，发现后还能不动声色地周旋，让对手处于麻痹状态，然后突然大喝一声，一击得手。

梁山第一战神，林冲当之无愧！

## 《水浒传》里的石碣天书事件

《水浒传》里出现过两次石碣事件。

第一次是在开篇第一回。宋仁宗嘉祐三年（1058），京师瘟疫盛行。参知政事范仲淹奏曰："目今天灾盛行，军民涂炭，日夕不能聊生。以臣愚意，要禳此灾，可宣嗣汉天师星夜临朝，就京师禁院，修设三千六百分罗天大醮，奏闻上帝，可以禳保民间瘟疫。"仁宗准奏，殿前太尉洪信奉命前往江西龙虎山请张天师祈禳瘟疫。谁料洪太尉倚仗权势，不听劝阻，命人搬倒伏魔之殿中的石碣，误走了一百零八位魔君。

第二次是在第七十一回。宋江一打东平，两打东昌，回归山寨，计点大小头领，共有一百零八员。宋江欲建一罗天大醮，报答天地神明眷佑之恩。于是请公孙胜为首的得道高士 49 人，在忠义堂上做醮，每日三朝，直至第七日。是夜三更，伴随着声如裂帛的巨响、刺人眼目的霞光，一团火球自西北乾方天门上，直钻入正南地下去了。宋江随即叫人将铁锹、锄头掘开泥土，寻找火块。挖不到三尺深浅，起出一块石碣碑。正面两侧，龙章凤篆蝌蚪之书，侧首一边是"替天行道"四字，一边是"忠义双全"四字。正面有天书三十六行，皆是天罡星；背面有天书七十二行，皆是地煞星，都刻着梁山好汉的姓名。

两次石碣事件，前后呼应，因果相承。

前一次误走了一百零八位魔君，后一次就公布了一百零八位魔君的星号、绰号和姓名。最关键的是石碣侧首还有两行字，一边是"替天行道"，一边是"忠义双全"。

前一次确实是太尉洪信不听劝说，故意为之，后一次是因为举办罗天大醮引起的"拜求报应"，也就是天意。

其实有心人一看就明白，这哪是什么天意？完全是宋江、吴用、公孙胜他们策划的一幕神剧。

这样的神剧历史上多次上演。

“狐狸”在深夜的一声“大楚兴陈胜王”，于是渔阳戍卒皆反，陈胜称王。

浚井时挖到一块石头，上书丹字“告安汉公莽为皇帝”，于是王莽同学终于名正言顺地坐上了皇帝宝座。

河底挖出一只独眼石人，让民工们想起了“石人一只眼，挑动黄河天下反”的民谣，于是元末农民大起义不可避免地发生了。

那么宋江、吴用、公孙胜他们为什么要策划这样一起神剧呢？

其一，树立宋江的核心地位。就是要用“君权神授”的方式告诉大家，我宋江坐上梁山第一把交椅，完全是上天的旨意。不信的话，石碣碑上可是写得明明白白：“天魁星呼保义宋江”。什么是天魁星？就是为首的星，居第一位的星。以前我只是“鄙猥小吏”，现在我是总裁，我是老大，你们都得听我的，什么事都得由我一锤定音。

其二，排座座吃果果。梁山一百零八人，总得排个座次，分享不同待遇。可任你怎么排，都不可能绝对公平，也不可能令所有人满意。各个头领出身各异，参加队伍有先有后，武功才艺各有不同，脾气禀性大不一样，跟领导关系有远有近，就是神仙过来也难以摆平。搞得不好就会造成梁山的不稳定，甚至引发上访和群殴事件。现在老天爷都安排好了，大家就不要有什么意见了，所以宋江理直气壮地对众人说道“上苍分定位数，为大小二等。天罡、地煞星辰，都已分定次序，众头领各守其位，各休争执，不可逆了天言”。

其三，打着天意旗号，推行招安路线。宋江本来是欲做良民而不得，才被迫上梁山的。在他心底里，他一直要实现自己的抱负，那便是报效朝廷，建功立业。可宋江知道，梁山一百零八将中有很多人是反对招安的，特别是林冲、鲁智深、武松，甚至他的跟班李逵，都对招安不感冒。现在石碣碑上醒目地刻着“忠义双全”四个字，就是既要对兄弟讲义气，也要对国家尽忠心，这就为招安大计指明了方向。

果然，石碣碑内容一公布，众人在“惊讶不已”的同时，不得不服气，皆道：“天地之意，物理数定，谁敢违拗？”

宋江一听，长长吐出一口气，大事定矣，心里的石头也落了地。

随即宋江吩咐，堂上要立一面牌额，大书“忠义堂”三个字。

这还没完，宋江又带着众人一起宣誓：“自今以后，若是各人存心不仁，削绝大义，万望天地行诛，神人共戮，万世不得人身，亿载永沉末劫。但愿共存忠义于心，同著功勋于国，替天行道，保境安民。神天鉴察，报应昭彰。”

由宋江导演的这场戏终于完美结束，自此，寻求招安成了梁山的基本“国策”。

有趣的是，在《水浒》续书《荡寇志》中，盖天锡在围剿梁山的过程中，活捉了圣手书生萧让和玉臂匠金大坚，揭开了石碣碑的秘密。

原来石碣碑确实是由宋江、吴用和公孙胜策划的，碑文由萧让书写，并由金大坚雕刻。为学会书写蝌蚪古篆文字，萧让还走访了一个叫何元的道士。

最后一个疑问，由西北乾方天门直钻入正南地下的巨大火球又是谁制造的呢？

不用说，肯定是轰天雷凌振干的。

# 《水浒传》中的道教人物

《水浒》以张天师祈禳瘟疫开局，又以道教皇帝梦游梁山泊结束，可以说，道教思想和道教人物贯穿始终。

道教是中国本土宗教，源于春秋战国时期的方仙道，老子被尊为始祖。东汉中后期突然兴起，出现太平道、五斗米道等不少道教组织。唐朝奉道教为国教。北宋承袭了唐朝崇奉道教的传统，宋徽宗时期道教受到大力推崇，因而道教优于佛教的现象在《水浒传》中得到普遍体现。

《水浒传》中的三十六天罡、七十二地煞都属于道教神仙谱系，三十六天罡就是三十六位神将，负责护卫天宫和众多神仙的安全；七十二地煞代表凶杀之星。如果用道教语言来表达，《水浒传》叙述的其实就是三十六神将与七十二地煞联合起来，在人间降妖除魔、替天行道的故事。

《水浒传》中的道教人物可以分为道教神仙、半人半仙和道教徒三类。

道教神仙有九天玄女和乌龙神君。

关于九天玄女的传说很多，《云笈七签》云："九天玄女者，黄帝之师圣母元君弟子也。"也就是说，九天玄女是圣母元君的弟子，也是黄帝的老师。玉皇大帝曾派遣九天玄女下凡，授黄帝兵信神符，最终打败蚩尤集团。九天玄女后来成了道教中法力无边的女仙，为道教所信奉。

《水浒》第四十二回，宋江在危难之际，九天玄女不但出手相救，而且还送了三卷天书，帮助宋江替天行道、辅国安民，并口授四句"天言"，在宋江未来的经历中得以一一验证。

《水浒》第八十八回，辽国兀颜统军布下太乙混天象阵，使宋江屡屡受挫。九天玄女传授宋江以五行相克和星宿对应的阵法，攻破混天阵，使梁山大军大获全胜。

道教神谱中有"五龙神"之说，分别是青龙神、赤龙神、黄龙神、白龙神和乌龙神。

《水浒》第一一七回，宋江与方腊手下魔君郑彪对垒时，郑彪施了妖法，顿时阴云四合，黑雾漫天，白昼如夜，不辨东西。宋江仰天长叹，自认必死无疑。等到天色微明，看见一周遭都是金甲天神，却原来是乌龙神君护佑，宋江大军才得以渡过难关。

如果没有九天玄女赐予的三卷天书、传授的破辽阵法和乌龙神君关键时刻的保护，宋江不可能在东征西讨中成就大业。

宋江特别感恩道教神仙给予他的帮助。他在乌龙神庙拜谢道：“多蒙龙君神圣救护之恩，未能报谢，望乞灵神助威。若平复了方腊，敬当一力申奏朝廷，重建庙宇，加封圣号。”并安排乌猪白羊，祭祀乌龙神君。

宋江衣锦还乡时，“将钱五万贯，命工匠人等，重建九天玄女娘娘庙宇。两廊山门，妆饰圣像，彩画两庑，俱已完备”。

《水浒》中半人半仙的道教人物有张天师和罗真人。

张天师是龙虎山上清宫住持，法力强大，地位不同一般。他受封于宋朝天子，却对皇帝派来的钦差不以为然，甚至用大虫巨蛇戏耍钦差，把洪太尉吓得“三魂荡荡，七魄悠悠”。而在洪太尉来到龙虎山后，张天师早已腾云驾雾来到京师，完成了罗天大醮，消除了瘟疫。张天师绝对不是普通的人间道士，已修炼成半人半仙之体。

罗真人是蓟州二仙山紫金观住持，法术通天，甚至能召唤天神。他和张天师相比，更接地气一些，毕竟宋江、李逵、戴宗等人都曾见到过他，而且他是公孙胜的师父。罗真人能够探知过去、预知未来，他预料到粗鲁的李逵会来砍杀他，就变戏法一样把李逵作弄一番，直到把李逵押到蓟州监狱，受尽折磨，还被打得一佛出世、二佛涅槃。从此只要提到罗真人，李逵就吓得浑身哆嗦。最为重要的是，罗真人传授给公孙胜的五雷天罡正法，帮助梁山大军先后打败过高廉、贺重宝、乔道清等人，才使得宋江连战连捷。罗真人赠与宋江的八句法语，也确实表明罗真人通晓阴阳、卜知未来的本事，是名不虚传的活神仙。

《水浒》中的道教徒众多，梁山好汉中就有公孙胜、戴宗、朱武、樊瑞等人，其他还有如乔道清、马灵、郑彪、包道乙、丘小乙、王道人等。

公孙胜，号一清道人，梁山元老之一，排名第4位。公孙胜拜罗真人为师，学得一身道术，能呼风唤雨、撒豆成兵。公孙胜虽然在梁山待的时间不多，但梁山打不开局面的时候，都得依靠他的法术来解决问题。公孙胜凭借五雷天罡正法和“一宗天心正法”，降服了樊瑞、乔道清等人，是道教徒中法术最为高超之人。

樊瑞早年做过全真先生，学得一身妖法，能呼风唤雨，人称混世魔王。他和项充、李衮占据芒砀山，扬言要吞并梁山泊，后被公孙胜收服。

征讨方腊时，樊瑞用法术击败同样会使妖法的郑彪、包道乙。郑彪被关胜一刀砍于马下，包道乙准备逃跑时被凌振的轰天炮击得粉碎。

江南战役结束后，樊瑞和朱武不愿做官，一同做了全真先生，云游江湖，后去投公孙胜出家学艺，以终天年。

戴宗，绰号神行太保，会神行之术，能日行八百里。在第三十九回，因救宋江心切，用神行甲马之术，竟然日行千里。就因为走得太快，以致把吴用所造的一封图章上有纰漏的假信，送到了江州知府，被黄文炳识破，差点害了宋江和他自己的性命。

戴宗的神行之术够厉害了，但与马灵相比，却是小巫见大巫。马灵是田虎麾下头领，绰号“神驹子”。马灵被公孙胜用法术打败后，脚踏风火二轮，使起神行术，望东飞去。戴宗也作起神行法，手挺朴刀，赶将上去。顷刻间，马灵已去了二十余里，戴宗只行得十六七里，把戴宗甩了几条长街。马灵飞着飞着，却不小心撞到鲁智深，被一禅杖打翻。他听了鲁智深的话，投降了梁山，还将日行千里之法传授给了戴宗。

乔道清，原是田虎麾下法师，法术深厚，竟然和公孙胜打了个平手。公孙胜求助师父罗真人，才知道乔道清原与罗真人是师兄弟，后破戒流落江湖，成为田虎部下。罗真人传授公孙胜“一宗天心正法”，才收服乔道清。好友孙安病逝后，乔道清十分伤心，与马灵一同拜别宋江，飘然而去，后来都到罗真人处从师学道。

丘小乙和王道人是道教中的两个败类。丘小乙勾结崔道成，霸占瓦罐寺，还抢了一个良家妇女供他们淫乐，结果被史进杀死。王道人绰号飞天蜈蚣，善习阴阳，能识风水。他杀死张太公全家，抢了张太公女儿住在蜈蚣岭坟庵里，被路过的武松杀死。

《水浒》中的道教人物，大多法术高深，神通广大，起码都有一技之长。在《水浒》全书之中，每当梁山好汉遇到挫折或难关时，总有道教神仙或者道术大家施以援手，解除危难，这也充分说明了梁山好汉与道教的密切关系。作者对于道教是推崇的、深有好感的，具体表现在：梁山好汉中的道教人士公孙胜、戴宗、朱武和樊瑞都在战争中幸存下来，而且他们知道得失进退，全部纳还官诰，归隐江湖。即便乔道清、马灵非梁山道教人士，也都早早退出，修道学艺去了。

# 《水浒传》中的女性形象塑造及原因分析

一部《水浒》，基本上是男人的舞台，他们快意恩仇，行侠仗义，啸聚山林，替天行道，演绎出一场场波澜壮阔的江湖故事。女性作为配角，尽管着墨不多，但也塑造出各不相同的个性形象。总体来说，《水浒传》存在男尊女卑、男主女从的倾向，对女性持有贬抑、歧视的态度。具体来看，《水浒传》中的女性分为以下几种：

一、淫荡型。施耐庵笔下，写得最为精彩、生动和活色生香的女性都是这种类型，尤以阎婆惜、潘金莲、潘巧云和贾氏为代表。

宋江包养了阎婆惜，却因为不常与阎婆惜歇卧一处而使手下张三钻了空子，与正值妙龄的阎婆惜发生了不伦之恋。

潘金莲勾引小叔子武松不成，却和风月场老手西门庆勾搭成奸，还谋杀了老公。

潘巧云是个二婚，但因为老公杨雄是个工作狂冷落了自己，便与和尚裴如海滚到了床单上。

卢俊义的老婆贾氏因为丈夫“平昔只顾打熬气力，不亲女色”，就和管家李固暗通款曲。

她们四人都是美貌如花的女子，却都红杏出墙，而她们的结局也都很悲惨。阎婆惜被宋江两刀砍断头颅送了性命，潘金莲被武松剖心割头祭奠武大郎，潘巧云被杨雄割舌剖腹、弃尸荒野，贾氏被卢俊义割腹剜心、凌迟处死。

在《水浒传》中，对于女性的描写大多粗枝大叶，不过施耐庵对四大淫妇的描述还是下了一番功夫的，尽管如此，她们也只能作为配角来衬托男主人公并用以推动情节发展。从作者的安排来说，正是因为这几个不守妇道的女人，才使宋江、武松、杨雄、石秀、卢俊义的命运发生了彻底改变，走上了梁山大聚义的道路。

二、无德型。《水浒传》中写了一些女性小人物，她们或贪婪，或刁钻，或恩将仇报，或出卖他人。

街道大妈王婆原本开着一个小茶馆维持生计，可她见利忘义，收了西门大官人的好处，就为他勾搭潘金莲穿线搭桥，又唆使潘金莲毒死武大郎。

清风寨刘知寨的老婆被梁山头号流氓王英劫上清风山，眼看要被侮辱，幸亏宋江及时赶到救了她。可她毫无感恩之心，竟然诬陷宋江，差点害了宋江的命。

李逵好意放走冒充自己打劫的李鬼，李鬼妻子知道后，不去劝说丈夫改邪归正，竟然出主意要用蒙汗药麻翻李逵，谋财害命。明知丈夫作恶，还要助纣为虐，李鬼妻子绝不是什么善类。

白秀英仗着是知县的二奶，先是尖牙利齿讥讽没带钱的雷横，后又指使知县将雷横枷号示众，最后还对雷横老母亲拳打脚踢，狗仗人势，毫无修养。

失足妇女李瑞兰曾与九纹龙史进开过房，她收了史进的银子，却又向官府挣“首告”的功劳，黑道白道通吃，比“吃了原告吃被告”的那帮人还狠，真正做到了“婊子无情”。这就不是失足的问题，而是失心疯了。

这几个女人的结局，也很悲惨。王婆被武松剖腹剜心而死；刘夫人被燕顺“一刀挥为两断”，还连累老公及全家被团灭；李鬼妻子连同李鬼、曹太公和里正一并都被李逵杀了；白秀英最终被插翅虎雷横用枷打死；李瑞兰一家被史进斩尽杀绝。

三、女汉子型。《水浒传》中用了不少笔墨来描写女汉子，主要以顾大嫂、孙二娘为代表，她们虽然长着女儿身，却性格豪迈超过一般男子，而且艺高人胆大，还都是暴脾气。

顾大嫂绰号母大虫，长得“眉粗眼大，胖面肥腰”，毫无女性美感，与当年的“铁姑娘”有得一拼。她性格暴烈，“有时怒起，提井栏便打老公头；忽地心焦，拿石锥敲翻庄客腿”，不但有家暴嫌疑，还涉嫌寻衅滋事。为救表弟解珍、解宝，毅然组织团伙劫狱上梁山，其做事泼辣、果敢、不计后果，令一般男儿汗颜。在三打祝家庄时机智卧底，与梁山好汉里应外合，“把应有妇人一刀一个，尽都杀了”。而在梁山大军东征西讨中，也是冲锋陷阵，立下了汗马功劳。

孙二娘绰号母夜叉，这名号让人不寒而栗，而其长相“眉横杀气，眼露凶光”，也毫无女性温柔之气。她的职业更是吓人，表面上是十字坡酒店的老板娘，暗地里却干着杀人的勾当，而且还做成人肉包子。在长期开黑店的过程中还得出经验，长得胖的适合做成黄牛肉，长得瘦的适合做成水牛肉，实在是胆大妄为，说她是个杀人不眨眼的男人婆，一点也不为过。

四、道具型。《水浒传》中的这一类女性，只是作为道具起着衬托男性角色或推动故事情节的作用，以扈三娘、林娘子和李师师为代表。

扈三娘长得“天然美貌海棠花”，如果参加选美大赛，没准儿就是第一花魁。扈三娘不只长得美，而且武艺高强，梁山上好几个好汉都曾被她打败或活捉，但就是这样一个有颜值、敢担当的女子竟然被宋江做主许配给了猥琐男王英。三打祝家庄时，扈三娘一家除了哥哥扈成以外被李逵将“一门老幼尽数杀了”，面对如此血海深仇，扈三娘一直沉默无言。总之，《水浒传》中的扈三娘是一个没有思想、没有感情、没有话语权的人物，她从出场到战死都像木偶一样任人摆布，成了男人世界里的道具。

林娘子美貌贤淑，被官二代高衙内看中。林冲因此招来横祸，被刺配沧州。林娘子面对高衙内的凌辱，宁死不屈而选择上吊自杀。没有林娘子的美貌，也就没有林冲的被诬陷；没有林娘子的死，也就没有林冲死心塌地的上梁山，并无所牵挂地走上反叛的道路。由此可见，在情节的设置中，林娘子只是一枚棋子，起着帮助林冲走上梁山的作用。

李师师才貌双全，年纪轻轻就已在娱乐圈成名，甚至赢得皇帝的垂青。出于对燕青的喜爱，李师师在帮助梁山完成招安任务中起到了穿针引线的重要作用。虽然书中也写到李师师作为女性在情感方面的心理活动，但仍然是衬托燕青不为女色所动的品质，说到底还是作为道具来完成角色的使命而已。

不可否认，《水浒传》中绝大多数女性没有得到应有的尊重，主要女性角色要么水性杨花，要么杀人如麻；次要角色中也以坏女人居多。即便写到好女人，也是轻描淡写，一笔带过。施老爷子之所以对女性不感冒，主要有下面几种原因：

一、落后的妇女观。

中国古代社会是一个以男性为中心的社会，男性具有绝对的统治力和话语权，女性一直处在被支配的地位。2500多年前，孔子就说“唯女子与小人难养也”，充分暴露出男权世界对女性的轻视和贬低。传统文化中要求女性“三从四德”，“三从”指未嫁从父、既嫁从夫、夫死从子，四德指妇德、妇言、妇容、妇功，这些都是束缚女性言行的枷锁。到了宋代，男尊女卑观点进一步加强，“女子无才便是德”，基本剥夺了女性学习和施展才华的权利。此外，宋代理学极力强调女性的贞节观点，“饿死事小，失节事大”，将贞节看得比生命还重要。这些落后的妇女观根深蒂固、影响深远，施老爷子作为传统知识分子，也受到这些观点的左右，在《水浒传》中凡是违反伦理道德的女性，都给予了无情的谴责，并且安排了十分悲惨的结局。

在《三国演义》中，我们甚至看到比《水浒传》更加血腥的情节：刘备逃难到猎户刘安家中，刘安家中没有什么好招待的，就把妻子杀了，煮了肉给刘备吃。刘备十分感动，汇报给曹操，曹操派人赏给刘安黄金百两。如此残忍的事，竟然在士大夫之间传为美谈。由此可见，在封建社会，特别是兵荒马乱的年代，女性毫无地位，等同于任人宰割的羔羊。罗贯中既然这样写，想必也是认同这种做法的，他和施耐庵一样，受到传统文化中落后的妇女观影响。

二、偏执的祸水观。

《水浒》中坏女人比比皆是，作者施耐庵明显受到了“红颜祸水论”的影响。传统观点中，越是漂亮的女人就越是祸水，甚至夸张到能够亡国的地步。

妲己貌若天仙，却坏事做绝，致使宠爱她的纣王亡了国。褒姒是个冷美人，周幽王为博她一笑不惜烽火戏诸侯，最终国灭身死。杨贵妃回眸一笑百媚生，唐玄宗被她迷惑，招来了安史之乱。这些故事基本是男人犯的错，却都栽赃在美女身上，而且在文人墨客中代代相传。西汉词赋家枚乘说“皓齿蛾眉，命曰伐性之斧”，女人成了戕害男人的锋利斧头。而在民间，漂亮女人常被人比喻成“狐狸精”，专门勾引和迷惑男人。

《水浒传》中，大凡倒霉的男人背后总有一个坏女人。宋江倒霉是阎婆惜引起的，卢俊义倒霉是贾氏给害的，林冲倒霉是林娘子的美貌招惹的，武松兄弟俩倒霉是潘金莲的不守妇道诱发的。总之，女人是祸水，长得漂亮的女人是大祸水，男人只要沾了女人，就一定会遭遇灾难。

三、狭隘的英雄观。

受儒家思想影响，中国历代文人眼里，大凡英雄好汉都是不近女色的，施耐庵也是如此。“英雄不好色，好色不英雄”几乎成了一种评价标准，《水浒传》里这种倾向也是俯拾皆是。宋江“是个好汉，只爱学使枪棒，于女色上不十分要紧”，卢俊义“平昔只顾打熬气力，不亲女色”，武松、鲁智深也是不近女色的楷模，而好色的矮脚虎王英和小霸王周通则成为众人嘲弄取笑的对象。

这种英雄观在古典小说里都有突出的表现。《三国演义》中，诸葛亮娶了丑女黄月英为妻，成为了治国理政的英雄。武功第一的吕布贪恋貂蝉的美色，杀死了好色的董卓，自己也落得城破身死的下场。

《西游记》中，孙悟空是从石头缝里蹦出来的，所以基本不懂美色为何物，不管多美的妖怪都往死里打，是作者十分肯定的英雄。而猪八戒见到美女就要搭讪，很会怜香惜玉，成了作者嘲讽的对象。

《水浒传》里对女性的贬低和轻视，是由于作者受到封建社会伦理道德的影响，也与作者所处的时代大有关系。我们不能以今天的眼光和评判标准去苛求施老爷子，更不能以此来否定《水浒传》是一部伟大的作品。

# 《水浒传》中洪太尉的隐喻意义

洪太尉何许人也？他是《水浒传》中宋仁宗的殿前太尉，名叫洪信，出现在第一回合和第二回合开头，然后就消失不见了，可谓神龙见首不见尾。然而这个人物却是十分重要，他是全书的楔子，正是他打开伏魔殿，掘开镇压魔君的青石板，才放出了三十六天罡、七十二地煞，引出了一场轰轰烈烈的梁山聚义。

隐喻一：洪太尉代表的是什么人？

历史上有没有洪信其人，无可考证，但他受皇帝信任是肯定的，否则去江西信州龙虎山请张天师临朝禳灾之事，也不会交给他。翻开《水浒传》，除了宿太尉等少数官员是正面人物外，大多凶残奸诈，尤以蔡京、高俅、童贯为代表，而洪太尉正是朝中奸臣的典型。且看他去往江西信州龙虎山宣请张天师这一路上的表现：到达龙虎山时，他端着官员的架子，趾高气扬地问监宫真人："天师今在何处？"在去往龙虎山顶时又畏难怕苦、心生怨气。在遇到大虫和雪花蛇袭击时吓得魂飞魄散。在游山时不听监宫真人劝说，并对众人放下狠话："你等不开与我看，回到朝廷，先奏你们众道士阻当宣诏，违别圣旨，不令我见天师的罪犯；后奏你等私设此殿，假称锁镇魔王，扇惑军民百姓。把你都追了度牒，刺配远恶军州受苦。"最终执意打开镇魔殿，放出 108 位魔君。而在惹出祸事后他"在路上吩咐从人，教把走妖魔一节，休说与外人知道"，其实只是要瞒骗皇帝。施耐庵笔下的洪太尉，是个狐假虎威、强词夺理、欺上压下、刚愎自用的奸臣形象，在后来描写的蔡京、高俅、童贯几个奸臣身上，都能看到他的影子。

隐喻二：洪太尉遇到的"吊睛白额大虫"和"雪花大蛇"暗示着什么？

洪太尉在上山的过程中，先是遇到一只吊睛白额大虫，“望着洪太尉，左盘右旋，咆哮了一回，托地望后山坡下跳了去”。后又遇到一条雪花大蛇，“朝着洪太尉盘做一堆，两只眼迸出金光，张开巨口，吐出舌头，喷那毒气在洪太尉脸上。惊得太尉三魂荡荡，七魄悠悠。那蛇看了洪太尉一回，望山下一溜，却早不见了”。不管是虎还是蛇，虽然吓着了洪太尉，但都没有害他的意思，而是自行退却，放了洪太尉一条生路。施耐庵为什么这样写？其实是对后事有所交代。从第七十七回合到第八十回合，写了童贯和高俅先后两次征讨水泊梁山，都被梁山英雄打败，但都被宋江放了回去。“吊睛白额大虫”是老虎的别称，而在民间看来，“蛇”有“小龙”之谓，“吊睛白额大虫”和“雪花大蛇”暗寓水泊梁山卧虎藏龙，非朝廷奸臣所能剿灭。“吊睛白额大虫”和“雪花大蛇”没有伤害洪太尉，正是以宋江为首的梁山好汉因为要招安而对奸臣无可奈何的一种表达。

隐喻三：“遇洪而开”和“见信而寂”的架构作用。

洪太尉凭着权势打开伏魔殿后，发现殿中央立着一块石碑，石碑后面凿着“遇洪而开”四个大字，洪太尉以此为借口，强逼众人掘开了青石板，终于惹出天大祸事。这里施耐庵设计得十分巧妙，他借洪太尉之手放出 108 位魔君，其实是表明：天下本太平，都是一帮奸臣无事生非，惹出祸端，致使国无宁日。可是人们不禁要问，洪太尉放出的 108 个魔君，亦即以宋江、卢俊义为首的 108 位梁山好汉，干的是替天行道之事，并未为害一方，反而接受朝廷招安，剿灭了田虎、王庆和方腊，替大宋皇帝消除了心头大患，祸从何来？其实作者在书中交代得很清楚：

照那碑碣上时，前面都是龙章凤篆，天书符箓，人皆不识。照那碑后时，却有四个真字大书，凿着“遇洪而开”。却不是一来天罡星合当出世，二来宋朝必显忠良，三来凑巧遇着洪信。岂不是天数！

也就是说，这 108 个魔君，都是忠良之辈，他们不会推翻朝廷，反而会为朝廷效力，但也暗示了他们由洪信放出来，日后也会被奸臣利用，来为朝廷消灾除害。

《水浒》第九十回合：

长老说罢，唤过智深近前道："吾弟子，此去与汝前程永别，正果将临。也与汝四句偈去，收取终身受用。"偈曰：逢夏而擒，遇腊而执。听潮而圆，见信而寂。

《水浒》第一一九回合，当鲁智深在禅房里睡至半夜，忽闻得钱塘江上潮信之声，霎时悟出了智真长老对他说的"听潮而圆，见信而寂"的真义，当夜从容坐化。

首回合的"遇洪而开"，此"洪"指洪信无疑，第九十回合、第一一九回合的"见信而寂"，此"信"又何尝不暗指洪信，只不过彼时的洪信已化作钱塘江之潮信。潮者，奔涌澎湃之水，与"洪"又有何差别？

从"遇洪而开"到"见信而寂"，《水浒传》架构呼之而出：以洪信赴江西信州龙虎山诏宣张天师禳灾为楔子，放出 108 个魔君（实为梁山 108 位好汉），为朝廷荡平天下，随后这些好汉又像钱塘江潮信一般退去，一切归于沉寂。

青山依旧在，几度夕阳红，只留下一段水泊梁山的英雄传说。

## 《水浒传》中谁的悬赏最高？有两人甩宋江几条街

《水浒传》中第一个被通缉的是少华山上的三位强盗头子：朱武、陈达和杨春。

被通缉的原因是什么？打家劫舍！

也难怪，少华山上聚集着五七百个小喽罗，有这么多人要养活，不打家劫舍只能喝西北风。

既是打家劫舍，那就少不得干些打劫商人、抢掠富户的勾当，那肯定会惊动官府，官府就会根据大宋告赏法和《捕亡令》的规定悬赏告捕。

悬赏告捕，民间也称为“画影图形”，相当于现在的通缉令。内容无非是罪犯的姓名、性别、年龄、籍贯、体貌特征以及案情描述，旁边画着罪犯的相貌，最重要的是赏钱多少，这才是最吸引吃瓜群众的地方。

画影图形，说起来容易做起来难。古代既没有照相技术，又没有复印机，全靠手工制作，就算画一百张像，那也得费老大功夫不可。问题是找谁画去？肖像画高手本来没几个，还都被朝廷征用去画达官贵人了，民间哪有几个好画工？迫不得已，只能粗制滥造。至于画得像不像，管不了那么多，有个意思就行。

《夷坚志》记载，绍兴初，有个叫吴皋的人：“聚亡赖，潜渡淮，入泗东城，劫富家王氏，获金贝两万缗。州县绘形立赏格甚厚。皋恬不知畏，与其党入楚城，呼画工赵四者，指图语之曰：‘汝所画全与我不类，宜易之。’”这段话大意是说，有个叫吴皋的家伙，和同伙一起抢了姓王的人家很多钱。州县画影图形捉拿他。他竟然找到画工赵四，指着通缉令说：你他妈的这画的啥？一点都不像我，应该重画。

这笑话真是闹大了！

《水浒》第二回，通过猎户李吉之口说出了华阴县对少华山三位哥们的通缉。

如今近日上面添了一伙强人，扎下一个山寨，在上面聚集着五七百个小喽罗，有百十匹好马。为头那个大王，唤做神机军师朱武，第二个唤做跳涧虎陈达，第三个唤做白花蛇杨春。这三个为头，打家劫舍，华阴县里禁他不得，出三千贯赏钱召人拿他，谁敢上去惹他？

悬赏三千贯，不少了，平均每人一千贯。

一贯为1000个铜钱，等于一两银子，一千贯就是一千两银子，相当于现在人民币多少呢？

宋代施行16两制，一两银子约等于40克。目前市场价1克银子约等于3.5元人民币，那么一两银子约等于140元人民币，一千两银子就是14万元人民币。

也就是说，只要抓到朱武、陈达和杨春交给官府，就可得赏金约42万元人民币。如果抓到其中一个，也有14万元人民币左右。

史进曾经活捉了陈达，他没有交给官府前去领赏，而是义气为重，不但放了人，还和他们三人交上了朋友。

史进不是一个见钱眼开的人。

朱武他们三人只是打家劫舍，鲁智深不一样，他直接弄出了人命，三拳打死了郑屠。

郑屠该不该打？该打！他欺凌弱女子金翠莲，毫无人性。

郑屠该不该死？这个得由官府判决。即便该死，也不是由鲁智深说了算。

搞笑的是，鲁智深逃亡到代州雁门县，见很多人在十字路口看榜，他也去凑热闹，只听有人念道：“代州雁门县依奉太原府指挥使司，该准渭州文字，捕捉打死郑屠犯人鲁达，即系经略府提辖。如有人停藏在家宿食，与犯人同罪；若有人捕获前来，或首告到官，支给赏钱一千贯文。”

鲁智深倒是听得津津有味，却被金翠莲他爹拦腰抱住，扯离了十字路口，否则后果不堪设想。

鲁智深的赏金是多少？一千两银子，14 万元人民币，那是一条性命的代价。

和鲁智深一样，老好人林冲也弄出了人命，而且一杀就杀了三个：差拨、陆虞候、富安。

林冲逃到李家道口酒店，被朱贵劈腰揪住，说道："你好大胆！你在沧州做下迷天大罪，却在这里！现今官司出三千贯信赏钱捉你，却是要怎地？"

即是说，林冲的赏金达到了三千贯，是鲁达的三倍。这是为何？因为林冲杀的人也是鲁智深的三倍。这样看来，赏金的标准就是杀一人一千贯，也就是一千两银子。

对此，武松显然有不同意见。他在飞云浦杀死两个公人，还有蒋门神派来的两个徒弟。后又在张都监的马院及鸳鸯楼先后杀死马夫、张团练、蒋门神、张都监及其亲随、张夫人、玉兰和几个丫鬟使女，共计 19 人。

《水浒传》第三十一回，孙二娘告诉武松："阿叔，如今官司遍处都有了文书，出三千贯信赏钱，画影图形，明写乡贯年甲，到处张挂。阿叔脸上现今明明地两行金印，走到前路，须赖不过。"

武松肯定不服啊，林冲杀了 3 人，我杀了 19 人，怎么赏金都是三千贯？这孟州官府也太吝啬了吧？

宋江更不服气，我一个将来要坐梁山第一把交椅的人，杀了阎婆惜，怎么赏金才一千贯？

不过没关系，宋江的身价那是见风涨。

这不，宋江开始发力了，他在浔阳楼题了反诗被逮捕入狱，还连累戴宗被抓。在二人将要被处决的那天，李逵和梁山、揭阳两路人马劫了法场，把宋江救走了。

《水浒传》第四十三回，李逵行至沂水县西门外，见一簇人围着榜看，李逵也立在人丛中，听人读道："榜上第一名正贼宋江，系郓城县人；第二名从贼戴宗，系江州两院押狱；第三名从贼李逵，系沂州沂水县人。"

李逵听了，正待指手画脚，那意思是老爷我在这呢，谁敢拿我？正待发作，被朱贵拦腰抱住，引入西门外近村一个酒店内。

朱贵指着李逵道："你好大胆！那榜上明明写着赏一万贯钱捉宋江，五千钱捉戴宗，三千钱捉李逵，你却如何立在那里看榜？"

你看，宋江这一折腾，身价立即从原来的一千贯涨到了一万贯，还把戴宗、李逵的身价也一并涨了上去。

一万贯，相当今天 140 万元人民币，这已经是梁山好汉中最高的悬赏了。宋江毕竟是梁山老大，身份摆在那里。

其实只要细读过《水浒》的人都知道，宋江这点赏金都不够人家塞牙缝的，有两人的赏金甩了宋老大几条街。

他俩是谁?

原田虎手下大将、后投降梁山的孙安和马灵。

《水浒》第一〇〇回：

次日雨霁，平明时分，流星探马飞报将来，说宋江差孙安、马灵，领兵前来拒敌。田虎听报，大怒道："孙安、马灵都受我高官厚禄，今日反叛，情理难容。待寡人自去问他。卿等努力，如有擒得二人者，千金赏，万户侯。"当下田虎亲自驱兵向前，与宋兵相对。

造反派出身的皇帝田虎说得很明白："如有擒得二人者，千金赏，万户侯。"

一两黄金等于十两银子，一千金就是一千两黄金，就是一万两银子，也就是一万贯，这个和宋江的悬赏一样，但"万户侯"就了不得了。

所谓"万户侯"，就是食邑一万户，即说有一万户的财政收入来供养他们一家，而且不是一次性了结，是每年如此，还可传之子孙后代。汉朝建立时，那么多文臣武将只封了萧何和曹参两人万户侯而已，可见万户侯是多么难得。

如此高的赏金，说甩宋江几条街毫不为过。只不过孙安早早暴疾而亡，马灵后来到罗真人处拜师学道，而发布悬赏令的田虎也被宋江剿灭，这笔赏金也就被雨打风吹去。

## 《水浒》里的那些和尚

一部《水浒》，宗教色彩浓郁。

在北宋相对宽容的社会氛围里，道教、佛教都能各展其能。如果真要作个比较，道教显然更占上风。毕竟宋徽宗笃信道教，而且自称“道君皇帝”，他甚至一度下旨，要道、佛合流。不过总体上佛教依然对当时的社会保持着足够影响，并且信徒众多。

从鲁智深在五台山文殊院和大相国寺的故事中，可以看到当时寺院的组织结构、禅寺礼仪、檀越制度、剃度仪式等佛教事务相当成熟，从众多和尚、头陀行走江湖的经历中，也可以看到佛教中国化、世俗化，甚至恶俗化的特殊场景。

《水浒》中虽有对寺院丛林及得道高僧的正面描述和肯定，更多的却是对佛教世俗化、恶俗化和不法僧人欺男霸女、为非作歹，甚至诲淫诲色、杀人越货的嘲弄和讽刺，同时却褒扬了另一类佛教门徒，他们不守佛法、喝酒吃肉，却能行侠仗义、除暴安良，最终大彻大悟、修道成佛。

这类人以鲁智深和武松为代表。他们两人都是惹出了人命官司才遁入佛门的。虽然是被动地做了和尚，但最终都主动地落发为僧。鲁智深一生杀人放火，却能功德圆满；武松一生杀人无数，却也得以善终。

智真长老和智清长老，分别是五台山文殊院和东京大相国寺的住持，是《水浒》中的两名得道高僧。

智真长老更像一位忠厚长者，他力排众议，收留了鲁智深。对于鲁智深喝酒吃肉、打架斗殴，甚至醉后毁坏庙产等无视清规戒律的行为，他也保持着足够的宽容，最后迫不得已才将鲁智深介绍给他的师弟智清长老。

智真长老举止洒脱、智慧非凡，能一眼看穿人心。鲁智深初到文殊院，首座及众僧禀告智真长老说道：“却才这个要出家的人，形容丑恶，貌相凶顽，不可剃度他，恐久后累及山门。”长老道：“只顾剃度他。此人上应天星，心地刚直。虽然时下凶顽，命中驳杂，久后却得清净，正果非凡，汝等皆不及他。可记吾言，勿得推阻。”鲁智深临别五台山之时，智真长老送了他僧衣僧鞋，还有十两银子，并赠送四句偈子：“遇林而起，遇山而富，遇水而兴，遇江而止。”后来鲁智深引着宋江到五台山参禅，临别时智真长老又赠与四句偈子给鲁智深：“逢夏而擒，遇腊而执。听潮而圆，见信而寂。”这两个偈子言语深邃，并都一一得以验证，可见智真长老修行高深。

智清长老比智真长老更世俗一些。他接待鲁智深时，并未看出鲁智深以后能修得正果，显然其智慧不及师兄。他看了智真长老的书信后，召集两班职事僧人，先是将师兄埋怨一通，然后又征求众人意见，不像智真长老那样一锤定音，显然还缺少一些威望。但他能吸收手下的合理化建议，也显示着他的不凡之处。应该说，他将鲁智深安排到菜园做个“菜头”，还是一着妙招，既可避免鲁智深搅乱了寺庙清规，又可利用鲁智深的敢作敢为镇住一帮偷菜的泼皮。

除了智真、智清两位长老及其手下众僧，《水浒》中就很难看到正儿八经的和尚了。

晁盖攻打曾头市，正陷入胶着状态时，来了两个法华寺的监事僧人。他们自述曾家五虎经常勒索寺庙财帛，无所不为，愿意作为向导带领梁山大军乘夜劫营，剿灭曾头市武装。晁盖不听林冲的谏言，亲自领兵前去，结果钻进了曾头市与两位和尚精心设计的圈套。黑灯瞎火里，撞出一彪军马，当头乱箭射来，不期一枝毒箭正中晁盖脸上，梁山第二代泊主就此枉断了性命。

两个法华寺的和尚，凭着三寸不烂之舌，不但成功经受了林冲的盘问，打消了晁盖的疑虑，而且对法华寺内的种种异常，也解释得滴水不漏。

在人们的印象中，僧人不打妄语，这两个和尚正是利用了这一点，加上能言善辩，临危不乱，成功扮演了黑恶势力帮凶的角色。他们的成功，就是其他人的灾难。

与这两个和尚不同，邓元觉作为“国师”，直接参与了方腊阵营对抗梁山大军的战争。邓元觉外号“宝光如来”，使一条铮光浑铁禅杖，武艺高超，曾与鲁智深在杭州东门大战五十多回合，不分胜负。后来他率领5000人马，在增援睦州的路上遭遇宋江大军，秦明诈败，邓元觉来捉宋江，被花荣一箭射落马下而死。

邓元觉和鲁智深一样不是什么正经和尚，他的勇猛顽强，他的顾全大局，他的奋勇当先都给人留下了深刻印象。

《水浒》里另一个姓邓的和尚则相当奇葩，令人不可思议。邓龙，绰号金眼虎，已混到了二龙山宝珠寺住持的高位，忽然间心血来潮，竟然要求手下众僧全部养发还俗，聚集了四五百人，打家劫舍，剪径掳财。一个修行多年的寺庙住持，转眼间成了杀人不眨眼的魔头，而且动不动就取人的心肝做下酒菜，这画风变得实在太快。不过心胸狭窄的邓龙并没有逍遥多久，就被鲁智深一禅杖将脑袋劈为两半。不作就不会死，作得太多只得死于非命。

鲁智深遇到的不止邓龙一个恶僧，他在瓦罐寺曾遇到另一个作恶多端的家伙。崔道成，绰号生铁佛，是个云游和尚，他勾结道人邱小乙，赶走了寺里的老和尚，霸占了瓦罐寺。他们杀掠抢劫，胡作非为，“便是官军也禁不的他”。非但如此，还抢了良家妇女，每日喝酒淫乐。鲁智深在史进的帮助下，将这两个败类杀死，也算是清理佛界门户。

《水浒》里另一个有名的淫贼是裴如海。裴如海是裴家绒线铺里小官人，在报恩寺出家。从他勾引杨雄之妻潘巧云的手段看，确实是个步步为营的高手。他和潘巧云勾搭成奸后，还让胡头陀和使女迎儿专门把门望风，成就他俩的好事。一月有余，竟然约会了十数遍。他们的奸情被石秀看破，石秀先将胡头陀杀死，然后穿上胡头陀的衣服，等裴如海出来，又一刀杀了他，这个佛门孽障终成风流之鬼。

在裴如海与潘巧云通奸的故事里，我们可以感受到施老爷子对佛教持一种贬低、厌恶的态度。作者花了大量篇幅描写报恩寺和尚见到潘巧云后心猿意马的丑态，并发了一大通和尚最是色情的议论。甚至毫不掩饰地道出“一个字便是僧，两个字是和尚，三个字鬼乐官，四字色中饿鬼”这番话。施老爷子通过裴如海及寺中和尚种种败坏佛法的丑行，既暴露了寺院管理中存在的弊端，也表达了他对佛教的反感和批判。

除了智真长老、智清长老确实是佛界的清流外，不管是正面描写的鲁智深、武松，还是反面角色的崔道成、裴如海，他们都违反了佛教的“三归五戒”，在不同程度上消解了佛教礼法，但作者肯定了鲁、武二人，批判了崔、裴二人。作者也许想说的是，修行不在形式，而要看实质，一心向善才是佛门至高无上之道。

## 《水浒》说虎

一部《水浒》，与虎有关的人物、事件和情节数不胜数，其中的武松打虎、李逵杀虎和解珍、解宝猎虎的故事更是家喻户晓。同是人虎相斗，但情形完全不同。

武松打虎并非有意而为之，虽然店小二说景阳冈上有老虎，但武松根本不信。他的打虎行动是被迫的，打不死老虎，武松就要被饿虎吃掉。在这种没有退路的情况下，人的潜能无限放大了，所以武松能跳到虎背上，直打得老虎七窍流血而死。

李逵杀虎是在老娘被老虎吃掉之后，他杀虎的目的是给老娘报仇，具有很强的主动性。原本想带老娘上梁山享福，老娘却叫老虎吃了，李逵的愤怒可想而知。面对吃人老虎，他毫无恐惧，心中燃烧的是复仇的火焰，三下五除二，李逵一口气杀死了四只老虎。

解珍、解宝是登州猎户，猎一些山鸡野兔维生即可，不会主动去跟老虎较劲，但官府限他们三日内猎杀老虎，否则要受杖责，所以解珍、解宝猎虎是被逼的，是无奈之举。

从打死老虎的数量上来看，武松单打独斗打死一只大老虎，李逵一人杀死两只大老虎和两只小老虎，解珍、解宝是两人射杀一只大老虎。李逵杀死四虎，所用武器是朴刀和腰刀，解珍、解宝用的是药箭，根本没有近身与老虎搏斗，是利用专业技巧，而武松只凭着两只拳头，所以无论是武力还是惊险程度，武松打虎应排第一。

《水浒》中除了上述四人外，其实还有一人也勉强算得上打过老虎，他就是杨志。只不过杨志打杀的是一个外号唤做“没毛大虫”的无赖牛二，“大虫”就是老虎。

那么问题来了，老虎为什么又叫“大虫”呢?《水浒》中为什么有时直接用老虎，有时却用“大虫”来代指老虎呢？古人用“虫”来泛指一切动物，并把动物分为五类：禽为羽虫，兽为毛虫，龟为甲虫，鱼为鳞虫，人为倮虫。老虎是兽中之王，排行老大，威武勇猛，所以有“大虫”之称。但唐朝以前，这种叫法并不普遍。唐朝建立后，为避唐朝开国皇帝李渊的祖父李虎之讳，人们才用“大虫”来代替老虎。由于唐朝存在了289年，“大虫”的叫法也就约定俗成了。到了宋朝、元朝也一直沿用。

施耐庵写《水浒》是在元末明初，早已不存在“避讳”一说，老虎和“大虫”也就并用了，《水浒》中的情形就是如此。至于什么时候适合用老虎，什么时候适合用“大虫”，好像也没有严格区分。施耐庵在写真老虎时一般用“大虫”，武松打虎、李逵杀虎和解珍、解宝猎虎的描写中，老虎都用“大虫”指代。但用于人的外号时，还是有点讲究的。比如“打虎将李忠”，如果写成“打大虫将李忠”显然就不妥，因为读起来别扭。那“母大虫顾大嫂”、“病大虫薛永”如果唤做“母老虎顾大嫂”、“病老虎薛永”也很顺口，为什么施耐庵不这样写呢？这应该是考虑到用后者做绰号一是不雅，二是对主人公也有不敬之嫌。

翻看一下梁山108将花名册，绰号中含有“虎”或者“大虫”的有（按照排名）：插翅虎雷横、锦毛虎燕顺、矮脚虎王英、跳涧虎陈达、花项虎龚旺、中箭虎丁得孙、病大虫薛永、打虎将李忠、笑面虎朱富、青眼虎李云、母大虫顾大嫂。与打虎英雄武松、李逵、解珍、解宝全都位列天罡星不同，这些“虎”将们中只有雷横一人位列天罡星，排名第25位，其余10人都排在地煞星之列。总体来讲，虽然绰号吓人，但远不如兽中之王老虎那般虎威凛凛，实在有些唬人。林冲绰号“豹子头”，但这个“豹”却远比这些“虎”勇猛。

李忠从没打过虎，却号称“打虎将”，的确有些浪得虚名，但他却是九纹龙史进的开手师傅。李云本是朱富的师傅，但梁山排名却在朱富之后。俗语说“笑比哭好”，所以“笑面虎”压倒了“青眼虎”，貌似也有几分道理。锦毛虎燕顺和矮脚虎王英原是清风寨的大头领和二头领，此二虎后被宋江收服，成了宋江的嫡系。雷横能“跳二三丈阔涧”，因此唤做“插翅虎”，真正的“跳涧虎”陈达究竟能跳多远，书中却无交代，两虎PK的话，谁会胜出呢？雷横曾与童贯帐下的飞虎大将毕胜大战二十回合，两虎相斗，不分胜负。雷横和花项虎龚旺在征方腊时一同战死，雷横“被司行方砍下马去”，龚旺连人带马陷倒在溪里，“被南军乱枪戳死”，此二虎死得非常惨烈。丁得孙马上惯使飞叉，曾打败项充，后被燕青一箭射中马蹄，被吕方、郭盛生擒，倒也成全了“中箭虎”之名。归附梁山后，宋江竟然安排他做了步军将校，这种乱点鸳鸯谱的做法，直接把丁得孙送上了死路。在征讨方腊时丁得孙被草丛中的毒蛇咬伤，“毒气入腹而死”，死得很是奇葩。如果丁得孙仍是马军头领，怎么会被毒蛇咬到脚？要咬也只能咬马脚，死一匹马而已。薛永绰号“病大虫”，粗看有些奇怪，怎么能叫有病的老虎呢？与此相同的绰号还有“病关索”杨雄、“病尉迟”孙立。施耐庵在杨雄出场时说得很明白，“因为他一身好武艺，面貌微黄，以此人都称他做病关索杨雄。”在介绍孙立时，“淡黄面皮，落腮胡须，八尺以上身材，姓孙名立，绰号病尉迟”。很显然，这里的“病”是“面色发黄”的意思。在介绍薛永时却没有“面色发黄”的描写，而且老虎的脸天然就发黄，也用不着再强调，所以“病大虫”之“病”应该另有其意。它是一个使动用法，能使老虎困乏、疲惫的意思，就是说薛永比老虎还厉害，这才是作者的本意。

梁山上述11名“虎”将中，有10人在征方腊之战中死去，薛永在途中病死，丁得孙被毒蛇咬死，雷横等8人战死，只有排名百名之外的母大虫顾大嫂得以幸存，江南平定后被封为东源县君，后随孙立、孙新返回登州得以善终。

梁山好汉绰号中与虎有关的还有一位，他就是金眼彪施恩，孟州牢房管营之子，快活林主人。“彪”在古代是一种神秘动物，传说是母虎的第三个孩子。一般来说，母虎只产两只虎崽，李逵杀虎的情节中，就证实了这一点。但在偶然情况下，母虎也会生出第三只虎崽，这便是彪。

俄国文学作品中曾塑造出叶甫盖尼·奥涅金、毕巧林、罗亭、奥勃洛摩夫等四大“多余人”形象，而“彪”在母虎眼中，也成为多余的孩子。母虎不喂它奶，还要把它驱赶出家门。“彪”要吃尽千辛万苦，学会各种闪扑腾挪的本领，才能活下来。一旦活下来，“彪”就成为比虎更凶猛的动物。如果用一句话概括“彪”，那就是“吃得苦中苦，方为虎上虎”。施恩绰号“金眼彪”，按理说应该武功不凡，但在施耐庵笔下，却是徒有虚名，竟然连一个恶棍蒋门神都打不过，幸而有打虎英雄武松为他挽回了颜面。

# 宋江是如何化解晁盖遗言对自己的不利影响并坐上寨主之位的

《水浒》第六十回：

当日夜至三更，晁盖身体沉重，转头看着宋江嘱咐道："贤弟保重。若那个捉得射死我的，便教他做梁山泊主！"言罢便瞑目而死。

宋江见晁盖死了，如丧考妣，哭得发昏。宋江之哭是出于真心，毕竟晁盖曾与自己同生共死，如今阴阳两隔，痛心、悲伤是肯定的。宋江其实也是为自己而哭，晁盖遗言是摆明了不让他这个二当家的接班，而且对那支毒箭的来由颇起疑心。他们兄弟二人由最初的肝胆相照到最终的离心离德，面对这样的结局，宋江又如何不伤心？但伤心归伤心，对于梁山的领导权，宋江是绝对不会放弃的。

为了化解晁盖遗言对自己的不利影响，确保自己坐上第一把交椅，宋江做了五件事。

第一，明确杀害晁盖的凶手是史文恭，以正视听。

晁盖遗言是当着众头领之面所说，他对那支毒箭来由的疑心，只要是有心人都能听出来，当然梁山多是粗鲁大汉，能听出弦外之音的也不会多，但宋江必须"澄清"晁盖的说法，因为明确杀害晁盖的凶手，其实也就撇清了自己。这话只能说给那些能听出弦外之音的人，所以只能轻描淡写，如果郑重其事了，反而会有"此地无银三百两"之嫌，那样反为不妙。所以第二天吴用、林冲率众头领请宋江为山寨之主时，宋江道："晁天王临死时嘱咐：'如有人捉得史文恭者，便立为梁山泊主。'此话众头领皆知。今骨肉未寒，岂可忘了？又不曾报得仇，雪得恨，如何便居得此位？"宋江此话貌似说得随意，其实恰到好处，不动声色地将晁盖所说的那个"射死我的人"成功偷换成了"史文恭"。

第二，暂坐头把交椅，改“聚义厅”为“忠义堂”，对山寨重新进行布局，对头领重新进行洗牌。

在吴用的劝说下，宋江并未推辞，而是顺水推舟“权居主位”。宋江知道，这个时候是谦虚不得的，作为第三任首领（暂时代理），他要做得比前任更出色、更出彩，才有说服力，才会为自己日后名正言顺地坐上寨主之位打下坚实基础。

一朝权在手，便把令来行。宋江打出“替天行道”旗号，将“聚义厅”改为“忠义堂”，然后对整个水泊梁山的重要地理位置和水路、关口进行了重新布局，“前后左右立四个旱寨，后山两个小寨，前山三座关隘，山下一个水寨，两滩两个小寨”，令各弟兄分头把守和管理，各类专家和技术人员也安顿妥当，各司其职。应该说，宋江在代理一把手的第一次会议上，就将一切安排得井井有条，既明确了梁山以后“替天行道”的大方向，又将一帮无组织、无纪律的江湖好汉们尽皆笼络到位，“拱听约束”。这牛 B 真不是吹的，宋江在行政管理上真是把晁盖甩几条街了。当然这并非宋江一时之意，而是他深思熟虑的结果，只是在晁盖当政期间，他不便实施而已。

第三，和吴用唱双簧，暂停攻打曾头市。

一日宋江聚众商议，欲兴兵攻打曾头市，为晁盖报仇。吴用以居丧期间不可轻动、百日之后方可举兵为理由，劝宋江暂不攻打曾头市。其实这是宋江和吴用演的一出“二人转”。梁山上肯定有一批好汉，特别是以刘唐、三阮为代表的元老派，时刻想着要为晁盖报仇，只等宋江一声令下。宋江、吴用心知肚明，不得不施个缓兵之计。

宋江比谁都清楚，此时去打曾头市，绝不是最佳时机。

一者胜负难料。曾头市地面方圆数百里，人口众多，军马过万，扎有五个大寨，而且粮草充裕，防备森严，梁山要想打赢它谈何容易？一旦轻举妄动，搞得不好，自己就会成为晁盖第二。

二者即便梁山有取胜把握，那史文恭武艺高强，自己哪有能力捉得了他？从目前所有梁山好汉来看，武功最高的人是林冲。万一林冲打败史文恭，晁盖留下的元老派就会拥戴林冲为新寨主，晁盖尸骨未寒，谁又敢不遵守他的遗言？

第四，赚卢俊义上山立功，达到一箭双雕之效果。

宋江反复思量，让自己活捉史文恭百分百不可能，能让自己坐稳头把交椅的唯一办法，就是让晁盖的遗言处于难以执行的境地。

这需要三个条件：

其一，必须找到一个比林冲武功更强的高手为梁山拼死效力。

其二，必须想方设法创造条件让这个高手活捉史文恭，抢得头功。

其三，此高手必须是新人，在梁山没有根基和人脉资源，对第一把交椅没有觊觎之心。

踏遍铁鞋无觅处，得来全不费功夫。北京大名府龙华寺的大圆和尚为宋江圆梦来了。

大圆和尚一提到卢俊义，宋江、吴用如梦方醒，他俩相视一笑，笑得甚是诡秘，估计远在几百里外的卢俊义会连打几个喷嚏。

于是吴用带着宋江的小弟李逵去大名府打了一趟酱油，在卢俊义府上留下了一首打油诗。

卢俊义为避祸前往泰安，却被梁山好汉用计捉上梁山，劝其入伙，卢俊义不从。梁山一面放了他的管家李固先行下山，挑唆李固去官府告发卢俊义造反，一面又设计拖住卢俊义在梁山住了三五十日，才让其回家。

回家后的卢俊义被勾搭成奸的李固和妻子贾氏告发，屈打成招，打入死牢。此时宋江顾不得居丧期间不可打仗的说法，三打大名府，救出卢俊义。可怜“河北三绝”卢俊义，硬生生被梁山人逼上了梁山。

此后，梁山人马大破曾头市，曾家满门被杀。史文恭骑着宝马冲出了西门，恰巧遇到了燕青和卢俊义，在晁盖阴魂的干扰下，失魂落魄的史文恭被卢俊义一刀砍在腿股上，被生擒活捉。

攻打曾头市，梁山派出五路军马，但蹊跷的是，有两员武艺一流的大将却未被宋江、吴用安排上阵。哪两人？梁山元老林冲和刚上梁山的关胜，这两人都有擒杀史文恭的能力。由此可以看出，宋江、吴用为了要力保卢俊义争得头功，真可谓机关算尽。

史文恭被剖腹剜心，祭奠晁盖之灵。忠义堂上，宋江、吴用又唱起了双簧。一方面宋江以晁盖遗言为依据，又自谦有三个不如卢员外处，要推卢俊义坐寨主之位。另一方面吴用毫不含糊地劝宋江："兄长为尊，卢员外为次，人皆所伏。兄长若如是再三推让，恐冷了众人之心。"吴用自己说了也罢，却又"把眼视众人"。于是：

只见黑旋风李逵大叫道："我在江州舍身拼命，跟将你来，众人都饶让你一步。我自天也不怕！你只管让来让去做甚鸟！我便杀将起来，各自散伙！"武松见吴用以目示人，也发作叫道："哥哥手下许多军官，受朝廷诰命的，也只是让哥哥，如何肯从别人？"刘唐便道："我们起初七个上山，那时便有让哥哥为尊之意，今日却要让别人！"鲁智深大叫道："若还兄长推让别人，洒家们各自撒开！"

在这一帮大汉鼓噪之下，初来乍到的卢俊义即便吃了豹子胆，也不敢冒然坐上第一把交椅。

一切都按宋江、吴用编好的剧本神奇地上演，宋江坐上大位已是水到渠成，但宋江并不着急，为了显示他的能力出众，他要与卢俊义来一场PK。宋江提议由他和卢员外从东平府和东昌府中以抓阄的方式，各选一城，谁先攻破城池，谁为梁山之主。

本来各自人马分派妥当，吴用应该协助卢俊义攻打东昌府，但因宋江攻打东平府时遇到双枪将董平，不但未占便宜，还被捉走了史进。一筹莫展之际，吴用跑过来帮忙了。他设计捉了董平，赚开城门，大破东平府。然后宋江反过来帮助卢俊义荡平了东昌府。

回到梁山忠义堂，宋江坐上大位，再也不提晁盖遗言的话题。他看着依次而坐的108位头领，甚是高兴，命令排宴庆贺。宋江知道，他离正式就任大头领还差一个仪式。

第五，精心策划天降碣石事件，终登梁山第一号宝座。

按照宋江的提议，梁山建了一罗天大醮，报答天地神明眷佑之恩，并请公孙胜主行醮事。公孙胜与那四十八员道众，都在忠义堂上做醮，每日三朝，至第七日满散。

在做到第七日三更时分，天门大开，一团火球直钻入正南地下。宋江叫人掘开泥土，地下三尺深处挖出一块碣石，正面两侧，各有龙章凤篆蝌蚪文字。经何道士指点，上面写着“替天行道”“忠义两全”等字眼。前面有天书三十六行，皆是天罡星；背后也有天书七十二行，皆是地煞星，下面注着众义士的姓名。宋江让圣手书生萧让用黄纸誊写出来，梁山泊 108 位好汉的座次就这样排定了。不出所料，天罡星首行正是：天魁星呼保义宋江。

其实所有这一切，都是宋江、吴用和公孙胜预谋的结果。宋江为了彻底化解晁盖遗言的困局，也为了梁山的安定团结，借助上天的名义，完成了对梁山的改朝换代。

在天降碣石事件中，我们似乎听到了“大楚兴，陈胜王”的诡异狐鸣，也听到了“苍天已死，黄天当立”的沙哑吼声。虽然宋江走的是一条与陈胜、张角完全不一样的招安之路，但宋江和他们一样，都以天命神授的方式来神化自己，巩固自己的地位，并凝聚人心，从而稳而当之地登上了梁山第一宝座。

## 宋江与武松：曾经相见恨晚的结拜兄弟为何最后却分道扬镳

梁山好汉排定座次后，转眼之间就到了重阳节，宋江大开筵席，举办“菊花之会”，一时间忠义堂上遍插菊花，堂前两边敲锣打鼓，众头领各就各位，觥筹交错，笑语喧哗，开怀畅饮。梁山上的三位才子马麟、乐和、燕青也粉墨登场，吹箫唱曲弹古筝，一派安乐和谐的气象。

面对此情此景，宋江一高兴又喝醉了，这一喝醉不要紧，老毛病又犯了，这回他不写反诗，而是填了一首《满江红》的词，道是：

喜遇重阳，更佳酿今朝新熟。见碧水丹山，黄芦苦竹。头上尽教添白发，鬓边不可无黄菊。愿樽前、长叙弟兄情。如金玉。

统豺虎，御边幅。号令明，军威肃。中心愿，平虏保民安国。日月常悬忠烈胆，风尘障却奸邪目。望天王降诏早招安，心方足。

宋江写完，自我欣赏一番也就罢了，他却非要乐和将这首词唱出来。乐和刚唱到“望天王降诏早招安”时，就出事了。

先是武松叫道：“今日也要招安，明日也要招安去，冷了弟兄们的心！”随后李逵睁圆怪眼，发起了酒疯，大吼道：“招安，招安，招甚鸟安！”还飞起一脚把桌子踢翻在地。

按常理，闹事的始作俑者是武松，李逵同学只是响应，不过是言行粗鲁一些罢了，但宋江却呼叫左右，要把李逵推出去斩首，在众头领求情后，才饶了李逵，送他关禁闭了。

李逵天不怕地不怕，只服宋江，是宋江的头号死忠粉。武松是宋江的结拜小弟，俩人也曾意气相投，相见恨晚。但宋江与李逵的关系要远远好过了与武松的关系，所以宋江要杀李逵，实际上是做给武松看的。

宋江酒醒后，对武松说了一番意味深长的话：“兄弟，你也是个晓事的人，我主张招安，要改邪归正为国家臣子，如何便冷了众人的心？”

仔细分析一下，宋江的话有几层意思。

第一，宋江的一声“兄弟”，是对武松的提醒。当初俩人邂逅在柴进庄上，其时一个沦为罪犯、流落江湖，一个穷困潦倒、寄人篱下。宋江对不被柴大官人待见的武松嘘寒问暖，关怀备至，又是送银子又是做新衣。武松对宋江也是五体投地、相见恨晚。俩人临分手时，武松主动与宋江结拜为兄弟。宋江此时是提醒武松，你我有兄弟之情，何故带头拆我的台？

第二，宋江说武松“你也是个晓事的人”，那是话中有话。宋江和武松在孔家庄重逢，同睡一榻，情同手足，宋江邀请武松和他一同到花荣那儿小住。武松怕连累宋江和花荣，婉言谢绝了，只想去投二龙山落草，并说了一句十分重要的话：“天可怜见，异日不死，受了招安，那时却来寻访哥哥未迟。”

这句话之所以重要，是因为《水浒传》中第一个提出“招安”主张的是武松，而不是宋江。宋江说武松“你也是个晓事的人”，其实是在暗示武松，当初是你提出“招安”，现在又反对招安，你怎么能出尔反尔呢？

第三，宋江责问武松：“如何便冷了众人的心？”意思很明白，我要招安，是为弟兄们的出路考虑，你武松反对招安，那是你个人意见，你能代表众人的看法吗？

说得严重点，宋江内心里并不想轻易放过武松，即便没动杀心，那也是很想给武松一个教训。不过鲁智深的一番话，让宋江迅速冷静了下来。

鲁智深便道：“只今满朝文武多是奸邪，蒙蔽圣聪，就比俺的直裰染做皂了，洗杀怎得干净？招安不济事，便拜辞了，明日一个个各去寻趁罢。”宋江道：“众弟兄听说：今皇上至圣至明，只被奸臣闭塞，暂时昏昧，有日云开见日，知我等替天行道，不扰良民，赦罪招安，同心报国，青史留名，有何不美！因此只愿早早招安，别无他意。”众皆称谢不已。

鲁智深的仗义执言，打消了宋江教训武松的想法。鲁智深是三山派系的一号人物，在梁山上颇有号召力，宋江还是很忌惮的，于是宋江转而解释了一番，并强调“别无他意”。

“别无他意”究竟是何意？就是没有为难你们的意思，你们不要多想。深究一下，是不是有点“此地无银三百两”的意味？

其实宋江并没有放下这件事，第二天众人引着李逵到堂上向宋江请罪时，宋江喝道：“我手下许多人马，都是你这般无礼，不乱了法度？且看众兄弟之面，寄下你项上一刀，再犯必不轻恕。”

这话表面是对李逵说的，实质上是说给武松听的。

此后，宋江如愿实行了招安，并带领梁山好汉东征西讨，武松虽也参与其中，但再也得不到宋江的信任，兄弟俩很少有交集，情分也越来越薄。

宋江、武松最后一次相见是在六和寺，其时武松已在征讨方腊时被包道乙暗算，砍去一臂，成了废人。武松对宋江说道：“小弟今已残疾，不愿赴京朝觐。尽将身边金银赏赐，都纳此六和寺中，陪堂公用，已作清闲道人，十分好了。哥哥造册，休写小弟进京。”宋江见说：“任从你心。”

任从你心是什么意思？就是你想咋的就咋的，我不管了。

面对已成废人的武松，宋江没有表达一丝同情，也没有说一句安慰话，一句“任从你心”，就把武松打发了。

非但如此，林冲风瘫后，留在六和寺，宋江还让武松去照顾林冲。

宋江被害后，吴用和花荣双双吊死在宋江坟前，那么武松得知宋江的死讯会做何感想呢？书中没有交代，估计武松不会有多么伤痛感怀，因为他们二人早已形同陌路、恩断义绝。

那么，曾经相见恨晚的结拜兄弟，为何到最后却分道扬镳？

其一，在招安问题上，俩人产生了严重分歧。

当初宋江和武松在孔家庄分手时，武松对宋江说：“天可怜见，异日不死，受了招安，那时却来寻访哥哥未迟。”宋江对武松提出的招安想法非常认同，并说了一段很暖心的话：“入伙往后，稍戒酒性，如得朝廷招安，你便可撺掇鲁智深、杨志屈从了。日后可是在边上，一刀一枪，赢得封妻荫子，久后青史上留一个好名，也不枉为人一世。”

但人算不如天算，武松上了二龙山后，不但没有劝说鲁智深、杨志二人招安，反而受到鲁智深的影响，成了反对招安的急先锋。

其二，两人不同的出身，决定了他们完全不同的志向。

武松出身草根，属于贫苦阶层，一生所追求的无非是丰衣足食，有尊严地活着。

同样是反对招安，武松和李逵是有区别的。李逵反对招安，是要把皇帝拉下马，让他的宋江哥哥坐上皇位。武松反对招安，并没有要改朝换代的意思，他只想保持现状，和众头领在梁山上大碗喝酒、大块吃肉。

宋江是乡村富二代和刀笔吏出身，“自幼曾攻经史，长成亦有权谋”，所以他不甘平庸，“敢笑黄巢不丈夫”。他选择招安，是为梁山众兄弟寻找出路，更是为实现自己的远大志向，那便是报效朝廷，建功立业，赢得封妻荫子，青史留名。

不同的志向，决定了他们最终走不到一起，分道扬镳是必然结果。

其三，征讨方腊梁山好汉十损其七，武松对宋江彻底绝望。

攻打江南一役，梁山好汉损兵折将，死的死，伤的伤，跑路的跑路，原来那种笑语喧哗、亲如一家的快乐场面不复存在。特别是鲁智深坐化六和寺，更是让武松心灰意冷。武松把这一切都归罪于宋江的招安，认为宋江为了自己的前途，使兄弟们变成了毫无价值的炮灰。武松不愿赴京朝觐、接受封赏，固然是他看透了官场黑暗，看淡了人生得失，但更主要的还是对宋江彻底绝望。

若干年后，当武松回首往事时，不会因没有做官而悔恨，也不会因没享受荣华富贵而羞耻，因为他活到了八十岁，而宋江呢？他已长眠蓼儿洼四五十年了。

选择即命运，宋江和武松选择了不同的人生道路，也就有了不同的人生结局。孰对孰错？谁能说得清呢。

# 细数《水浒》中的好女人

《水浒传》中坏女人特别多，既有潘金莲、潘巧云、阎婆惜这一类淫妇荡女，也有王婆、李鬼妻子这一类见利忘义的小人物，也有孙二娘、顾大嫂一类杀人如麻的女汉子。但《水浒》里就真的没有好女人吗？答案是否定的，这里我们可以细数一下，《水浒传》里写了哪些好女人。

## 一、王母

这个王母可不是传说中的王母娘娘，而是王进的老母亲。

王进是《水浒》中第一个出场的好汉，东京八十万禁军教头，他的父亲王升在世时曾将当时的闲人高俅一棒打翻，“三四个月将息不起”。高俅小人得志，做了殿帅府太尉，第一件事便要报复王进，并撂下狠话。王母得知后毅然决然对王进说：“我儿，三十六着，走为上着。”随后又提醒王进，要避开两个牌军，防止走漏风声。

王母“年已六旬之上”，按照中国人的传统观念，年龄大了都讲究叶落归根，又怎么能背井离乡呢？王母选择逃亡，不为别的，只为了儿子的安全着想。如果是其他老人，也许会劝儿子“人在屋檐下，不得不低头”，让儿子主动认个错、送个礼什么的。王母深知儿子的为人，深知高俅不是省油的灯，什么坏事都干得出来，她宁愿放弃安宁的晚年生活，也不肯让儿子受到任何委屈和迫害。

在逃亡的路上，王母因鞍马劳顿，引发心绞痛，亏得在史家庄得以休息。可见王母平常身体并不好，也是老病缠身。那么，是什么力量让老人家选择千里大逃亡？其实就是一份沉甸甸的母爱！

虽然书中对王母着笔不多，但一个明事理、晓大义的慈母形象呼之欲出。

## 二、金翠莲

金翠莲是个苦命女子，跟着父母从东京到渭州投奔亲戚不着，母亲又在客店染病离世。屋漏偏逢连夜雨，金翠莲被恶霸郑关西看上了，“写了三千贯文书，虚钱实契”，强娶为妾。后又被赶出家门，只得靠卖唱赎身。

金翠莲因为啼哭，打搅了鲁达的酒兴。鲁达问明情况后，和史进两人凑了十五两银子给了金氏父女，并在第二天早上保护金氏父女离店远去。随后鲁达三拳打死了郑关西，不得不亡命江湖。

鲁达逃到代州雁门县时，巧遇金翠莲父女。金翠莲不但热情款待，还让夫君赵员外将走投无路的鲁达安排到五台山做了和尚，鲁达从此成了鲁智深。鲁智深两次醉酒后大闹五台山，损毁庙产，打伤众僧，亏得赵员外从中周旋。鲁智深在五台山实在没法安身后，赵员外又将鲁智深介绍到东京大相国寺。可以说，没有金翠莲在背后的努力和关心，鲁智深难以逃出官府的天罗地网，也肯定没有鲁智深后来的人生传奇。

金翠莲应不应该救鲁达？确实应该，毕竟鲁达是救命恩人，但鲁达沦为一个杀人犯时，这个“应该”就要打个问号。虽然说鲁达是因为她才犯事，但郑关西罪不至死。即便是死罪，也是官府的事，犯不着鲁达动手。再者，金翠莲刚嫁赵员外不久，就自作主张去包庇一个遭到通缉的杀人犯，很可能会失宠于赵员外而再次遭到抛弃，毕竟她也只是赵员外的“外宅”，并没有什么正式名分。第三，包庇杀人犯本身就是违法的，一旦被官府知道，会受到连坐处罚。

因此，不管从哪方面讲，金翠莲救鲁达都承担着巨大风险，而金翠莲却毫不犹豫地做了，而且做得滴水不漏，堪称完美。

究竟是什么让一个弱女子奋不顾身地去救一个杀人犯？因为金翠莲

知道“滴水之恩，当涌泉相报”。

金翠莲是一个知恩图报的好女人。

## 三、林娘子

林娘子是八十万禁军教头林冲的夫人，在《水浒传》中只知道姓张，并没交代叫什么名字。但在明代剧作家陈与郊所著的《水浒》戏《灵宝刀》中，林娘子的名字叫张贞娘。想来陈与郊之所以取这个名字并没有什么其他依据，只因为林冲娘子是一个忠贞不贰的女人。

《水浒传》中，并没有林娘子容貌的具体描写，但肯定是一个颜值很高的女子。林娘子不但长得漂亮，还很贤惠，如林冲所言，结婚“已至三载，不曾有半些儿差池。虽不曾生半个儿女，未曾面红面赤，半点相争”。这足以说明，林娘子知书达理、温婉贤淑，而且与林冲举案齐眉，彼此相爱。

当高衙内第一次见到林娘子的时候，就把她堵在了路上。林娘子红着脸怒斥：“清平世界，是何道理，把良人来调戏？”当毫不知情的林娘子被骗到陆谦家面对高衙内的调戏时，林娘子除了怒斥外，还大喊“杀人”以图自救。正是在她的竭力反抗之下，才争取到了林冲前来营救的时间，从而保全了自身的清白。

当林冲被陷害发配之时，林娘子“号天哭地叫将来”。当她见到林冲的一纸休书，一时哭昏在地，“半晌方才苏醒，兀自哭不住”。这都表明了林娘子对林冲的依恋和不舍。

及至林冲上了梁山，高衙内威逼亲事，林娘子自缢身死，这是何等刚烈！

因为恪守着传统美德，才让林娘子选择宁死不屈。

林娘子是一个美丽贤惠、坚贞不二的好女人。

## 四、锦儿

锦儿是林娘子的侍女，也就是民间所说的“丫鬟”。锦儿年龄不大，她怎么到林冲家的，父母是谁，书中没有交代，想来应该是穷苦人家的孩子。

锦儿是个小人物，聪明伶俐，还相当机灵。她曾两次给林冲报信，救出女主人。

第一次是陪护林娘子到岳庙烧香，被高衙内堵在五岳楼。锦儿一溜烟跑了，找到林冲报信。林冲及时赶到，赶走了高衙内。

第二次是林娘子被骗到陆谦家里，被高衙内调戏。锦儿慌忙跑下楼去找林冲，却四处找不着。遇到卖药的张先生，才打听到林冲在樊楼吃酒。又是锦儿及时给林冲报信，才让林娘子免遭高衙内污辱。

林娘子两次遇险时，锦儿没有选择蹲守现场，因为她知道，主仆二人势单力薄，不是流氓无赖的对手。她选择及时向林冲报信，充分显示了她的机智。

林冲被陷害发配后，林娘子在高俅和高衙内的逼迫下，为保全贞洁自缢身亡，锦儿即便想救主，也是有心无力。

林娘子去世后不到半年，林冲的岳父张教头也染病身故。家里只剩锦儿一人，“招赘丈夫在家过活”。

由此可见，锦儿在林娘子死后，还是尽心尽力地服侍张教头，直到老人家去世。

《水浒传》里丫鬟、使女这一类角色很多，基本没有名字，但锦儿除外。而且施老爷子在这部宏大作品中，竟然记得交代锦儿的结局，说明作者对锦儿是认可的。

锦儿是一个底层小人物，她聪明机智，忠心护主。最后无意中继承了主人的家产，也算是好人有好报。

## 五、李小二妻子

这个女人没有名字，只知道姓王。她是李小二的妻子，按过去的叫法，称为“李王氏”也未必不可。

李小二年轻时在东京得到林冲很多恩惠，后投奔到沧州王家酒店做伙计，并被招为女婿，他的妻子就是李王氏。

林冲发配沧州后巧遇李小二，得到李小二夫妻的热情款待。此时的林冲已经成了劳改犯，走到人生低谷，但李小二夫妻不改初心，仍视林冲为恩人。

特别是李小二妻子，夫唱妇随，丈夫的恩人就是她的恩人。尽管李小二是入赘的女婿，但她并不以此为念，全凭丈夫当家做主。

此后只要林冲到店里喝酒，她都忙前忙后，添酒加菜。林冲平日穿的鞋袜衣帽，都是她浆洗缝补，对林冲照顾得十分周全。

非但如此，她还偷听到陆谦与管营、差拨要谋害林冲的关键对话，并转达给林冲。林冲有了防备之心，才免遭灭顶之祸。

说李小二妻子救了林冲一命，毫不为过。

李小二妻子只是个毫不起眼的小人物，但她善良勤劳、知恩图报，不但温暖了落难时的林冲，也让有心的读者深受感动。

## 六、何夫人

何夫人是济州府缉捕使臣何涛的妻子，她的年龄、长相书中都没有交代。

何夫人见丈夫回家后闷闷不乐，她细细问询，并劝解安慰，体现着她对丈夫的关爱。喜爱赌钱的小叔子来了，丈夫没给好脸色。在兄弟两人话不投机时，何夫人将小叔子招到厨房，亲自下厨为小叔子炒菜烫酒。正是她在兄弟俩之间的耐心撮合，才使黄泥冈上生辰纲被劫的案子有了实实在在的线索，为何涛抓捕白胜立下了功劳。只可惜由于宋江给晁盖报了信，才使何涛抓捕晁盖等人的计划落空，甚至使何涛被割了两只耳朵。尽管如此，何涛毕竟破了案，应该不会被府尹发配充军了。

作为妻子，何夫人对丈夫关心体贴，是个标准的贤内助。作为嫂嫂，何夫人对不务正业的小叔子也不嫌弃，亲自安排酒食。兄弟俩关系紧张，何夫人两边圆场，真正做到了顾全大局。

虽然何夫人帮助丈夫是站在梁山好汉的对立面，但从家庭和做人的角度，何夫人不失为一个贤惠善良的好女人。

## 七、徐宁娘子

徐宁娘子是东京禁军金枪班教头徐宁的妻子，初出场时是通过时迁的眼睛描述出一幅十分温馨的画面："见那金枪手徐宁和娘子对坐炉边向火，怀里抱着一个六七岁孩儿。"

很普通的一句话，就道出了徐宁娘子是一个相夫教子的贤淑女人。

她时刻操心着丈夫的生活，得知徐宁第二天必须五更早起随侍御驾，她便吩咐丫鬟"四更起来烧汤，安排点心"。作为家庭主妇，她把事务安排得十分妥帖，是个持家好手。

对于丈夫十分看重的传家宝甲，她时刻留心，听到梁上有细微的动静，她很机警地查问，只可惜被时迁学鼠叫蒙混过关，才导致宝甲被盗。

毫无疑问，徐宁娘子是个贤妻良母。

## 八、何九叔妻子

在书中，何九叔的妻子只说了两句话。

她见到因晕倒被抬回家的丈夫时，哭道："笑欣欣出去，却怎这般归来！闲时曾不知中恶。"这句话倒也无关紧要，妻子担心生病的丈夫，人之常情。

然而第二句话却是石破天惊!

何九叔在勘验武大尸体时，发现了武大被毒死的真相。在主持尸体火化前，何九叔陷入了进退两难的境地。何九叔的妻子得知后，说道:“如今这事有甚难处，只使火家自去殓了，就问他几时出丧。若是停丧在家，待武松归来出殡，这个便没什么皂丝麻线。若他便出去埋葬了，也不妨。若是他便要出去烧他时，必有蹊跷。你到临时，只做去送丧，张人眼错，拿了两块骨头，和这十两银子收着，便是个老大证见。”

有分教，正是这段话，为这个案子保留了证据，还原了真相，也为武松成功复仇后罪不至死留下了伏笔。可以说，这句话也救了武松一命。

难怪何九叔听后，忍不住夸赞：“家有贤妻，见得极明！”

确确实实，何九叔的妻子是个睿智聪慧的好女人。

除了以上几个，《水浒》中的好女人还有不少，比如顾大嫂，行侠仗义、敢作敢当，虽然不是传统意义上的温柔女性，但她的“好”无人能否认。比如公孙胜的母亲、李逵的母亲都是如王进母亲一样的慈母形象。再比如琼英，和张清结为恩爱夫妻，并生下一子，名为张节。张清阵亡后，琼英含辛茹苦将张节抚养成人。张节后来成为抗金名将，琼英功不可没。

《水浒》中写到的女人有五六十个之多，既有坏女人，也有好女人，更有不少难以用好坏标准来评定的女人。仔细分析后我们可以发现，作者塑造坏女人时浓墨重彩，而刻画好女人时却往往轻描淡写，这既有情节的需要，也有作者故意为之。如此便给人“一部《水浒》尽是坏女人”的印象，而好女人基本被淹没在平淡的叙述和精彩的故事中了。

# 一只黄狗为什么会调戏武松

武松说过这样一句话：“带一分酒便有一分本事；五分酒五分本事。我若吃了十分酒，这气力不知从何而来。”

武松确实没有吹牛。

喝了十八碗酒，他打死了一只老虎；喝了三十五六碗酒，他彻底打垮了蒋门神。这些都是武松的高光时刻。

白云苍狗，世事难料。

有的人倒霉时，喝凉水也塞牙，武松倒霉起来，喝完酒却被一只黄狗给调戏了。

这不，武松在一个村落小酒店，打跑了孔亮，把人家预订的酒肉和鸡吃了个八分，酒足饭饱，出门沿着溪水而行。

这次他没有碰到老虎，也没碰到蒋门神一类的家伙。武松碰到了一只狗，一只黄狗。

黄狗原本在土墙里面，听到武松深浅不一的脚步声，觉得奇怪。它走出来，就看到了东倒西歪的武松。

这样的醉者，黄狗见得多了，都是些狗男女，不是什么好人。

因此黄狗昂着头，对着武松大叫。

武松不理它，向前跨一步，黄狗跟一步，继续大叫。

武松瞪一眼黄狗，黄狗也瞪着他，毫不示弱，仍然大叫。

武松向旁边闪了一步，黄狗不依不饶，还是大叫。

武松回过头来追一步，黄狗后退一步，更是大叫。

黄狗的大叫，让武松气不打一处来！

黄狗的大叫，让武松心烦意乱！

武松拔出一口戒刀，大踏步回赶，黄狗很机智，绕着溪岸边走边叫。

武松奋力一刀砍去，却失去了重心，一个跟头跌到溪水里。

黄狗一见武松像只落水狗，站着欣赏了一会武松的狗爬式。它不叫了，好像它在这个桥段里的戏演完了。

武松赤手空拳能打死一只凶猛的老虎，手握一只戒刀却被一只黄狗打败，任谁也想不通。

想不通也得承认，因为这是事实。

那么，一只黄狗为什么要调戏武松？

人说万物有灵，其实黄狗早就看出来，武松已经不是一个英雄了，或者武松已经是英雄末路了。

作为英雄的武松，曾经景阳冈拳打白额虎，狮子楼手刃西门庆，快活林醉揍蒋门神，飞云浦怒杀四恶汉。可是随后，武松就与英雄的形象渐行渐远，而变成一个滥杀无辜的愤青。

《水浒》第三十一回，武松在飞云浦杀了两个公差和蒋门神派来的两个徒弟后，仍然怨恨冲天："不杀得张都监，如何出得这口恨气！"

这张都监被蒋门神、张团练买嘱，设计陷害武松，该不该杀？该杀！蒋门神、张团练在背后策划阴谋诡计，欲置武松于死地，该不该杀？该杀！

可是武松不止杀了这三人，还杀了另外十二人。

哪十二人？

第一个是后花园墙外马院里的马夫。武松逼他说出张都监的下落后，说道："恁地却饶你不得！"手起一刀，将他杀了。

然后武松来到厨房，听到两个使女正在埋怨张都监一伙噇得醉了，还不肯休息。武松毫不手软，"呀"地推开门，抢入来先把一个使女鬓角儿揪住，一刀杀了。另一个本想要走，却吓得呆在原地，武松手起一刀也杀了。

武松在鸳鸯楼杀了张团练、蒋门神和张都监后，见两个亲随上得楼来。武松随在背后，手起刀落，早剁翻了一个。另一个跪下讨饶，武松道："却饶你不得！"揪住也砍了头。

武松下楼遇到张都监夫人，飞起一刀劈面剁下，刀口都砍缺了。

武松上楼换了把朴刀下来，遇见玉兰引着两个小丫鬟。武松先向玉兰心窝里搠一刀，两个小丫鬟也被一朴刀一个搠死了。

武松走出中堂，又在房子里找到两三个妇女，也都搠死了。

一口气杀了这么多人，武松道："我方才心满意足，走了罢休！"

这真是一场惊心动魄的屠杀，该杀的都杀了，不该杀的无辜之人也都杀了，没留下一个活口！

其实那些丫鬟、使女和马夫，哪一个不是贫苦人家的孩子？

武松从小失去父母，是由哥哥武大郎一手带大，身世可谓悲惨，那些被他杀死的下人，其实和他一样，也是身世可怜之人。

同是孤苦伶仃人，奈何杀人如猪羊？！

至此，英雄武松已不再是英雄。

至少在黄狗眼里，喝得七倒八歪的武松，更像一个地痞无赖。黄狗这样想，换作灰狗或者黑狗，也会这样想。

传说施老爷子写到武松打虎时，无法下笔，便到外面散步，见有一只黄狗睡在松树下，一名喝得醉醺醺的庄丁武阿二把黄狗打死了。施耐庵全程观看了打斗场景，受到启发。回家后以此为原型进行创作，他把黄狗写成了吊睛白额黄老虎，把武阿二写成了武二，就这样，武阿二打狗变成了武松打虎，而且写得活灵活现。

吊诡的是，被武阿二打死的黄狗却又被施耐庵复活了，还把打虎英雄武松一顿调戏，施老爷子你到底想咋样？

施老爷子躺在施家桥的丘垅间，默默无语。可是从施老爷子安排给武松的星号"天伤星"来看，或许可以窥测到施老爷子对武松爱恨交加的心情。

再看结局，灵应天师包道乙以玄天混元剑，飞剑斩断武松的左臂。武松失去一臂，终于放下一双屠刀，到六和寺正式出家。武松失去的是左臂，凭借右手也还能自理，八十而逝，得以善终。

黄狗其实就是施老爷子的道具，幻化成老虎时，成就武松的美名；还原成本来面目时，又能把武松调戏。巨笔如椽，峰回路转，施老爷子的神思妙构，令人信服不已。

# 英雄与酒：梁山好汉的杯中人生

## 一

“醉里乾坤大，壶中日月长”，这是《水浒传》中孟州快活林酒店门前酒旗上的一副对联，精巧典雅，意味深长，充满酒文化气息。酒店檐前还挂着一个酒望子，上书四个大字“河阳风月”，这个广告语也很有意蕴。

快活林酒店原本是金眼彪施恩经营的，因为利润丰厚，当地恶霸蒋门神看了眼红，从施恩手中强行夺走，还把施恩扁了一顿。

当志得意满的蒋门神“披着一领白布衫，撒开一把交椅，拿着蝇拂子，坐在绿槐树下乘凉”之时，一个大汉步态踉跄地抢到了门前。此人不是别人，正是打虎英雄武松。

此时的武松走了十四五里地，路过了十二三家酒店，每个酒店各喝了三碗酒，共喝了三十五六碗，这叫“无三不过望”。

如果是一般人喝了这么多酒，早就醉成了烂泥，但武松却只五七分酒。武松自己说过：“带一分酒便有一分本事；五分酒五分本事。我若吃了十分酒，这气力不知从何而来。”

带着五七分酒的武松先是将蒋门神的小妾和一众酒保扔进了酒缸，然后又用平生所学“玉环步鸳鸯脚”将蒋门神打得鼻青脸肿，连声求饶。

这场打斗其实毫无悬念，此前在景阳冈，武松连喝十八碗酒。别人三碗不过冈，武松却三拳两脚打死一只吃了二三十个大汉的老虎。蒋门神再有能耐，又如何比老虎更厉害！

武松醉酒打老虎，成为天下美谈。但即便是打虎英雄，也曾在醉酒后被一只黄狗欺负过。

那是在大闹飞云浦、血溅鸳鸯楼后，武松被张青所救，为避官府追捕，武松打扮成行者前去投二龙山入伙。在一个酒店内武松先是吃了四角档次较低的“茅柴白酒”，后打跑了孔亮，抢了一樽窨藏的青花瓮好酒，把这酒连同肉和鸡又吃了个八分。武松喝了两种不同档次的酒，因此很快就醉了。他沿着小溪走了四五里路，旁边土墙里窜出一只黄狗，对着武松狂吠。这不能怪黄狗，武松走路跌跌绊绊、歪歪扭扭，在黄狗眼里肯定不是好人。武松恨那只狗赶着他只管吠，便将左手鞘里掣出一口戒刀来，大踏步赶去，那只黄狗却绕着溪岸和武松周旋。武松一刀砍去，用力过猛，收不住脚，一个跟头跌到溪水里，好不容易爬起来，却又一跤跌倒，在溪水里翻滚。

同样在醉酒状态下，为何武松既能打死一只猛虎，却也能败于一只黄狗？这其实是施老爷子的精心安排。人生有高峰就有低潮，两种状态下不可同日而语。高光时刻的武松激发出的战斗潜能是无限的，而走入低谷时他的精神力量已消耗殆尽。

武松的人生与酒有着解不脱的关系，年少时就因醉酒与人口角，一拳打得人家昏死过去。在柴进庄上避难仍然不改禀性，喝醉后只要庄客有些管顾不到处，便挥拳揍人，以至于不招柴大官人待见。逃亡路上，又酒性发作痛打孔亮，差点丢掉性命。可以说，因为喝酒，武松犯了不少错误，吃了许多苦头，但酒也成全了武松，醉打老虎，醉打蒋门神，让他扬名立万,千古留名。

## 二

宋江也是喜欢喝酒之人，但凡遇到江湖好汉，除了送人银子，还要拉着人家喝酒。后来上了梁山，更是大宴小宴天天有，什么聚义酒、庆功酒、接风酒、饯行酒，名目繁多。实在找不到理由，也要“每日轮流一位头领做筵席庆贺”。

宋江是刀笔小吏出身，有点文人雅兴，喝多了酒后，他就成了文学青年，忍不住要吟诗作赋。宋江本是个城府很深、心机莫测的人，可一旦喝醉了，便把本性全部暴露出来。

浔阳楼前，宋江看见门边一副楹联“世间无比酒，天下有名楼”，便上楼独饮，饮至半酣，想到自己功不成名未就，反倒成了罪犯，被发配到江州，不觉酒涌上来，潸然泪下，临风触目，感恨伤怀，便去粉墙上做了一首西江月，内有“他年若得报冤仇，血染浔阳江口”之句，又做了一首诗，道是：心在山东身在吴，飘蓬江海谩嗟吁。他时若遂凌云志，敢笑黄巢不丈夫！

宋江是在郓城犯的杀人罪，与江州人无干，他却要血染浔阳江口，这不合逻辑，明显酒高了。黄巢在唐末造反，号称“冲天大将军”，并在长安称帝，国号“大齐”，虽然最终失败了，但也算是个狠角色。宋江连黄巢都敢嘲笑，这志向非同一般，摆明了要当皇帝。

此时的宋江尚未加入梁山，也就谈不上有招安的念头，他醉酒后所作诗词，表达了他内心真实的想法。这要是放在文字狱盛行的清朝，不被灭族才怪！要不是众多好汉们相救，宋江早就成了刀下之鬼。

喝酒惹祸，宋江被逼上了梁山，最终走上了招安之路，而一壶御赐毒酒，却让宋江命归黄泉，成就了忠义之名。

酒是宋江行走江湖的道具，也是他命中注定的归途。

## 三

李逵以好喝酒闻名，但酒品欠佳，兴化人有个俗语叫“武酒”，意为酒喝高了，与人一言不合就动手打架。

李逵出身贫苦，属于吃了上顿没下顿的人，一旦有酒喝，必定要喝个痛快，所以喝醉是常事。喝完酒的李逵常常招惹是非，打架骂人样样来。戴宗评价李逵：“这厮本事自有，只是心粗胆大不好。在江州牢里，但吃醉了时，却不奈何罪人，只要打一般强的牢子。我也被他连累得苦。专一路见不平，好打强汉，以此江州满城人都怕他。”

琵琶亭上，李逵与宋江、戴宗饮完酒，宋江要吃鲜鱼汤，李逵自告奋勇到江边渔船上讨鲜鱼，听渔人说要等鱼牙主人来了才能卖，李逵大怒，把渔人一顿乱打，最后和张顺从岸上一直打到水里。

上了梁山后，只要李逵到外面办事，宋江必然千叮咛万嘱咐，第一条肯定是不许沾酒，但李逵总是不管不顾，一有机会就偷偷摸摸弄两杯。

唯有两件事李逵确实管住了自己的酒瘾。宋江写反诗被抓进牢里，戴宗出门办事，嘱咐李逵专心照顾宋江饮食，不得喝酒，李逵真做到了，寸步不离宋江左右。李逵要回家接母亲上梁山，宋江嘱咐他一路上不得饮酒，李逵也做到了，唯恐喝酒误事。在内心里，李逵是把宋江当作亲人一般看待，即便宋江给他喝了毒酒，李逵也只是说：“罢，罢，罢！生时伏侍哥哥，死了也只是哥哥部下一个小鬼！”

李逵是个粗人，心直口快，好管闲事，杀人时不分青红皂白，喝酒后更是放大了他的这些性格特点。

酒是李逵性格的营养，不可或缺；酒也是李逵人生的助燃剂，一点就着。

## 四

在喝酒这个问题上，鲁智深与武松有两点相同，一是酒量都很大，喝个二三十碗酒或是一桶酒不在话下。二是酒后都特别能打架。正如鲁智深自己所说：“洒家有一分酒，只有一分本事；十分酒，便有十分的气力！”

鲁提辖在潘家酒店与史进、李忠三人喝酒，却被隔壁的啼哭搅了酒兴，不觉大怒，一问才知金翠莲父女被恶霸欺负，引得鲁达三拳打死了镇关西，迫不得已做了和尚，鲁达也变成了“鲁智深”。

在五台山当了和尚后，鲁智深有四五个月没有闻到酒味，“口中淡出鸟来”，于是在半山亭中抢了两桶酒，无多时吃了一桶。注意，鲁智深没吃一口菜，一桶酒就下了肚。醉酒后的鲁智深上得山来，打得众多僧人东躲西藏。

三四个月后，鲁智深又下了一回山。山下的酒店都是寺里的房产，不卖酒给五台山的和尚吃，鲁智深灵机一动，自称过往僧人。在没有下酒菜的情况下，鲁智深先喝了十来碗酒，然后就着半只狗肉又喝了十来碗，还不过瘾，又让店家打来一桶酒，不多时又都喝了，直看得店家目瞪口呆，罔知所措。

喝醉酒的鲁智深战斗力超强，打坏了金刚，打伤了众僧，惹下大祸，五台山待不下去了，只得到相国寺去管个菜园子，从而结识豹子头林冲，才有大闹野猪林、落草二龙山、梁山大聚义、坐化六合寺的传奇经历。

酒肉穿肠过，佛祖心中留，说的就是鲁智深。酒改变了鲁智深的人生，酒性也成就了鲁智深的佛性。

## 五

因酒而改变人生的还有林冲、关胜、杨志、史进等等。

风雪之夜，林冲要不是去市井小店沽酒御寒，恐怕早就被大雪压塌的房子砸死。要不是房子倒塌，恐怕也早被陆谦等人放的一把大火烧死。林冲栖身山神庙，才凑巧听见门外陆谦、富安和牢城管营的谈话，得知自己被陷害的真相，从而报仇雪恨，逼上梁山。

江南平定后，关胜被朝廷授为武节将军、大名府正兵马总管，本来春风得意，前途不可限量，可他竟然因醉酒失足落马，得病而亡。醉驾危害生命安全，古已有之。

根正苗红的杨志，只因在黄泥冈误饮了一瓢掺有蒙汗药的酒，最终走投无路，落草为寇。高富帅史进要不是在家中宴请少华山的朱武、陈达、杨春喝酒，也不会被官府追捕而走上梁山。

一部《水浒》，几乎每个章节都有喝酒的故事，透出一股浓烈的酒气。大碗喝酒，大块吃肉，是梁山好汉共同的行为特征，酒已融入他们的血液之中，成就了他们英武豪迈、雄浑慷慨的生命气质。在酒的作用下，才会有那么多热烈奔放的英雄，才会有那么多曲折离奇的情节，才会有那么多惊心动魄的故事。

英雄与酒，梁山好汉永远说不完的话题。

# 英雄与情色：梁山好汉女性观揭秘

俗话说英雄难过美人关，这句话显然并不适用于梁山好汉们，因为梁山好汉整体上对女色持排斥和漠视的态度，他们对“大碗喝酒、大块吃肉”比对“啪啪”更感兴趣。古语说：不孝有三，无后为大，梁山好汉们似乎也不理这个茬，除朝廷投降过来的军官有妻室外，绝大多数好汉都是“钻石王老五”，晁盖、吴用、公孙胜、鲁智深、武松、李逵、刘唐等人莫不如此。

尽管不近女色是梁山好汉的主流，但林子大了，什么鸟都有，梁山一百多位好汉对于女性、对于情色还是有着不同的认知，也经历着各不相同的故事。

晁盖是村里富户，又是村长，三十大几的人了，“不娶妻室，终日只是打熬筋骨”。即便做了寨主，也没找个压寨夫人，直到中了毒箭死于非命，也还是孤身一人。

宋江出场时“年及三旬”，还是单身，后来在王婆的介绍下将阎婆惜收为外室。“初时宋江夜夜与婆惜一处歇卧，向后渐渐来得慢了。却是为何？原来宋江是个好汉，只爱学使枪棒，于女色上不十分要紧。”宋江号称“孝义黑三郎”，但一直到死，既没结婚，也没有后人，按照古人的观念，这个“孝”要大打折扣。

梁山好汉中即便结过婚的人，也是晚婚和计划生育的模范。

林冲出场时已是“三十四五年纪”，后来林冲临发配时对岳父说“自蒙泰山错爱，将令爱嫁事小人，已经三载，不曾有半些儿差池。虽不曾生半个儿女，未曾面红面赤，半点相争。”这就是说，林冲结婚时已经32岁左右了，且结婚三年，虽然夫妻恩爱，尚未有一男半女。

更有甚者，家有如花娇妻，却并不当回事，常常将女人冷落一边，独守空床。

卢俊义是大名府的员外，家境富裕，他出场时三十二岁，与妻子贾氏已结婚五载，竟也未曾生育，主要原因却是卢俊义一心习武，整日舞枪弄棒，很少有时间与贾氏亲热，以至于给管家李固钻了空子，与贾氏勾搭成奸，并联手陷害自己。

冷落妻子的并不只是卢俊义一个，还有蓟州两院押狱杨雄。杨雄出场时 29 岁，与妻子潘巧云刚结婚一年，本来新婚燕尔，应该如胶似漆，偏偏杨雄除了练武，还是个工作狂，每个月竟有 20 多天在县衙值宿。潘巧云原本是个二婚，如何耐得住寂寞，竟与和尚裴如海好上了。

贾宝玉说女人是水做的，在李逵看来女人却是祸水做的，他对女色怀有一种天然的仇视。李逵既不懂女人，也不知情为何物，他认为男欢女爱是很"腌臜"的事。李逵借宿四柳村时，到狄太公女儿房间捉鬼，结果却将两个谈情说爱的年轻人砍作十来段，葬送了他们的美好人生。李逵看见宋江、柴进与李师师对坐饮酒，自肚里有五分没好气，后来索性闹将起来，在李师师家放起一把火。当他听刘太公说宋江和一个年纪小的后生，抢走了他的女儿，要做压寨夫人，李逵信以为真，竟然将宋江骂得狗血喷头："我当初敬你是个不贪色欲的好汉，你原来是酒色之徒：杀了阎婆惜，便是小样；去东京养李师师，便是大样。"总之，李逵认为只要贪了女色就不是好人，就该杀。

梁山好汉大多不近女色，但也有几个好色之徒。

小霸王周通看上了桃花村刘太公的漂亮女儿，要强娶她做压寨夫人。周通虽然好色，却是色狼中的"君子"，因为他还讲点礼数，他先是"撒下二十两金子、一匹红锦为定礼"，然后才选了黄道吉日来正式迎娶，对刘太公这个"老丈人"还算恭敬。从他在黑暗里摸着鲁智深肥厚的肚皮却直呼娘子的行为来看，周通显然是初次要流氓。后来他听了鲁智深的劝告，罢了这门亲事。上了梁山后，也没有再犯这方面的毛病。可以说，周通的好色还处于初级阶段时就被鲁智深掐灭了。

资深流氓王英就不同了，他是色狼中的极品。王英抢了刘知寨老婆，直接让小喽罗抬到自己床上，搂住女人就要强行求欢。宋江好言相劝，并答应以后替他找一个好女子，王英才恋恋不舍地放走了刘知寨老婆。后来众好汉破了清风寨，王英又将刘知寨老婆抢回山寨，欲留做压寨夫人，却被清风山大头领燕顺杀死。王英大怒，竟然要与燕顺火并。这显然已不是重色轻友了，而是为了自己的贪欲，连朋友甚至上司都敢杀。就这么一个人品低下的好色之徒，宋江却把如花似玉的扈三娘嫁给了他，可见宋江实在不把女人当回事，而是把女人当作他收买兄弟的工具。王英结婚后，跟随宋江征讨田虎时，看见对面阵上有一员名叫琼英的美貌女将，拍马出战，心猿意马之间，被琼英刺中左腿。由此可见，王英结婚了也还是不改流氓本性。

安道全医道高明，但也贪恋美色。宋江背上长了个毒疮，病势沉重，张顺为救宋江便去建康府请安道全。安道全与相好李巧奴正打得火热，难舍难分，不愿远去。张顺没办法，杀了李巧奴和她的妈妈桑，并在墙壁上留下了“杀人者安道全也”的血字，逼得安道全上了梁山。安道全是梁山上少数几个不会武功之人，也就没有女色有害练武的负担，他沉迷于温柔乡纯粹天性使然。

打虎英雄武松对女人原本抱着一个正常的态度，起码他并不认为女人是老虎。初见潘金莲时，“武松当下推金山，倒玉柱，纳头便拜”，对嫂嫂怀着十分尊敬的态度，还曾买过一匹彩色缎子与嫂嫂做衣裳。但在潘金莲用色相勾引他时，武松用手一推，险些把潘金莲推一跤。武松睁起眼来道：“武二是个顶天立地、噙齿戴发男子汉，不是那等败坏风俗、没人伦的猪狗，嫂嫂休要这般不识廉耻，为此等的勾当。”武松并非不喜欢女人，而是保持着清醒的伦理观念。当得知潘金莲和奸夫西门庆谋杀哥哥武大时，武松亲手杀了潘金莲，为武大报了仇。后来张都监提出要把美女玉兰嫁与武松为妻时，武松赶忙起身拜谢，应该说武松从内心是不拒绝这门婚事的，毕竟爱美之心人皆有之。但当玉兰被张都监利用来陷害他时，武松开了杀戒，大闹飞云浦，血溅鸳鸯楼，连玉兰和其他几个使女一并都杀了。此后武松化身行者，对女人心灰意冷。至于女人是不是老虎，他需要重新进行一番审视和考量。

鲁智深外号“花和尚”，但这个“花”只表现在喝酒吃肉上面，他其实一点也不花心，反而是《水浒传》中唯一的护花使者。鲁智深对女性的怜惜与爱护超越了那个以男权为中心的时代，而他的命运也因三个女人而彻底改变。第一个女人是金翠莲。她被郑屠欺负，鲁智深见义勇为，三拳打死郑屠，不得不亡命天涯，被迫做了和尚。第二个女人是刘太公的女儿。她被小霸王周通要强娶为压寨夫人，已是和尚的鲁智深仍然好管闲事，将周通痛打一顿，并劝退了婚事。第三个女人是林冲的娘子。鲁智深多次率领一众泼皮，要帮林冲痛打调戏林娘子的高衙内，直至野猪林救下林冲，到最后遭到高俅迫害，在相国寺做个和尚都做不成，只得到二龙山落草。鲁智深一生侠肝义胆，对受害女性更是侠骨柔情，是真正的怜香惜玉之人。

史进是史家庄少庄主，曾因为两个女人两次被官府活捉。他和鲁智深是结拜兄弟，感情深厚。史进曾亲见鲁智深为救金翠莲而拳打郑屠的事迹，因此他也大受影响。他听说画匠王义有个漂亮女儿玉娇枝被华州贺太守抢了做妾，义愤填膺，孤身去救人，不慎被捉，后被梁山救出。宋江攻打东平府时，史进说自己在东平府有个相好的娼妓，名叫李瑞兰，史进愿意潜伏到城里做内应，却不料李瑞兰出卖了他，被官府捉进牢里。东平府被梁山攻破后，史进杀了李瑞兰一家。史进是个多情种，他的身上既有鲁智深怜香惜玉的气质，也有与武松一样被女人出卖后的一股狠劲。

张青和孙新是梁山好汉中最大的另类，说他们是模范丈夫，一点都不过分，在那个男尊女卑的年代实属难得。

张青和妻子孙二娘在十字坡开黑店，张青曾吩咐妻子，有“三等人不可坏他”：第一是云游僧道，第二是江湖上行院妓女之人，第三是各处犯罪流配的人。但孙二娘根本不听，还曾和行者武松打过一架。可见张青在家里地位不高，是说了不算的，对此张青也是毫无怨言，妇唱夫随，彼此恩爱。

孙新生得身长力壮，使得几路好鞭枪，本领不可谓不高，但家中大小一应事务全凭妻子顾大嫂做主，是典型的妻管严。孙新为了帮助顾大嫂救表弟解珍、解宝，甚至连自己的哥哥孙立也敢骗到家里，强逼着去救人。孙新夫妇感情甚笃，而结局也很完美，征方腊后两人都幸存下来，孙新被朝廷封为武奕郎，顾大嫂被封为东源县君，后夫妻二人跟随哥哥孙立返回登州，安享晚年。

《水浒传》中也有浪漫的爱情，而且曲折离奇，打动人心。

宋江在征伐田虎时，派帅哥张清化名全羽到襄垣城卧底。张清、琼英一见钟情，彼此为对方的气质深深吸引，在随后的比武中二人借助往来穿梭的飞石传达爱意，最终结为恩爱夫妻。琼英后随张清上了梁山，并为张清生下一子，名叫张节。张清在征讨方腊时阵亡，琼英抬回灵柩，回到张清的故乡，含辛茹苦将张节抚养成人。后来张节率军大破金兀术，官至车卫将军，成为梁山少有的英雄后代之一。张清和琼英的爱情，给《水浒》这部铁骨铮铮的巨著蒙上了一层温暖柔和的色彩。

# 后　记

## 1

写作《闲说水浒》，有些偶然。

2017 年的某晚，喝了一场大酒。很少看电视的我随手摁下遥控器，出现了电视连续剧《水浒传》的画面。伴随着精彩片花的是景岗山演唱的《兄弟无数》，那歌一入耳，我就被震惊到了，酒立时醒了一半。

兄弟相逢，三碗酒
兄弟论道，两杯茶
兄弟投缘，四海情
兄弟交心，五车话
兄弟思念，三更梦
兄弟怀旧，半天霞
兄弟今生，两家姓
兄弟安民，万世夸
兄弟上阵，一群狼
兄弟拉车，八匹马
兄弟生离，两行泪
兄弟死别，一枝花
兄弟情，夜空中万千星点
兄弟情，红尘里无限光华
兄弟情，是没有色的酒
兄弟情，是没有墙的家

当然电视剧并不只有这一首主题曲，还有毛阿敏演唱的《四海盟约》，同样悲壮豪迈、荡气回肠。

可以说，先是这两首歌感染了我，在很短的时间内我就会唱了，再加上电视剧自身的精彩演绎，让我将86集《水浒传》很快就看完了。人到中年，并不是追剧的年龄，而我追完了，还意犹未尽。

意犹未尽，那就读原著，一百二十回本。

这一读就读出了很多感慨，读出了与小时候不一样的感受。

比如说，武松、李逵是儿时心目中的大英雄，可现在读到的武松、李逵不一样了。他们的确是好汉，但并不完美，无论是武松还是李逵，都曾滥杀无辜，死于李逵斧下的吃瓜群众更是无以胜数。

有阅读就有思考，有思考就有想说几句的冲动。

这就有了这本《闲说水浒》。

## 2

关于《水浒传》和它的作者施耐庵，有太多的谜。

首先说《水浒传》。

“水浒”究竟是什么意思?《水浒传》写的是历史上的宋江起义吗?《水浒传》究竟是一本什么样的书？水浒108将，历史上有哪些人物原型，有哪些是作者原创?《水浒传》是如何出版和流传下来的？明清时期《水浒传》为什么会成为禁书?

再说施耐庵。

施耐庵是一个什么样的人？他为何要写这样一部作品？他和罗贯中是什么关系？他和张士诚有着什么样的交往？他为何客死淮安却又葬在兴化施家桥？这样一个伟大的作家为何在他的家乡四牌楼上没有一席之地?

我无意像很多学者那样去做若干调查与考证，也无意参与种种分歧和争论。在我心中，施耐庵是兴化白驹场人，这个毫无疑问。他的墓在兴化，他的儿子施让的地照和第四代孙施廷佐的墓志铭出土于他的墓侧，他还有一大群子孙生活在施家桥，这就够了。

我更多从文本的角度，来评论《水浒》人物，来探寻作者曲笔写《水浒》背后的故事，来解读《水浒》中若干事件的谜底。

既然是“闲说”，那就无须一本正经，无须板着面孔，怎么顺口就怎么说，怎么顺心就怎么说。至于说得好与丑，也就不那么重要，我尽了努力就行。

最后，感谢所有曾经关心我写作、发表和出版《闲说水浒》的友人，我爱你们！

陈学文

2020 年 8 月 20 日